古事記に隠された聖書の暗号

石川倉二
Ishikawa Kuraji

たま出版

はじめに

「ユダヤ人と日本人の先祖は同じである」。

そんな話を聞いたことがある方も少なくないことと思います。

古くは、明治時代に貿易商として来日したスコットランド人のノーマン・マックレオドが日本とユダヤの類似性に気づき、『日本古代史の縮図』という書籍にて日本の天皇家の歴史が古代イスラエル王家を継承したものであると主張しています。

この書籍は日ユ同祖論の先駆けとなったものであり、以降、日本人、ユダヤ人双方から、文化の類似点、古事記に記載された物語と旧約聖書の一致等、多くの主張がなされています。


しかし、学界はもとより世間一般でも、一部の好奇心の強い人たちを除き、ただの「トンデモ話」として一蹴されて見向きもされていないのが現状でしょう。

確かに、今まで主張されてきたものは「ユダヤ人と日本人の先祖は同じである」という、にわかには信じがたい事実を、万人に「確かにそうに違いない」と受け入れてもらうには少し根拠が弱すぎ、「ただの偶然にすぎない」、「こじつけにすぎない」と片付けられても仕方がないものであったと思います。

今回、私は本書にて、日ユ同祖論を支持する新たな根拠を、そして、「ただの偶然にすぎない」と片付けることが困難な情報を提示したいと思っています。

その根拠とは古事記です。古くから多くの人々の目に触れられ、研究されてきた古事記。その古事記こそが日ユ同祖論を立証するものであると私は考えています。

古事記の物語が旧約聖書のものと一致することは、以前から多くの人により指摘されています。しかし、それは一部のみであり、日ユ同祖論を一蹴している人たちの考えを覆す程の説得力はありませんでした。

本書では、古事記に旧約聖書が体系的、かつ、順序どおりに挿入されていること、そして、旧約聖書だけでなく新約聖書の内容までもが盛り込まれていることを明らかにしています。

さらに、それらを明らかにすることによって、炙《あぶ》り出されたものがあります。今まで謎とされてきた日本創成期の物語と神道の最高神である天照大御神《あまてらすおほみかみ》の正体です。

すべては古事記の中にあります。

本書に記載した内容が、「ただの偶然にすぎないものか」、また、「こじつけにすぎないものか」、どうぞ皆様方ご自身で検証してみてください。

目次

一・古事記に隠されたものとそれを読み解くための鍵

歴史が見えてこない歴史書、古事記と日本書紀

日本という国の歴史書であるはずの古事記と日本書紀。

しかし、それらに記載されている日本創成期の物語は神話的要素が強く、その中に、ある程度の史実が反映されていると考えられるものの、どこまでが史実でどこからが創作なのかを判別することは非常に困難。いったい日本人がどこから来て、どうやって国を創り上げていったのか、まったく分かりません。果たして、古事記や日本書紀の製作者は、一般によく言われているように天皇の権威を高めるために神話を創作し、史実を闇に葬ってしまったのでしょうか。

答えは「否」です。なぜなら、古事記には日本創成期の史実が記載されているからです。ただし、それは単純に、表の物語を読んでいるだけでは、いつまでたっても現れてはきません。特定の鍵が必要であり、その鍵に従って読み解くことによって初めて、真実の歴史が見えてくるように仕組まれているのです。

旧約聖書とイスラエルの十二部族

さて、古事記を読み解くための鍵について説明する前に、その前提知識として、旧約聖書とイスラエルの十二部族について説明しておかなくてはなりません。なぜなら、古事記には旧約聖書が種本として使用されており、もし鍵を手に入れたとしても旧約聖書等の知識がなければ理解できないからです。なお、すでに基本的知識を持っている方は、この節は読み飛ばしていただいて構いません。

旧約聖書とはユダヤ教の聖典で、天地創造から始まりイスラエル民族の父祖の物語や国家の興廃の歴史、そして律法と呼ばれる祭儀と行動規範などから成り立っている書物です。旧約聖書を構成する主な文書は、具体的には次のとおりになります。

文書名	内容
創世記	神による天地創造から始まり、最初の人間アダムとイブ、ノアの大洪水、そして、イスラエル民族の父祖アブラハムに始まる族長時代を経てエジプトに移住するまでの物語

出エジプト記	モーセによって導かれたイスラエルの民のエジプト脱出とシナイ山における神との契約の物語
レビ記	ユダヤ教の祭祀規定
民数記	出エジプト記の続編ともいうべき荒野での物語
申命記	申命とは、神から再び律法を命じられるという意味で、前四書に記された神との契約を再編成した律法集
ヨシュア記	モーセの後継者のヨシュアが民を統率して約束の地「カナン」へ入り、そこを十二の部族に分割するまでを書く
士師記	神の懲罰が「異国民による圧制」という形で下るが、民の苦しみを見かねた神が士師（救済助力的指導者）を送ってイスラエルの民を救うという物語
サムエル記（上・下）	上巻ではイスラエル王国建設の過程を、下巻では、王国の成立とダビデ王による全民族の統合と勝利を記す
列王記	ダビデ後のイスラエルを描く。ソロモン王の下、王国は絶頂期を迎えるが、異教徒の増加、偶像崇拝等によって次第に王国は滅びに向かう

以上が主にイスラエル民族の歴史を綴《つづ》ったもので、他にイザヤ書、エレミヤ書等の預言者の書や、諸書といわれる民族的伝承や神への賛美の詩篇等から旧約聖書は成り立っています。

続いて、イスラエルの十二部族です。紀元前一七〇〇年頃、イスラエル民族の太祖であるアブラハムに、神ヤハウェが現れてカナンの地を与え子孫の繁栄を約束します。そして、アブラハムの死後、その子のイサク、そのまた子のヤコブと族長の地位が引き継がれていきます。

このヤコブは、ある晩、一人の男と夜明けまで格闘をします。その男は、実は神であり、神に勝ったヤコブは以後、「イスラエル」と名乗るよう命じられます。「イスラエル」とは「神は戦う」という意味で、これがイスラエル民族の民族名となります。

そして、このヤコブには、ルベン、シメオン、レビ、ユダ、ダン、ナフタリ、ガド、アシェル、イッサカル、ゼブルン、ヨセフ、ベニヤミンという十二人の子どもがいました。

この子どもたちのうち、レビだけが祭祀を司る者として独立し、代わりにヨセフが抜けて、その子のエフライムとマナセを加えた十二人がいわゆる「イスラエル十二部族」の祖となります。

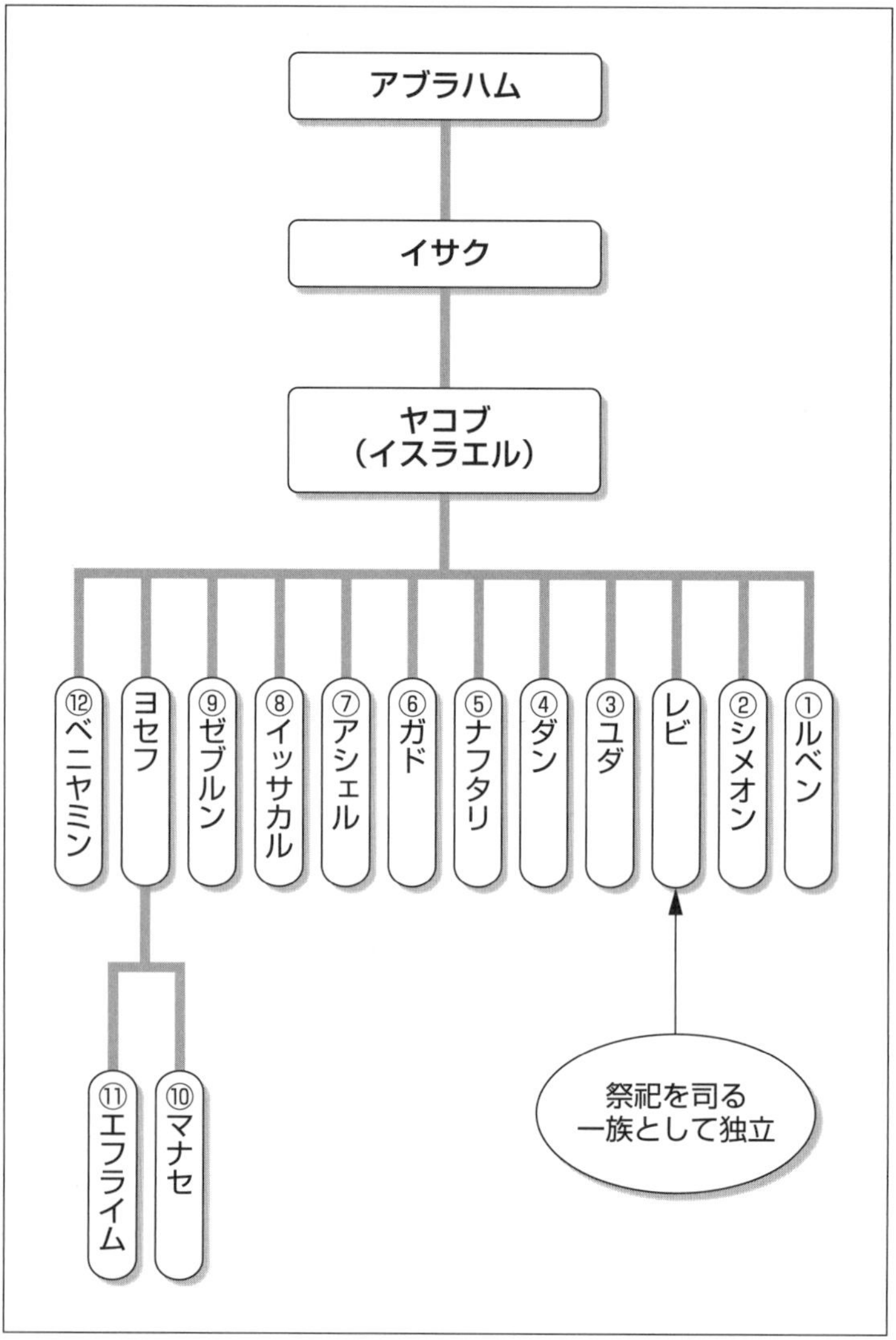
アブラハム
イサク
ヤコブ
（イスラエル）
①ルベン
②シメオン
レビ
③ユダ
④ダン
⑤ナフタリ
⑥ガド
⑦アシェル
⑧イッサカル
⑨ゼブルン
ヨセフ
⑫ベニヤミン
⑩マナセ
⑪エフライム
祭祀を司る
一族として独立

その後、ヨセフを中心とした十二人の兄弟はカナン地方の飢饉によりエジプトへ移住。そして、エジプトの地で人口を増やしたイスラエル民族は紀元前一三〇〇年頃、モーセに率いられてエジプトを脱出し、その後継者のヨシュアの代にカナンの地を制圧、十二の部族それぞれに土地を分け与えて定住します。

紀元前一〇世紀頃、サウルがイスラエル初代の王位に即位し、それに続くダビデ王、ソロモン王の時代に王国は黄金期を迎えます。このソロモン王の死後、紀元前九二八年に王国はユダ族、ベニヤミン族の二部族の南ユダ王国と、残り十部族の北イスラエル王国に分裂。その後、紀元前七二二年にアッシリア帝国により北イスラエル王国は滅亡し、その際、同国の十部族は奴隷としてアッシリアに連行され、それ以降、歴史から消滅してしまいます。

これがいわゆる「失われた十部族」で、後世、その子孫がどこかで暮らしているのではないかと考えられ、さまざまな伝説や伝承が生まれることになります。ちなみに、十二部族全体を指すときは、イスラエル人といい、南ユダ王国のユダ族、ベニヤミン族の二部族を指す場合はユダヤ人といいます。なお、現在でも、ユダヤ人の国のイスラエル国ではアミシャーブという国家機関が失われた十部族の探索を行っています。

一方、残った南ユダ王国も紀元前五八七年にバビロニアに滅ぼされ、ユダ族とベニヤミン族はバビロニアへと連行されます。これを「バビロニア捕囚」といいます。その後、バビロニアは紀元前五三九年に新興国家のペルシャ帝国に征服され、それと共にユダヤ人は解放され帰還を許されます。

そして、時代は下り、紀元前後のイエス・キリストによるキリスト教の布教を経て、紀元一三五年、ローマ帝国の手によりユダヤの国は滅亡、ユダヤ人は追放されて離散（ディアスポラ）し、その後、現在のイスラエル建国までの約一八〇〇年以上もの間、各地で差別や迫害の生活を強いられることになります。

以上がイスラエル人の歴史の概要です。

一つ目の鍵……「名前」と「数《かず》」

それでは話を元に戻して、古事記を読み解くための鍵の話です。その一つ目の鍵、それは「名前」と「数《かず》」です。

まず、「名前」ですが、古事記は生まれた神々の名前の中に物語を隠しています。例えば、「鈴木」という人がいた場合、私たちは通常、「鈴木」を固有名詞としてとらえ、あまりその漢字の意味には注目しません。しかし、古事記の場合、固有名詞というだけでなく「鈴を木にかけた」等という話が、その名前に封印されているのです。

なお、学説でも神々の名前に意味を持たせていることは指摘されており、例えば、「神世七代《かみよななよ》」という話には、神々の名前で天地創造の様子を表現していることが広く認知されています。しかし、その指摘は一部の神々についてのみです。本書では、神話時代に登場する神々や天皇の名前のほとんどすべてに、物語等が体系的に隠されていることを明らかにしていきます。

続いて「数《かず》」です。仮に、「神々の名前に物語が隠されている」ということが分かったとしても、それが何の物語であるかを解析するのは非常に困難です。通常の物語のように大容量の文章を、そのまま名前に反映させるわけにはいかず、結果、名前に反映されるのは断片的な情報に限られるからです。

しかし、古事記の製作者は解読する際のヒントを与えてくれています。それが「数《かず》」なのです。生まれた神々の数《かず》によって、そこに隠された物語等が何であるかが分かるよう、道標《みちしるべ》を与えてくれているのです。

古事記の製作者が与えてくれた「数《かず》」のうち、現在、解明できているものは次のとおりです。

数	意味
5	ある一つの対象を表現している（神や土地など）
7	それぞれが人や物等に対応している
8	日本創成時の物語関連
12	旧約聖書関連

※各数字の倍数と約数も同じ意味を持つ。例えば、「12」の約数である「6」も、「旧約聖書関連」であることを示す。

古事記ではよく「右の件《くだり》の○○神以下《よりしも》、△△神以前《よりさき》のｎ（数字）神は……」という表現や「あわせてｎ（数字）柱」等という表現で、生まれた神の数を記述しています。このような表現で生まれた神の数を明示している場合のみ、「その神の名前に物語等、何らかの情報が隠されている」ということの合図になっています。なお、単に「ｎ（数字）柱」

とだけ記載されている場合は含みません。

具体的に見てみましょう。以下は古事記の最初の物語、「別天《ことあま》つ神五柱」の現代語訳です。

《別天《ことあま》つ神五柱　（現代語訳）》

天と地が初めて分かれた開闢《かいびゃく》の時に、高天《たかま》の原に成り出でた神の名は天之御中主神《あめのみなかぬしのかみ》、次に高御産巣日神《たかみむすひのかみ》、次に神産巣日神《かみむすひのかみ》である。この三柱の神は皆、単独の神として成り出でた神で、姿形を現されなかった。

次に、国土がまだ若くて固まらず、水に浮いている脂《あぶら》のような状態で、海月《くらげ》のように漂っている時、葦《あし》の芽が泥沼の中から萌え出るように、萌えあがる力がやがて神と成ったのが、宇摩志阿斯訶備比古遅神《うましあしかびひこぢのかみ》であり、次に天之常立神《あめのとこたちのかみ》である。この二柱《ふたはしら》の神も単独の神として成り出で、姿形を現されなかった。

以上の五柱の神は別天《ことあま》つ神である。

この物語では、「以上の五柱の神は」と生まれた神の数が明示されており、実際に生まれた数も次のとおり「五」です。

①天之御中主神《あめのみなかぬしの》、②高御産巣日神《たかみむすひの》、③神産巣日神《かみむすひの》、④宇摩志阿斯訶備比古遅神《うましあしかびひこぢの》、⑤天之《あめの》常立神《とこたちの》

そして、全部で「五」ですので、この五柱の神々の名前で「ある一つの対象を表現」しています。

それでは、神々の名を解釈して、これらの神々がいったい何を表現しているかを見てみましょう。なお、最後から解釈していった方が分かりやすいので、まず⑤と④の神からです。

⑤天之常立神《あめのとこたちの》……「トコタチ」は、そのままで「常に立っていること」です。つまり、「天に常にいる神」ということになります。

旧約聖書や新約聖書を読んだことがある人はピンときたかもしれません。天之常立《あめのとこたちの》神は旧約・新約の神であるヤハウェを表しているのです。旧約聖書にてモーセに「ありてあるもの」（出エジプト記三：一四）と名乗り、新約聖書で「昔いまし、常にいまし、後に来られる方」（ヨハネの黙示録四：八）と称される神のことなのです。

④宇摩志阿斯訶備比古遅神《うましあしかびひこぢの》……「ウマシ」は素晴らしい。「アシカビ」は葦の芽。「ヒコ」

は日の子、「ヂ」は地です。

まとめると「すばらしい葦の芽吹く日の子の地」です。葦は、日本のことを「葦原《あしはらの》中国《なかつくに》」と表現するように、素晴らしい土地を表現する時の常套句《じょうとう》です。そして、旧約聖書で素晴らしい土地といえば、神に約束された土地である「カナン」ですが、「カナン」は一説には「ＣＮＮＥ・ＮＡＡ」の合成語で「葦の原」を意味すると言われています。つまり、この神の名で「カナン」もしくは、それと同等の土地のことを示しているのです。

続いて、①、②、③の神をまとめて解釈します。この三神は古事記に「この三柱の神は、みな独神《ひとりがみ》と成りまして、身を隠したまひき」とあるように、まとまりのある神として扱われています。

①天之御中主《あめのみなかぬしの》神・②高御産巣日《たかみむすひの》神・③神産巣日《かみむすひの》神……②、③の「ムスヒ」の「ムス」は「苔ムス」のムスで、「ものの成り出づること」、つまり、「生成」を意味し、「ムスヒ」で「日を生成した」ということになります。

これだけでは、神々の名の意味は分かりませんが、先に記載した④、⑤の解釈と合わせ、これら五つの神が「一つの対象＝ヤハウェ」を表していると気づけば、おのずと答えが出てきます。結論から言えば、この三神はイスラエル人の先祖である「アブラハム」「イサク」「ヤコブ（※改名後はイスラエル）」を示しているのです。「日を生成した」と表現すれば分かりにくいですが、「日」を「世界の人々を照らすイスラエルの民」と解釈すれば、「ムスヒ」は「イスラエルのご先祖様」ということになります。「生成した」というより「生んだ」、そして、生んだのはイスラエル人。単に「ご先祖様」だといっているのです。なお、「高御《たかみ》」と「神」は美称です。イスラエル十二部族の祖の父となり、神から「イスラエル」の名を与えられたヤコブの方には、より高尚な「神」という言葉が付けられています。

また、アブラハムに当たる「天之御中主神《あめのみなかぬしの》」だけ「ムス」は使用されていませんが、そもそもの始まりのご先祖様ですので特別扱いしたのでしょう。「御中主《みなかぬし》」と中心的な存在であるという表現になっています。

ちなみにこれは、旧約聖書で神を称する時に使われている「アブラハム、イサク、イスラエルの神」（出エジプト記三：六、列王記上一八：三六他、多数の同様の表現あり）と同等の表現であり、また、新約聖書でも同じ表現は見受けられます（『わたしは、アブラハムの神、イサクの神、ヤコブの神である』とあります」（マタイの福音書二二：三二）、「アブラハム、イサク、ヤコブの神、すなわち、私たちの先祖の神は」（使徒の働き三：一三）。

以上の五神の解釈をまとめると、次のとおりとなります。

「アブラハム、イサク、イスラエルの神、葦の芽が湧き出づるすばらしい日の子の土地を与えたもうた神、昔いまし、常にいまし、後に来られる方、ヤハウェ」

これらの五神の名で表現しているのは神ヤハウェであり、日本人が神ヤハウェを信奉するイスラエルの民であることの宣誓から古事記は始まっているのです。なお、ここで使われている神ヤハウェの表現は、次のとおり、旧約聖書の出エジプト記の三章でモーセに初めてヤハウェが顕現した際に使われているものと一致しています。おそらく、古事記の製作者はこの箇所から選んで、古事記の最初に持ってきたのではないかと思われます。

そして彼は言った、「わたしはあなたの先祖の神、アブラハム、イサク、イスラエルの神である」（出エジプト記三：六）

ヤハウェは言った、「わたしは、エジプトにいるわたしの民の苦しみをたしかに見とどけた。～中略～エジプト人の手から彼らを救い出すため、そして彼らを導き上るため、この地から、よい広い地へ、乳と蜜の流れる地へ」（出エジプト記三：七―八）

神はモーセに言った、「わたしはありてあるもの」。彼は言った、「あなたはイスラエルの子らにこう言いなさい、『「わたしはある」が私をあなたたちに遣わした』と」（出エジプト記三：一四）

神はモーセにさらに言った、「こう、あなたはイスラエルの子らに言うのだ、『あなたたちの先祖の神、アブラハムの神、イサクの神、ヤコブの神であるヤハウェが、私をあなたたちに遣わした』。これが永遠にわたしの名、これが代々《よよ》にわたり、わたしの呼び名である」（出エジプト記三：一五）

以上、ヤハウェは、「アブラハムの神、イサクの神、ヤコブの神」が永遠に私の名であるとまで言っています。古事記製作者としては絶対に盛り込まなくてはならない表現であったでしょう。

二つ目の鍵……神話時代の物語の構造

神々の名前に物語等が隠されていることは前節で述べましたが、表の物語にも秘密が隠されています。単純な創作や単なる寄せ集めの物語ではないのです。

まずは、次頁の**資料1**（旧約聖書と古事記の系譜）をご覧ください。これは、ラビ・M・トケイヤー氏が『日本・ユダヤ封印の古代史』（徳間書店）で指摘している旧約聖書と古事記との系譜の一致について、一部情報を追加したものです。グレー（スミアミがかかっている部分）の部分が不一致点。グレーのものには二重線の枠があるものとないものがありますが、グレーだけのものは大した違いではないと判断したものです。

両系譜は非常に似通っています。双方の系譜の同じ箇所で、姉妹を娶《めと》っていたり、兄が弟をいじめていたり、また、四人の子がいたりしています。しかし、別に驚く話ではありません。古事記の製作者は旧約聖書をもとにして神話時代の物語を作り上げたのですから、似ていて当然なのです。

相違点のうち、グレーだけの部分からみていきましょう。まず、旧約聖書のサラとハガ

古　事　記（神話の時代）

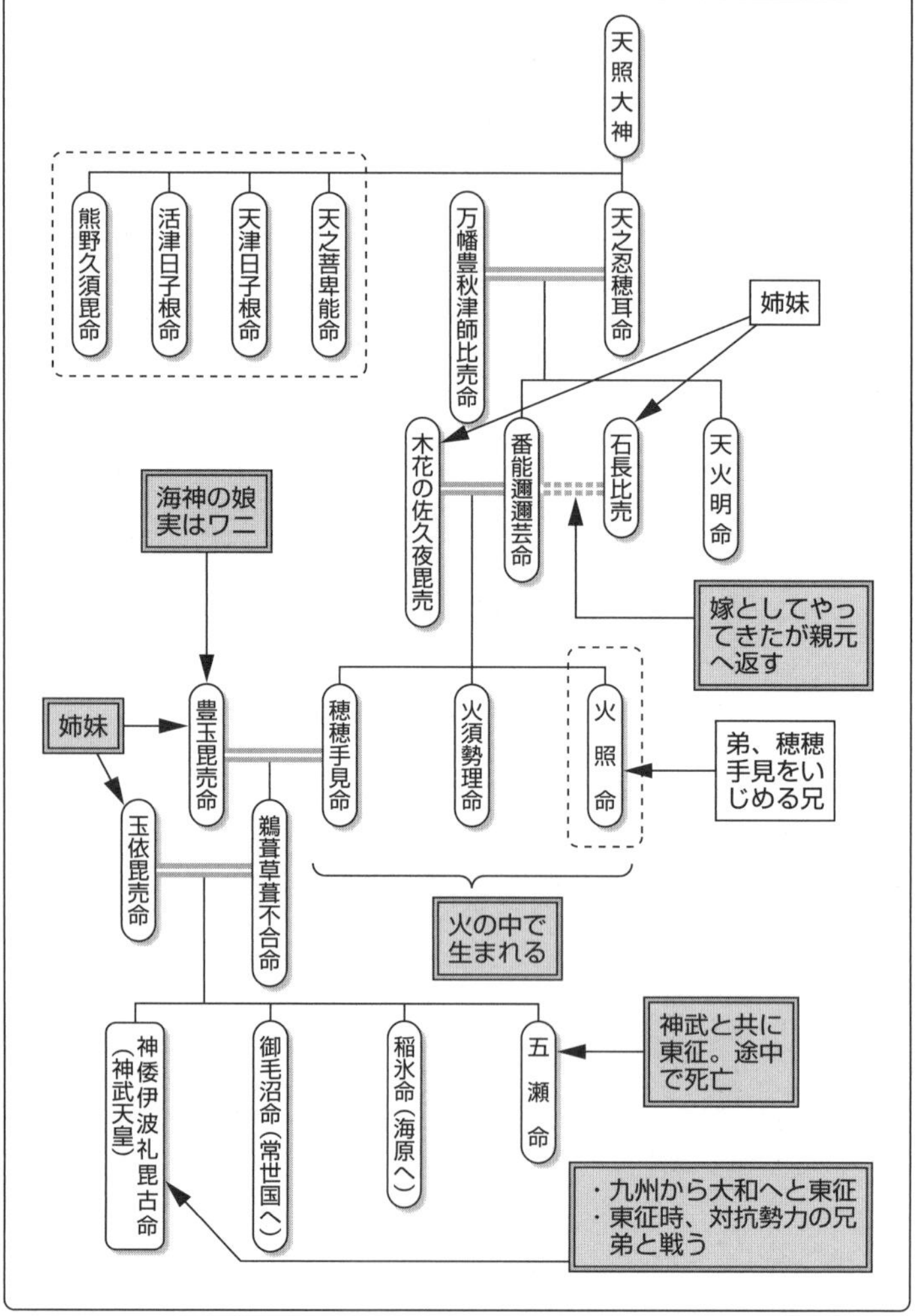

天照大神
天之忍穂耳命
万幡豊秋津師比売命
天之菩卑能命
天津日子根命
活津日子根命
熊野久須毘命
姉妹
天火明命
石長比売
番能邇邇芸命
木花の佐久夜毘売
嫁としてやってきたが親元へ返す
海神の娘
実はワニ
火照命
火須勢理命
穂穂手見命
豊玉毘売命
姉妹
弟、穂穂手見をいじめる兄
火の中で生まれる
鵜葺草葺不合命
玉依毘売命
五瀬命
稲氷命（海原へ）
御毛沼命（常世国へ）
神倭伊波礼毘古命（神武天皇）
神武と共に東征。途中で死亡
・九州から大和へと東征
・東征時、対抗勢力の兄弟と戦う

〔資料1（旧約聖書と古事記の系譜）〕

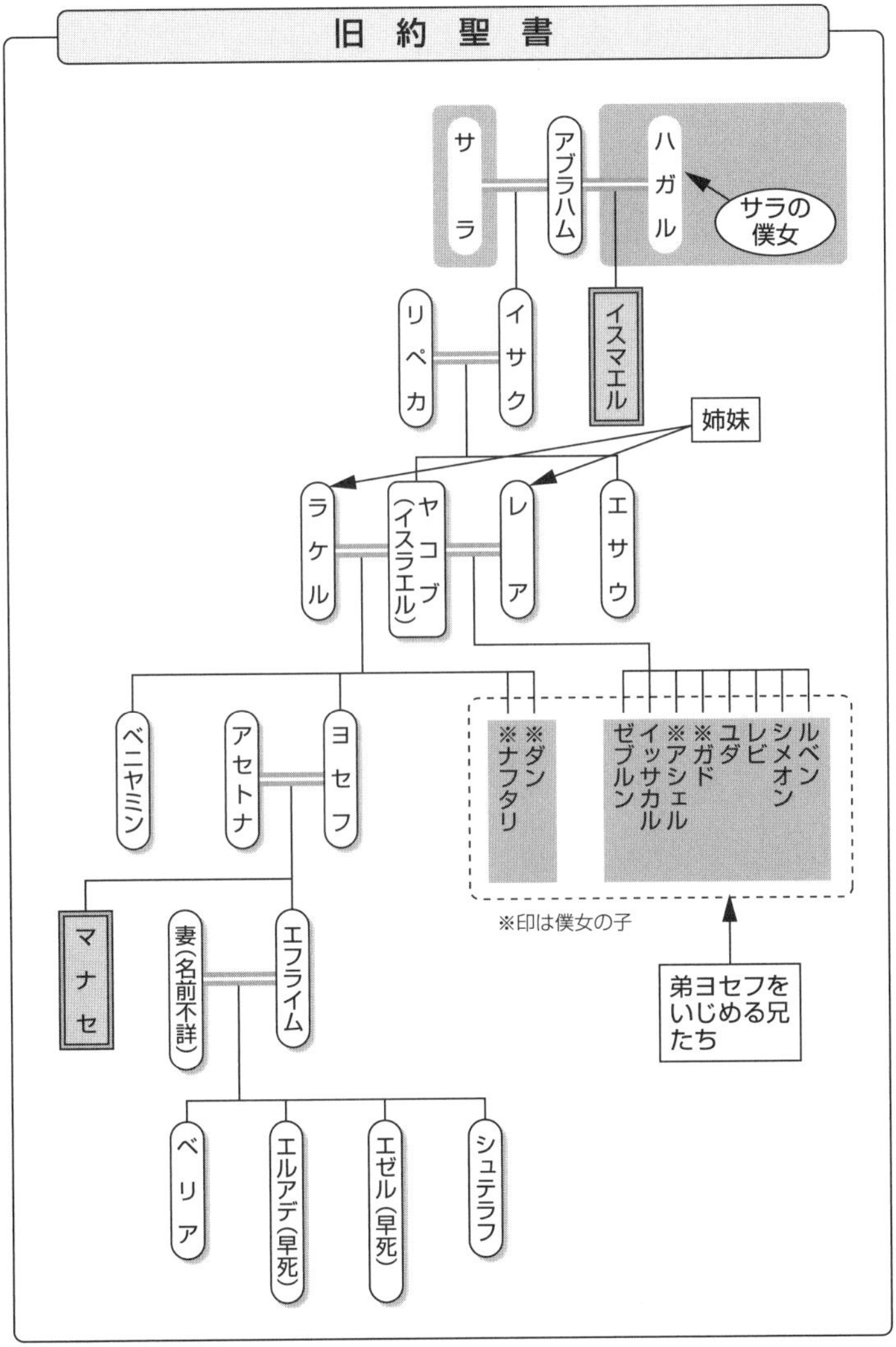
旧約聖書
サラ
アブラハム
ハガル
サラの僕女
リベカ
イサク
イスマエル
姉妹
ラケル
ヤコブ（イスラエル）
レア
エサウ
ベニヤミン
アセトナ
ヨセフ
※ダン
※ナフタリ
ルベン
シメオン
レビ
ユダ
※ガド
※アシェル
イッサカル
ゼブルン
※印は僕女の子
弟ヨセフをいじめる兄たち
マナセ
妻（名前不詳）
エフライム
ベリア
エルアデ（早死）
エゼル（早死）
シュテラフ

ルの部分ですが、子をなすには夫婦がいて当然であり、これは特筆するほどの違いではないと考えます。また、ヤコブの子の数と番能邇爾芸命《ほのににぎのみこと》の子の数が異なりますが、古事記では、ヤコブの子の十二人を物語の中心となるヨセフを基準に、ヨセフを苛めた十人の兄たちを一人にまとめたのでしょう。こちらも大した違いでないと考えます。

さて、今度は二重線＋グレーの方です。まずは右下の二重線から説明します。旧約聖書ではベリアはエフライムの子として名前が出てくるのみですが、一方、神武《じんむ》天皇は九州から大和へと東征したり初代天皇であったりと大活躍です。なぜ、こんなにも扱いが違うのでしょうか。

結論を言えば、それは、神武《じんむ》天皇がモーセの物語を紡ぐ役割を担っているからです。アブラハム—イサク—ヤコブ（イスラエル）—ヨセフの話は、旧約聖書の創世記における族長時代の物語であり、ヨセフの物語で創世記は終了します。

順序でいえば、次はモーセが登場する出エジプト記になるわけですが、古事記は出エジプト記の内容を盛り込むために、神武《じんむ》天皇に対してモーセの役割を、さらに、五瀬命《いつせのみこと》には、モーセの兄アロンの役割を担わせたのです。モーセはイスラエルの民を率いてエジプトからカナンの地へと東征しますし、その補佐的役割を担っていた兄アロンは東征の途中で先に死亡します（※モーセ＝神武《じんむ》天皇についての詳細は後述）。

次にその他の二重線の部分ですが、上部のイスマエルに対応する古事記側の人物は四人になっていたり、また、真ん中あたりのレアと石長比売《いはながひめ》については、一方は婚姻関係を結んでいたり、他方は追い返されたりしています。どうせなら、完全に一致させておけばよいものを微妙な違いを残しています。また、その子らの「火の中で生まれる」等のエピソードは旧約聖書とはまったく関係がありません。

なぜ、旧約聖書にないエピソードを盛り込んだのでしょうか。単に「旧約聖書のままだと、すぐにバレてしまうから」という理由も考えられなくもないですが、実はそうではありません。古事記の神話時代は旧約聖書以外にも種本があるのです。そして、その種本とは古事記の人の時代の物語なのです。

次頁の**資料2**（古事記の系譜〈神話の時代と人の時代〉）をご覧ください。左側は先ほどの**資料1**とまったく同じものです。

まず、天之忍穂耳命《あめのをしほみみのみこと》と崇神《すじん》天皇は五人兄弟で一致しています。次に、これらの子の番能邇邇芸命《ほのににぎのみこと》と垂仁《すいにん》天皇です。右側の「垂仁の他の婚姻関係」の枠をご覧ください。垂仁《すいにん》天皇は、自分の元に嫁としてやってきた四人の姉妹のうち、上の二人のみ妻とし下の二人は「甚凶醜《いとみにく》き」として親元へ返してしまいます。

もうすでに皆さんも、なぜ古事記の製作者が石長比売《いはながひめ》を追い返したことにしたかが、分

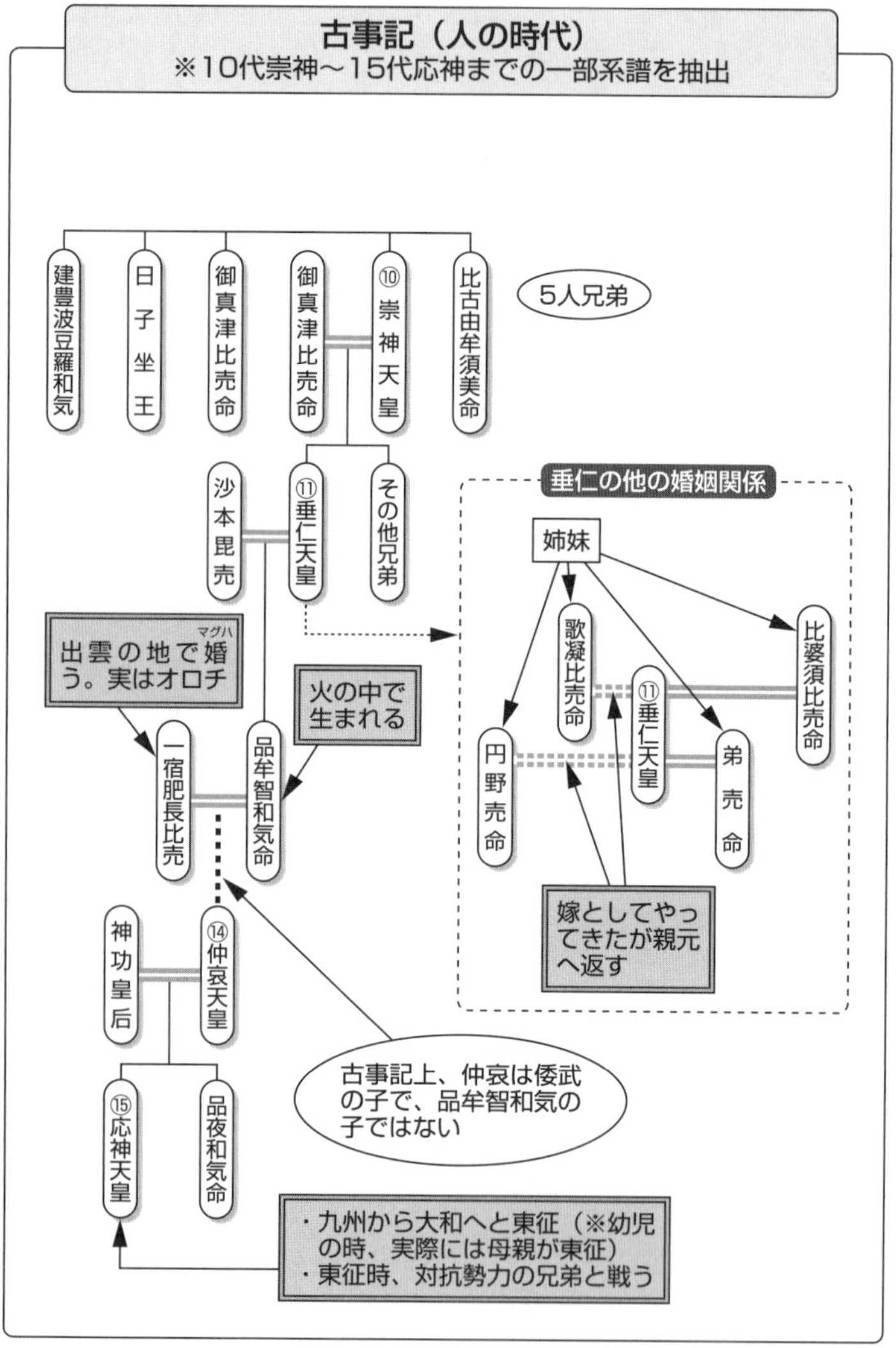

古事記（人の時代）
※10代崇神～15代応神までの一部系譜を抽出
建豊波豆羅和気
日子坐王
御真津比売命
御真津比売命
⑩崇神天皇
比古由牟須美命
5人兄弟
沙本毘売
⑪垂仁天皇
その他兄弟
垂仁の他の婚姻関係
姉妹
歌凝比売命
⑪垂仁天皇
比婆須比売命
円野売命
弟売命
嫁としてやってきたが親元へ返す
出雲の地で婚《マグハ》う。実はオロチ
火の中で生まれる
一宿肥長比売
品牟智和気命
神功皇后
⑭仲哀天皇
古事記上、仲哀は倭武の子で、品牟智和気の子ではない
⑮応神天皇
品夜和気命
・九州から大和へと東征（※幼児の時、実際には母親が東征）
・東征時、対抗勢力の兄弟と戦う

〔資料2（古事記の系譜〈神話の時代と人の時代〉）〕

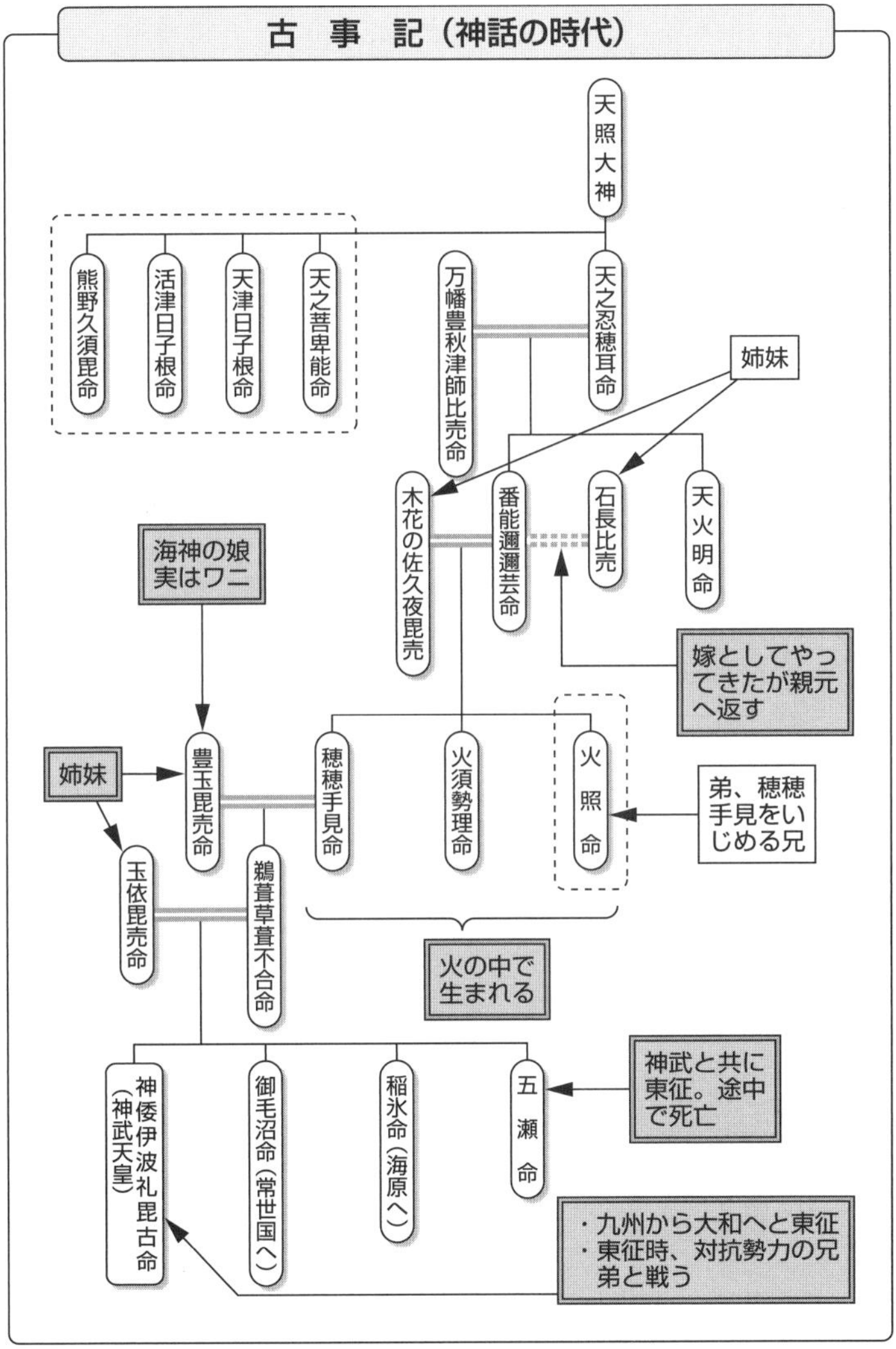
古　事　記（神話の時代）
天照大神
熊野久須毘命
活津日子根命
天津日子根命
天之菩卑能命
万幡豊秋津師比売命
天之忍穂耳命
姉妹
木花の佐久夜毘売
番能邇邇芸命
石長比売
天火明命
海神の娘
実はワニ
嫁としてやってきたが親元へ返す
姉妹
豊玉毘売命
穂穂手見命
火須勢理命
火照命
弟、穂穂手見をいじめる兄
玉依毘売命
鵜葺草葺不合命
火の中で生まれる
神倭伊波礼毘古命
（神武天皇）
御毛沼命（常世国へ）
稲氷命（海原へ）
五瀬命
神武と共に東征。途中で死亡
・九州から大和へと東征
・東征時、対抗勢力の兄弟と戦う

〈旧約聖書　創世記〉

ヤコブは叔父ラバンの娘である美しいラケルに恋し、七年間、叔父の元で働くことを条件に嫁としてもらうこと約束をします。しかし、七年後、叔父ラバンはヤコブをだまして美しくない姉のレアを嫁がせます。そして、ヤコブはさらに七年間、叔父の元で働き、妹のラケルの方も妻として娶ることになります。

〈二人の姉妹のうち、美しくない姉と美しい妹の両方を娶《めと》る〉

＋

〈古事記　人の時代〉

垂仁天皇は、美知能宇斯王の娘である比婆須比売命、弟比売命、歌凝比売命、円野比売命の四人の姉妹を召し上げますが、下の二人は「甚凶醜き」として親元へ返してしまいます。

〈四人の姉妹のうち、美しい姉二人のみを娶《めと》り、美しくない妹二人は親元へ返す〉

←

〈古事記　神話の時代〉

番能邇邇芸命は、大山津見神の娘である木花の佐久夜毘売に恋し、嫁にもらえるよう伝えます。大山津見神は姉の石長比売も一緒に嫁がせますが、番能邇邇芸命は美しい木花の佐久夜毘売のみを嫁にして、石長比売は「甚凶醜き」ことを理由に親元に返してしまいます。

〈二人の姉妹のうち、美しくない姉は親元へ返し、美しい妹のみを娶《めと》る〉

かったでしょう。古事記の神話時代の物語は、旧約聖書と古事記の人の時代を足して二で割った形で作成されているのです。

さらに**資料2**に戻って、番能邇邇芸命《ほのににぎのみこと》と垂仁《すいにん》天皇の子をみてみましょう。穂穂手見命《ほほでみのみこと》らと品牟都和気命《ほむつわけのみこと》は火の中で生まれ、火に関係する名前を与えられます。穂穂手見命《ほほでみのみこと》らは、不貞を疑われた木花《このはな》の佐久夜毘売《さくやびめ》が身の潔白を証明するために産屋に火を放って生んだ子であり、穂穂手見命《ほほでみのみこと》の別名は火遠理命《ほをりのみこと》です。

一方、品牟都和気命《ほむつわけのみこと》は、天皇を裏切って実兄側についた沙本毘売《さほびめ》が立てこもる城が燃え落ちる際に生んだ子で、古事記には「今、火の稲城を焼く時に当たりて、火中《ほなか》に生《あ》れましつ、故、その御名は品牟都和気《ほむつわけ》の御子と申すべし」とあります。また、その子らが娶《めと》った妻は、それぞれ正体が鮫《わに》と蛇《おろち》で人ではなかったとされています。

なお、品牟都和気命《ほむつわけのみこと》と正体が蛇《おろち》である一宿肥長比売《ひとよひながひめ》の子は古事記には記載されていません。**資料2**の右側の系譜にはあえて、その下に仲哀《ちゅうあい》天皇の系譜を配置しましたが、古事記上、仲哀《ちゅうあい》天皇は倭　健　命《やまとたけるのみこと》の子であり、品牟都和気命《ほむつわけのみこと》とは関係がありません。

にもかかわらず、あえてこのような配置したのは、私が、品牟都和気命《ほむつわけのみこと》の子が実は仲哀《ちゅうあい》天皇であると考えているからです（※品牟都和気命《ほむつわけのみこと》と仲哀《ちゅうあい》天皇の関係には更なる秘密が隠されていますが、その点については後述します）。そして、そう考えれば、東征した神武《じんむ》天皇と応神《おうじん》天皇が重なってきますし、さらに、「仲哀《ちゅうあい》天皇には同母の兄弟がいないことを反映して、旧約聖書のエフライムにはマナセという兄弟がいるにもかかわらず、神話の時代の鵜葺草葺不合命《うがやふきあえずのみこと》には兄弟がいないことにした」と考えればつじつまが合います。

そもそも、古事記の人の時代で本当のことを書いているのなら、わざわざ、神話の時代に盛り込むという煩《わずら》わしい作業を行う必要がありません。政治的理由もしくは、その他の理由で、人の時代では偽って書かざるを得なかった真実が神話の時代に反映されていると考えるのが妥当でしょう。天皇は天照大御神《あまてらすおおみかみ》から連なる万世一系であるとされていますが、神話の時代に天照《あまてらす》系の話と須佐之男《すさのを》系の話があるように、実は古代天皇にはもともと二系統あったのです（※詳細は後述）。

以上をまとめると、古事記の神話時代の物語は、次の構造を持っていることになります。

（古事記の神話時代）＝（旧約聖書）＋（古事記の人の時代）

この等式が二つ目の鍵です。古事記の製作者は、神話時代の物語を作成する際に、旧約聖書だけでなく、古事記の人の時代も種本にしたのです。

次項以降では、この等式に基づき、まず古事記に盛り込まれた旧約聖書の物語を解明することから始めたいと思います。

旧約聖書が盛り込まれた部分は、旧約聖書という種本自体が私たちの手に入る形で存在するため、解明が容易ですし、先に旧約聖書の解明を行うことで、残りの部分の「古事記の人の時代」の真実が見えてくるからです。なお、古事記の神話時代には、実は、旧約聖書だけではなく新約聖書の要素も盛り込まれていますが、そのことについては別途、記載します。

二、古事記に隠された旧約聖書の物語

本項から、古事記の記載順に従い、順に旧約聖書の内容が盛り込まれていることを明らかにしていきますが、神々の名の解釈等にあたり、古事記のみを参照するのではなく日本書紀の記述を補足として使用します。

また、古事記や日本書紀の性質上、国内向けの古事記については、その文字の音を中心に解釈し、原則、記述されている漢字にはこだわりません。また、外国向けに漢文の体裁で書かれた日本書紀については、記述された漢字の意味を中心に解釈します。

なお、古事記の各節のタイトルについては、岩波文庫のもの（『古事記』倉野憲司校注・岩波書店）を使用しています。

神世七代《かみよななよ》……天地創造の七日間

「神世七代《かみよななよ》」は、前項で解釈した「別天《ことあま》つ神五柱」の次の物語です。

《神世七代《かみよななよ》（現代語訳）》

次に成り出でた神の名は国之常立《くにのとこたちの》神、次に豊雲野《とよくもの》神である。この二柱の神も単独の

神として成り出で、姿形を現されなかった。次に成り出でた神の名は宇比地邇《うひぢにの》神、次に妹《いも》（※妻）の須比智邇《すひぢにの》神である。次いで角杙《つのぐひの》神、次に妹《いも》の活杙《いくぐひの》神である。二柱。次いで意富斗能地《おほとのぢの》神、次に妹《いも》の大斗乃弁《おほとのべの》神、次いで淤母陀流《おもだるの》神、次に妹《いも》の阿夜訶志古泥《あやかしこねの》神、次いで伊邪那岐《いざなきの》神、次に妹《いも》の伊邪那美《いざなみの》神である。

上に述べた国之常立《くにのとこたちの》神から伊邪那美《いざなみの》神までを、合わせて神世七代《かみよななよ》という。上に述べた二柱の単独の神は、それぞれ一代という。次に対《つい》となっている十神は、それぞれ二神を合わせて一代という。

ここで生まれた神の数は、次のとおり「十二」です。

①国之常立《くにのとこたちの》神、②豊雲野《とよくものの》神、③宇比地邇《うひぢにの》神、④須比智邇《すひぢにの》神、⑤角杙《つのぐひの》神、⑥活杙《いくぐひの》神、⑦意富斗能地《おほとのぢの》神、⑧大斗乃弁《おほとのべの》神、⑨淤母陀流《おもだるの》神、⑩阿夜訶志古泥《あやかしこねの》神、⑪伊邪那岐《いざなきの》神、⑫伊邪那美《いざなみの》神

「十二」が示す内容は「旧約聖書関連」ですので、この十二柱の神々の名前には旧約聖書関連の情報が隠されています。また、古事記は、宇比地邇《うひぢにの》神以降の夫婦神は二柱で一代と

数えて全部で「七代《ななよ》」だと言っていますので、こちらの「七」も無視するわけにはいきません。「七」は「それぞれが人や物等に対応している」ことを表していますので、これらの七代が何かと対応しているはずです。

結論を先に言えば、この「神世七代《かみよななよ》」は旧約聖書の創世記の「天地創造」に対応しています。「天地創造」は、神が天地を七日間で創造した様を描いたものです。神々の名を解釈する前に、まず、その内容を記載しておきます。

《天地創造（創世記一―二（※一部省略））》

〈一日目〉

地は空漠として、闇が混沌の海の面《おもて》にあり、神の霊がその水の面《おもて》に働きかけていた。神は言った、「光あれ」。すると光があった。

〈二日目〉

神は言った、「水の中に蒼穹《そうきゅう》があって、水と水の間を分けるものとなるように」。神は蒼穹《そうきゅう》を造り、蒼穹《そうきゅう》の下の水と蒼穹《そうきゅう》の上の水との間を分けた。

〈三日目〉

神は言った、「天の下の水は一箇所に集まり、乾いた所があらわれるように」。するとそ

うなった。神は乾いた所を地と呼び、水の集まった所を海と呼んだ。

神は言った、「地は草木を、すなわち、種をつける草と種のある実を結ぶ木とを種類に従って地上に芽生えさせるように」。するとそうなった。

〈四日目〉

神は言った、「天の蒼穹《そうきゅう》に輝くものがあって、昼と夜とを分けるように。それらはしるしとなって、季節と日と年とを刻むように。それらは天の蒼穹《そうきゅう》で輝くものとなって、地上を照らすように」。するとそうなった。神は大きな輝くものを二つ、すなわち、昼を治めさせるための大きい輝きと夜を治めさせるための小さい輝きとを、また、星を造った。

〈五日目〉

神は言った、「水は群がる生き物でうごめくように、鳥は天の蒼穹《そうきゅう》の面に沿って地上を飛ぶように」。神は水をうごめかす大きな怪物とすべての這う生き物とを種類に従って、また翼のあるすべての鳥を種類に従って創造した。

〈六日目〉

神は言った、「地は生き物を種類に従って、すなわち、家畜と這うものとを地の獣とを種類に従って、生ずるように」。するとそうなった。

神は言った、「われらの像に、われらの姿に似せて、人を造ろう。そして、彼らに海の魚、空の鳥、家畜、地のすべてのもの、地上を這うものすべてを支配させよう」。神は自分の像に人を創造した。神の像にこれを創造した。彼らを男と女に創造した。

神は自らが造ったすべてのものを見ると果たして、それはきわめてよかった。

〈七日目〉

こうして天と地とその万象が完成した。

第七日に神は自らが果たしたその業を完成した。第七日に自ら果たしたすべての業を離れ、安息をとった。神は第七日を祝福し、これを聖なる日と定めた。

では、順に神々の名を解釈していきます。なお、旧約聖書の該当する箇所も合わせて記載します。

①国之常立神《くにのとこたちの》……「トコタチ」は前項で説明したとおり常に存在している神、ヤハウェのことです。

ただし、「別天《ことあま》つ神五柱」で登場した天之常立神《あめのとこたちの》と「国」が違っていますので、ヤハウェのこの世的な顕現ということになります。また、神道では最高神を「光」や「太陽」と考えていますので、ここでは「光」を表現しています。

〈「神は言った、『光あれ』。」（創世記一：三）〉

②豊雲野《とよくものの》神……見たままで「豊かな雲」ですので、旧約聖書が「蒼穹《そうきゅう》の下の水と蒼穹《そうきゅう》の上の水とを分けた」と述べている「上の水」の部分を表しています。光が現れることによって水が蒸発して雲が出来たわけです。

〈「神は言った、『水の中に蒼穹《そうきゅう》があって、水と水の間を分けるものとなるように』。神は蒼穹《そうきゅう》を造り、蒼穹《そうきゅう》の下の水と蒼穹《そうきゅう》の上の水との間を分けた。」（創世記一：六―七）〉

③宇比地邇《うひぢにの》神・④須比智邇《すひぢにの》神……「ウヒヂニ・スヒジニ」の「ヒヂ」は土方歳三の「ヒジ」と同じで「泥」の意。「ニ」は「土」の意です。つまり、この二神は泥と土を表しており、光が現れて水が乾き、地の部分が現れてきたことを示しています。なお、語頭の「ウ」と「ス」は、音の上で対偶の形にしたもので、それ以上の意味はないと思われます。

〈「神は言った、『天の下の水は一箇所に集まり、乾いた所があらわれるように』」（創世記一：九）〉

⑤角杙《つのぐひの》神・⑥活杙《いくぐひの》神……「ツノ」は「角ぐむ」という言葉があるように「葦などの草木が芽吹くこと」、「イク」は「生きた」という意味。「クヒ」は「地に打ち込んだ棒状のもの」で、草木等の植物を表現しているのでしょう。つまり、この両神で草木が生え出づる様を表し、植物が生まれたことを示しています。

〈「神は言った、『地は草木を、すなわち、種をつける草と種のある実を結ぶ木とを種類に従って地上に芽生えさせるように』」(創世記一：一一)〉

⑦意富斗能地神《おほとのぢの》・⑧大斗乃弁神《おほとのべの》……「オホ」は「大」で「大いなる」という意味。「ト」は「戸」で「出入り口」を表し、ここでは、古事記の他の箇所で伊邪那岐《いざなき》と伊邪那美《いざなみ》の性交を「ミトのマグワヒ」と表現しているように性器のこと。「ヂ」と「ベ」は、それぞれ男と女であることを示す言葉です。よって、この二神は、男女の性器を持った動物や人が生まれたことを示しています。

〈「神は言った、『地は生き物を種類に従って、すなわち、家畜と這うものとを地の獣とを種類に従って、生ずるように』」(創世記一：二四)、「神は自分の像に人を創造した。神の像にこれを創造した。彼らを男と女とに創造した。」(創世記一：二七)〉

⑨淤母陀流神《おもだるの》・⑩阿夜訶志古泥神《あやかしこねの》……「オモ」は「面《オモ》」で顔のこと、「タル」は「足る」で、合わせて、顔が満足した様子。また、「アヤ」は感嘆の言葉、「カシコ」は「立派だ」という意味。つまり、神が自分の創造の成果を見て「ああ、すばらしい」と満足した様子を表しています。

〈「神は自らが造ったすべてのものを見ると、果たして、それはきわめてよかった。」(創世記一：三一)〉

⑪伊邪那岐神《いざなきのかみ》・⑫伊邪那美神《いざなみのかみ》……「イザ」は誘いの言葉、「ナ」は「和ぐ、凪ぐ」の「ナ」で、「さあ、休みましょう」という意味です。なお、「キ」と「ミ」はそれぞれ男女を表す接尾語です。

〈「第七日に、自ら果たしたそのすべての業を離れ、安息をとったからである。」(創世記二:三)〉

以上のとおり、「神世七代《かみよななよ》」は創世記の「天地創造」を表現しており、また、一代で神が天地創造を行った一日を表して、天地創造の「七日間」が「七代《ななよ》」に対応しています。

なお、ここで登場した伊邪那岐神《いざなきのかみ》と伊邪那美神《いざなみのかみ》の二神は、この後、アダムとイブとして古事記に隠された旧約聖書の物語を進めていくことになります。

ちなみに、「神世七代《かみよななよ》」の神々の名が天地創造の様子を示していることは学説でも指摘されていることです(旧約聖書とは結びつけていませんが)。

また、「神世七代《かみよななよ》」が旧約聖書の天地創造にあたることは、すでに飛鳥昭雄氏が指摘されていますが、神々の名の解釈は私のものとは一部異なっています。(※『失われたカッバーラ「陰陽道」の謎』飛鳥昭雄・三神たける著・学習研究社)

伊邪那岐神《いざなきの》と伊邪那美神《いざなみの》……アダムとイブ

古事記では、七代《ななよ》の神々が現れた後、伊邪那岐神《いざなきの》と伊邪那美神《いざなみの》が天《あま》つ神に国土の修理固成を命じられ、結婚して国生みを行うことになります。

《伊邪那岐神《いざなきの》と伊邪那美神《いざなみの》　二神の結婚　（一部・現代語訳）》

二神はその島に天降《あまくだ》りになって、天《あめ》の御柱《みはしら》（※神霊の依《よ》り代《しろ》とされる神聖な柱）を立て、八尋殿《やひろどの》（※広い御殿）をお建てになった。

そして、伊邪那岐命《いざなきのみこと》がその妹《いも》の伊邪那美命《いざなみのみこと》に尋ねて、「お前の身体はどのように出来ていますか」と仰せられると、女神は、「私の身体はだんだん成り整って、成り合わない所が一所あります」とお答えになった。そこで、伊邪那岐命《いざなきのみこと》は「私の身体はだんだん成り整って、成り余った所が一所あります。それで、この私の身体の成り余っている所を、おまえの身体の成り合わない所にさし塞いで、国土を生み出そうと思う。生むことはどうだろう」と仰せられると、伊邪那美命《いざなみのみこと》は「それは結構でしょう」とお答えになった。

そこで、伊邪那岐命《いざなきのみこと》は、「それでは、私とあなたでこの天《あめ》の御柱《みはしら》を回り、出会って結婚しよう」と仰せになった。そう約束して男神は「おまえは右から回って会いなさい。私は左から回って会いましょう」と仰せられ、約束のとおり回るとき伊邪那美命《いざなみのみこと》が先に、「ああ、なんとすばらしい男性なんでしょう」と言い、その後で伊邪那岐命《いざなきのみこと》が、「ああ、なんてすばらしい女性だろう」と言い、それぞれが言い終わった後、男神は女神に告げて、「女が先に言葉を発したのは良くない」と仰せられた。しかし、寝所《しんじょ》で結婚して、子の水《ひ》蛭子《るこ》を生んだ。この子は葦の船に入れて流し棄てた。次に淡島《あはしま》を生んだ。この子も御子《みこ》の数には入れなかった。

ここで生まれた神は二柱ですが、他の箇所のように「右の件《くだり》の○○神以下《よりしも》、△△神以前《よりさき》のｎ（数字）神は……」等といった表現で生まれた神の数を明示していませんので、神の名の解釈等は行いません。

ただし、この古事記の表の物語には旧約聖書の物語が反映しています。旧約聖書の創世記では、神の天地創造の話が終わると最初の人間であるアダムとその妻のイブの話になります。有名なエデン追放の話です。以下に古事記と旧約聖書の内容の一致点を記載します。

〈夫婦の営み〉

○伊邪那岐神《いざなきの》・伊邪那美神《いざなみの》……天界から地上に天降《あまくだ》り、初めて夫婦の営みを行って子を生む
○アダム・イブ……エデンから追放された後に子を生む

〈女性が過ちを犯す〉
○伊邪那岐神《いざなきの》・伊邪那美神《いざなみの》……男性の伊邪那岐神《いざなきの》より先に女性の伊邪那美神《いざなみの》が「ああ、なんとすばらしい男性なんでしょう」と声を掛けてしまう。
○アダム・イブ……女性のイブが蛇にそそのかされて、神から禁止されている知恵の木の実を食べてしまい、怖くなってアダムにも食べさせる。

これくらいの一致点では、「単なる偶然」と言われても仕方のないレベルのものですが、伊邪那岐神《いざなきの》・伊邪那美神《いざなみの》がアダム・イブだと考えると、最初の子の水蛭子《ひるこ》と淡島《あはしま》の正体も分かってきます。そう、アダムとイブの最初の子のカインとアベルです。

《カインとアベル　（概略・創世記四：一―一六）》
アダムとイブはエデンの園追放後、カインとアベルの兄弟を生み、弟アベルは羊を飼う

者となり、兄カインは大地に仕える者となります。

カインは大地の実りを、アベルは羊をそれぞれヤハウェに献げ物として奉《ささ》げます。しかし、ヤハウェはアベルとその献げ物には目を留めますが、カインとその献げ物には目もくれません。カインはひどく怒り、アベルに畑に行こうと誘い出して殺害してしまいます。

ヤハウェはカインに言います。「何ということをしてくれたのか。声がする。あなたの弟の血が大地からわたしに叫んでいる。口を開けて、あなたの手から弟の血を受け取った大地によって、いまや、あなたは呪われる。あなたが大地に仕えても、もはや大地はあなたに産物をもたらさない。あなたは地上でさまよい、さすらう者となる」。

こうして、カインは住んでいた土地を追放されます。

水蛭子《ひるこ》・淡島《あはしま》とカイン・アベルの一致点は以下のとおりです。

〈一方が死亡〉

○水蛭子《ひるこ》・淡島《あはしま》……水蛭子《ひるこ》は葦船に入れて流される。

○カイン・アベル……アベルはカインに殺される。

〈系譜には含まれない〉

○水蛭子《ひるこ》・淡島《あはしま》……「子の例《たぐい》にはいれざりき」とあり、次の「大八島国」で伊邪那岐神《いざなきのかみ》らが生んだ子の数には含まれていない。

○カイン・アベル……創世記に記載されている「アダムの系譜」（創世記五）には含まれていない。

なお、古事記では「死亡したこと」をそのまま表現することは避けているようです。その背景には「死」を「穢《けが》れ」とし、その言葉を使うことすら忌まわしいという考えがあるのでしょう。

前項で説明した**資料1**の系譜に記載したとおり、早死にしたエルアデとエゼルに対応する御毛沼命《みけぬのみこと》と稲氷命《いなひのみこと》はそれぞれ、「波の穂を跳《ふ》みて常世国《とこよのくに》に渡りまし」、「母の国として海原に入りましき」という表現がとられています。その根底には「海原の先に死の国がある」という思想があるのでしょう。

以上、古事記は表の物語に旧約聖書のエッセンスを散りばめたり、神の名に物語を隠したりして、旧約聖書を綴《つづ》っていきます。

大八島国《おほやしまぐに》の生成……アダムの系譜

最初の国生みに失敗した伊邪那岐神《いざなきの》と伊邪那美神《いざなみの》は、再度、天《あめ》の御柱《みはしら》を回るところからやり直し国生みを再開します。

《大八島国《おほやしまぐに》の生成（一部・現代語訳）》

このように言い終って、結婚して生まれた子は、淡道《あはぢ》の穂の狭別島《さわけの》である。

次に、伊豫《いよ》の二名島《ふたなの》を生んだ。この島は身体は一つで顔が四つある。それぞれの顔に名があって、伊豫国《いよの》を愛比売《えひめ》といい、讃岐国《さぬきの》を飯依比古《いひよりひこ》といい、粟国《あはの》を大宣都比売《おほげつひめ》といい、土左国《とさの》を建依別《たけよりわけ》という。次に隠伎《おき》の三子島《みつごの》を生んだ。またの名は天之忍許呂別《あめのおしころわけ》という。次に筑紫島《つくしの》を生んだ。この島も身体が一つで顔が四つある。それぞれの顔に名があって、筑《つく》紫国《しの》を白日別《しらひわけ》といい、豊国《とよ》を豊日別《とよひわけ》といい、肥国《ひの》を建日向日豊久士比泥別《たけひむかひとよくじひねわけ》といい、熊曾国《くまその》を建日別《たけひわけ》という。次に伊伎島《いきの》を生んだ。またの名を天比登都柱《あめひとつばしら》という。次に津島《つ》を生んだ。またの名を天之狭手依比売《あめのさでよりひめ》という。次に佐度島《さどの》を生んだ。次に大倭豊秋津《おほやまととよあきづ》島を生んだ。またの名を天御虚空豊秋津根別《あまつみそらとよあきづねわけ》という。

そして、この八島《やしま》を先に生んだので、大八島国《おおやしまぐに》という。そうした後、帰られる時に吉備《きびの》児島《こじま》を生んだ。またの名を建日方別《たけひかたわけ》という。次に小豆島《あづきじま》を生んだ。またの名を大野手比売《おほのでひめ》という。次に大島を生んだ。またの名を大多麻流別《おほたまるわけ》という。次に女島《ひめじま》を生んだ。またの名を天一根《あめひとつね》という。次に知訶島《ちかのしま》を生んだ。またの名を天之忍男《あめのおしを》という。次に両児島《ふたごのしま》を生んだ。またの名を天両屋《あめのふたや》という。

吉備児島《きびのこじま》より天両屋島《あめのふたやのしま》まで併せて六島。

なぜか、神の名を記述する島としない島があったり、顔が四つあると称して、一つの島に対して四つの神の名を記述していたりしています。しかし、理由は神の数を数えてみれば分かります。次のように、全部で「十二」と「六」になるようにして数合わせをしているのです。よって、これらの神々が示すものは旧約聖書関連です。

〈大八島国《おおやしまぐに》〉

①愛比売《えひめ》、②飯依比古《いひよりひこ》、③大宣都比売《おほげつひめ》、④建依別《たけよりわけ》、⑤天之忍許呂別《あめのおしころわけ》、⑥白日別《しらひわけ》、⑦豊日《とよひ》別《わけ》、⑧建日向日豊久士比泥別《たけひむかひとよくじひねわけ》、⑨建日別《たけひわけ》、⑩天比登都柱《あめひとつばしら》、⑪天之狭手依比売《あめのさでよりひめ》、⑫天御《あまつみ》虚空豊秋津根別《そらとよあきづねわけ》

〈大八島国《おおやしまぐに》以外〉
①建日方別《たけひかたわけ》、②大野手比売《おほのでひめ》、③大多麻流別《おほたまるわけ》、④天一根《あめひとつね》、⑤天之忍男《あめのおしを》、⑥天両屋《あめのふたや》

また、生まれた島の数は全部で「十四」で「七」の倍数です。よって、先の内容と合わせて、ここでは「旧約聖書関連で、かつ、それぞれが人や物等に対応している」ことが示されています。

さて、これらの神々は一体、何と対応しているのでしょうか。古事記は旧約聖書の順序とおりに記載してくれていますので、それを探すのことは難しい話ではありません。

結論を言えば、大八島国《おほやしまぐに》は「アダムの系譜」、そして、大八島国《おほやしまぐに》以外は「カインの系譜」に対応しているのです。最初に生んだ八島は以下のとおり、アダムの子孫の世代数と一致しています。

〈アダムの系譜（創世記五）〉
①シェト─②エノシュ─③ケナン─④マハラルエル─⑤イェレド─⑥エノク─⑦メトシェラハ─⑧レメク

アダムは、古事記では伊邪那岐神《いざなきのかみ》にあたりますので、もちろん数には含めません。また、レメクの子は「ノアの大洪水」のノアになりますが、ノアは別途出てきますので、レメクまでとなります。そして、後に生んだ六島は、カインの子孫の世代数と一致しています。

〈カインの末裔　〈創世記四：一七〉〉

①エノク―②イラド―③メフヤエル―④メトシャエル―⑤レメク―⑥ヤバル

禊祓《みそぎはらひ》と神々の生成……ノアの大洪水

島々に続いてさまざまな神々を生み出していた伊邪那岐神《いざなきのかみ》と伊邪那美神《いざなみのかみ》ですが、最後の火之迦具土神《ひのかぐつちのかみ》を生んだ際に伊邪那美神《いざなみのかみ》は死亡してしまいます。

嘆き悲しんだ伊邪那岐神《いざなきのかみ》は妻に会うために黄泉《よみ》の国に行きますが、そこで見た妻の姿は、蛆《うじ》がたかって八柱の雷神《いかづちがみ》が体に宿っているという、変わり果てたものでした。黄泉《よみ》の国から逃げ帰った伊邪那岐神《いざなきのかみ》は、穢《きたな》い国に行ってしまったと、川で禊《みそ》ぎ祓《ばら》いをしようとし、身に付けているものを脱ぎ捨てていきます。

《禊祓《みそぎはらひ》と神々の生成（一部・現代語訳）》

それで、まず投げ捨てた御杖《みつえ》から成った神の名は衝立船戸《つきたつふなどの》神である。次に投げ捨てた御《み》帯《おび》から成った神の名は道之長乳歯《みちのながちはの》神である。次に投げ捨てた御袋《みふくろ》から成った神の名は時《とき》量師《はかしの》神である。次に投げ捨てた御衣《みけし》から成った神の名は和豆良比能宇斯能《わづらひのうしの》神である。次に投げ捨てた御袴《みはかま》から成った神の名は道俣《ちまたの》神である。次に投げ捨てた御冠《みかがふり》から成った神の名は飽咋之宇斯能《あきぐひのうしの》神である。次に投げ捨てた左の御手の腕輪から成った神の名は奥疎《おきざかるの》神、次に奥津那芸佐毘古《おきつなぎさびこの》神、次に奥津甲斐弁羅《おきつかひべらの》神である。次に投げ捨てた右の御手の腕輪から成った神の名は辺疎《へざかるの》神、次に辺津那芸佐毘古《へつなぎさびこの》神、次に辺津甲斐弁羅《へつかひべらの》神である。

以上の船戸《ふなどの》神から、辺津甲斐弁羅《へつかひべらの》神までの十二神は、身に着けていた物を脱ぎ捨てることによって成り出でた神である。

生まれた神の数は以下のとおり「十二」です。よって旧約聖書関連となり、ここでは旧約聖書の物語が隠されています。

①衝立船戸神《つきたつふなどの》、②道之長乳歯神《みちのながちはの》、③時量師神《ときはかしの》、④和豆良比能宇斯能神《わづらひのうしの》、⑤道俣神《ちまたの》、⑥飽咋之宇斯能神《あきぐひのうしの》、⑦奥疎神《おきざかるの》、⑧奥津那芸佐毘古神《おきつなぎさびこの》、⑨奥津甲斐弁羅神《おきつかひべらの》、⑩辺疎神《へざかるの》、⑪辺津那芸佐毘古神《へつなぎさびこの》、⑫辺津甲斐弁羅神《へつかひべらの》

この「禊祓《みそぎはらひ》と神々の生成」は旧約聖書の「ノアの大洪水」に対応していますので、まず、その概略を記載します。

《ノアの大洪水（概略・創世記六〜八）》

地上に悪がはびこっていたため、人を造ったことを後悔した神ヤハウェはすべての生命を滅ぼすことを決定します。しかし、正しき人のノアだけにはその決定を知らせ、箱舟を造って難を逃れるよう助言します。

そして大洪水が起こり、ノアとその家族、および箱舟に運びこまれた動物以外はすべて息絶えます。百五十日間、大雨により水は勢いを増し続けましたが、神はノアのことを思い起こして雨を止め、水は減り始めます。やがて、大地は乾き、ヤハウェは助かったノアを前にして、「もはや私は、人のゆえに大地を呪うことをすまい」と言います。大洪水を起こしたことを後悔したのでしょう。大洪水を生き残ったのはノアとその息子たちのセ

ム、ハム、ヤペトおよび、その妻たちの八人で、彼らの子孫が現在の地球上の人類ということになります。

では、順に神々の名を解釈していきます。

①衝立《つきたつ》船戸神《ふなどの》…… 見たままで舟の戸を衝き立てて閉めたということ。

ここでいう舟はノアの箱舟を示し、舟の戸を閉めたということはノア達家族が箱舟に乗り込んだことを表しています。ノアの箱舟は大洪水に耐えることができるように中が空洞になっている潜水艦のような舟であったと考えられます。また、出入り口は舟の側面にあったようで（※「箱舟の出入り口は側面に設け、一階と二階と三階のある箱舟を造るがよい」（創世記六：一六））、下部が固定されて上から開き、出入り口の戸が、そのまま乗り込み用の橋と

ノアの箱舟（想像図）

なるような構造になっていたのではないかと思われます。そう考えれば、「戸を衝き立てる」という表現がしっくりきます。

②道之長乳歯《みちのながちはの》神……日本書紀の方には「長道磐神《ながちはのかみ》」と記されています。この神も見たままで、長い道中、舟が岩のように磐石で壊れなかったことを表しています。

③時量師《ときはかしの》神……時を量った、つまり、多くの時が流れたこと。

④和豆良比能宇斯能《わづらひのうしの》神……「ワヅラヒ」は「苦しみ悩むこと」で、「ウシ」は「主《ぬし》」で神のこと。多くの生命を奪ったことに神が苦しみ悩んだことを表しています。

⑤道俣《ちまたの》神……「マタ」は「分かれる所」で「道が分かれること」つまり、ここが運命の分岐点となって以降、水が引き始めることを示しています。

⑥飽咋之宇斯能《あきぐひのうしの》神……「アキ」は「開き」、「ぐひ」は「食い」で大地の主が口を開けて水を飲み込んでいる様子です。

⑦奥疎《おきざかるの》神・⑧奥津那芸佐毘古《おきつなぎさびこの》神・⑨奥津甲斐弁羅《おきつかひべらの》神・⑩辺疎《へざかるの》神・⑪辺津那芸佐毘古《へつなぎさびこの》神・⑫辺津甲斐弁羅《へつかひべらの》神……⑦〜⑨と⑩〜⑫は、「奥《おき》」と「辺《へ》」が異なるだけで同じ神の名が繰り替えされています。「奥《おき》」は「沖」で、「辺《へ》」は「海辺や水辺」のこと。「サカル」は「離れる、遠ざかる」の意で、大洪水の影響が遠ざかったこと。「ナギサ」は「渚」で波打ち際のことで、渚と聞いてイメージするような通常の波打つ状態になったこと。

「甲斐弁羅《かひべら》」の「カイ」は「効果」、「ヘラ」は「細長く平たい道具」ですので、大洪水の効果が平らになった（なくなった）ことを表しています。

つまり、⑦～⑫は、沖の方から海辺の方へと順に、荒れていた波が治まり、大洪水の効果がなくなって水が引き始めたことを表現しています。

以上、いきなり箱舟に乗り込むところから始まり、大洪水そのものの描写はありませんが、伊邪那岐神《いざなきの》の「河に入って身をすすぎ、穢《けが》れを清め落とす」という行為自体が「ノアの大洪水」を象徴しています。

続いて、「禊祓《みそぎはらひ》と神々の生成」の続きです。すべてを脱ぎ捨てて真っ裸になった伊邪《いざ》那岐神《なきの》は、川に入って禊《みそ》ぎ祓《ばら》いを行います。

《禊祓《みそぎはらひ》と神々の生成　（続き・現代語訳）》

そこで伊邪那岐命《いざなきのみこと》が仰せられるには、「上の瀬は流れが速い。下の瀬は流れが遅い」と仰せられ、最初に中流の瀬に沈み潜って、身の穢《けが》れを洗い清められた時に成った神の名は八十禍津日神《やそまがつひの》、次いで大禍津日神《おほまがつひの》である。この二神は、あの穢《けが》らわしい黄泉国《よみの》に行った時、触れた穢《けが》れによって成り出でた神である。次にその禍《まが》を直そうとして成り出でた神の名は、神直毘神《かむなほびのかみ》、次いで大直毘神《おほなほびのかみ》、次いで伊豆能売神《いづのめのかみ》である。併せて三神である。次に水底《みなそこ》に潜って、身を洗い清められる時に成った神の名は底津綿津見神《そこつわたつみのかみ》、次に底筒之男命《そこつつのをのみこと》である。次に水の中程で洗い清められる時に成った神の名は中津綿津見神《なかつわたつみのかみ》、次に中筒之男命《なかつつのをのみこと》である。水の表面で洗い清められる時に成った神の名は上津綿津見神《うはつわたつみのかみ》、次に上筒之男命《うはつつのをのみこと》である。

この三柱の綿津見神《わたつみのかみ》は、阿曇連《あづみのむらじ》等が祖先神としてあがめ祀《まつ》っている神である。そして、阿曇連《あづみのむらじ》等は、その綿津見神《わたつみのかみ》の子の宇都志日金拆命《うつしひがなさくのみこと》の子孫である。また底筒之男命《そこつつのをのみこと》、中筒之男命《なかつつのをのみこと》、上筒之男命《うはつつのをのみこと》の三柱の神は、墨江《すみのえ》に祀《まつ》られている三座の大神である。

さてそこで、左の御目《みめ》をお洗いになる時、成り出でた神の名は天照大御神《あまてらすおほみかみ》である。次に右の御目《みめ》をお洗いになる時、成り出でた神の名は月読命《つくよみのみこと》である。次に御鼻《みはな》をお洗いになる時、成り出でた神の名は建速須佐之男命《たけはやすさのをのみこと》である。右にあげた八十禍津日神《やそまがつひのかみ》から速《はや》須佐之男命《すさのをのみこと》までの十四柱の神は、御体を濯《すす》ぐことによって成り出でた神である。

生まれた神の数は以下のとおり「十四」で「七」の倍数です。よって、ここでは何らかの数合わせがなされていて、「それぞれが人や物等に対応している」ことが示されています。

①八十《やそ》禍津《まがつ》日《ひの》神、②大禍津日《おほまがつひの》神、③神直毘《かむなほびの》神、④大直毘《おほなほびの》神、⑤伊豆能売《いづのめの》神、⑥底津綿津《そこつわたつ》見《みの》神、⑦底筒之男《そこつつのをの》命《みこと》、⑧中津綿津見《なかつわたつみの》神、⑨中筒之男《なかつつのをの》命《みこと》、⑩上津綿津見《うはつわたつみの》神、⑪上筒之男《うはつつのをの》命《みこと》、⑫天照大御神《あまてらすおほみかみ》、⑬月読命《つくよみのみこと》、⑭建速須佐之男命《たけはやすさのをのみこと》

それぞれの神々が示しているものは以下のとおりとなります。

①八十禍津日《やそまがつひの》神・②大禍津日《おほまがつひの》神……大洪水によって洗い流された悪しき人々。

③神直毘《かむなほびの》神・④大直毘《おほなほびの》神……「直」は、禍《まが》を元の状態に改めることで、「ビ」は神霊の意。

これらの神は正しき人、ノアに対応しています。おそらく、悪しき人たちを二神で表現したこと、および、「十四」という数字にするために二神にしたと思われます。

⑤伊豆能売《いづのめの》神……「厳の女《イツめ》」の意で、「イツ」は聖なること。ノアの妻です。

⑥底津綿津見《そこつわたつみの》神……セム（ノアの子）の妻（※綿津見《わたつみの》神は女神）。

⑦底筒之男命《そこつつのをのみこと》……セム。

⑧中津綿津見《なかつわたつみの》神……ハム（ノアの子）の妻。

⑨中筒之男命《なかつつのをのみこと》……ハム。

⑩上津綿津見《うはつわたつみの》神……ヤペテ（ノアの子）の妻。

⑪上筒之男命《うはつつのをのみこと》……ヤペテ。
⑫天照大御神《あまてらすおほみかみ》……セム。⑦と重複しますが、「十四」という数字にするため、および、表の物語を紡いでいく次の主人公を登場させるための、やむなしの処置であると思われます。なお、なぜ、セムに当たるかは次節にて説明します。
⑬月読命《つくよみのみこと》……ハム。
⑭建速須佐之男命《たけはやすさのをのみこと》……ヤペテ。

なお、ノアの箱舟に乗り込んだ人間は、ノアとその息子のセム、ハム、ヤペテおよび、その妻たちの全部で八人です。

さらに、⑥から⑪は古事記の他の箇所と関連して重要な暗示が含まれています。「筒之男命《つつのをのみこと》」の「筒《つつ》」は「中が空洞のもの」で、それが上中下とあり、さらにそれらが「綿津見《わたつみ》（＝海）」の中あるイメージです。また、⑦底筒之男命《そこつつのをのみこと》、⑨中筒之男命《なかつつのをのみこと》、⑪上筒之男命《うはつつのをのみこと》の三神は古事記に「墨江《すみのえ》の三前《みまへ》の大神」であると記述されており、「墨江《すみのえ》」とは大阪の住吉大社のことです。

ここでの説明は以上でいったん保留し、これらの神々と関連する古事記の他の箇所が出てきた際、再度、説明したいと思います。頭の片隅に、「海中の底、中、表面と空洞があるという状況」を表現している神々がいたことを留めておいてください。

三《みはしらの》貴子《うずのみこ》の分治……セム・ハム・ヤペテの諸族の居住地

「禊《みそぎ》祓《はらひ》と神々の生成」の続きです。

《三《みはしらの》貴子《うずのみこ》の分治（現代語訳）》

この時、伊邪那岐命《いざなきのみこと》はたいそう喜んで仰せられるには、「私は子を次々に生んで、生んだ最後に三柱の貴《とうと》い子を得た」と仰せられて、ただちに御首《みくび》の首飾りの玉の緒をゆらゆらと揺り鳴らしながら、天照大御神《あまてらすおほみかみ》にお授けになって仰せられるには、「あなたは高天の原《たかまのはら》をお治めなさい」と御委任になった。それでその御首飾りの玉の名を御倉板挙之神《みくらたなのかみ》という。次に月読命《つくよみのみこと》に、「あなたは夜の食国《をすくに》をお治めなさい」と御委任になった。次に建速須佐之男命《たけはやすさのをのみこと》に仰せられるには、「あなたは海原をお治めなさい」と御委任になった。

天照大御神《あまてらすおほみかみ》たちはそれぞれ、伊邪那岐命《いざなきのみこと》から治める場所を告げられていますが、これを旧約聖書でセム・ハム・ヤペテの諸族が住み着いたと記述されている地域と比較してみます。

○天照大御神《あまてらすおほみかみ》……高天《たかま》の原

○セム……メシャから東方の山セファル（※「彼らの居住地はメシャから東方の山セファルに至った」（創世記一〇：三〇））

○月読命《つくよみのみこと》……夜の食国《をすくに》

○ハム……エジプト、カナン、他（※「ハムの子孫はクシュ、エジプト、プト、カナン」（創世記一〇：六））

○建速須佐之男命《たけはやすさのをのみこと》……海原

○ヤペテ……海沿いの諸国民が分かれ出た（※「彼らから、それぞれ国家、言語、民族、国民ごとに、海沿いの諸国民が分かれ出た」（創世記一〇：五））

天照大御神《あまてらすおほみかみ》は「東方の山」、つまり高い所で高天《たかま》の原。建速須佐之男命《たけはやすさのをのみこと》はそのまま海つながりです。

月読命《つくよみのみこと》はエジプトやカナンと結びつけるのは難しいですが、おそらく、ハムは黒人の先祖であるため、黒つながりで「夜」を持ってきたのではないかと思われます。なお、「食《をす》」は「治める」という意味です。

大国主神《おほくにぬしの》……ヤコブ

少し飛んで、次は大国主神《おほくにぬしの》の物語です。大国主神《おほくにぬしの》は須佐之男命《すさのをのみこと》の子孫で、天照大御《あまてらすおほみ》神《かみ》が天を象徴するのに対して、大国主神《おほくにぬしの》は地を象徴するといわれています。

《稲羽《いなば》の素兎《しろうさぎ》（概略）》

大国主神《おほくにぬしの》には兄弟に八十神《やそがみ》（※大勢の神）がおり、その八十神《やそがみ》が稲羽《いなば》（※因幡《いなば》（現・鳥取県））の八上比売《やがみひめ》を嫁にしようと稲羽《いなば》に出かけ、大国主神《おほくにぬしの》も袋を背負わせ従者として連れていきます。

気多《けた》の岬まで来た時、丸裸の兎が伏せっており、八十神《やそがみ》は「海の潮を浴びた後、風に当

たればいい」と言い、兎はそのとおりにしたのですが、潮が乾くと身の皮がことごとく裂けてしまいます。兎が痛み苦しんで泣いていると最後に大国主神《おほくにぬしの》が通りかかり、訳を聞いた後、「水で身を洗い、蒲黄《かまのはな》を敷き散らしてその上に転がればよい」と教えてあげます。すると、兎は元通りになり、「あの八十神《やそがみ》は、きっと八上比売《やがみひめ》を得ることはできないでしょう。袋を背負ってはいても、あなた様が得ることでしょう」と大国主神《おほくにぬしの》に言います。

この話には、イスラエル部族の始祖の一人であるヤコブの物語が盛り込まれています。イスラエル人の太祖がアブラハムで、その息子がイサク。そして、イサクの息子が兄エサウと弟ヤコブです。古事記では、大国主神《おほくにぬしの》がヤコブ、八十神《やそがみ》はヤコブの兄のエサウに対応しています。

また、兎が象徴するものは月ですが、天孫が太陽を崇拝しているため、区別の意味もあるのかもしれません。そして、本来、先に兎に会って、兎の祝福を受けるチャンスがあったのは八十神《やそがみ》の方だったのですが、結果、大国主神《おほくにぬしの》が祝福を受けることになります。

旧約聖書では、父イサクは兄であるエサウに祝福を与えようと考えていたのですが、弟のヤコブを可愛がっていた母リベカが一計を案じ、父イサクを騙してヤコブに祝福を受けさせることに成功します。なお、ここでの祝福は単なる祝福ではなく、家長およびヤハウェとの契約の継承等を意味するものです。
さらに、大国主神《おほくにぬしの》＝ヤコブの物語は続きます。

《八十神《やそがみ》の迫害・根の国訪問（概略）》
八上比売《やがみひめ》の元に到着した八十神《やそがみ》ですが、八上比売《やがみひめ》は「私はあなたたちの言うことは聞かずに大穴牟遅神《おほなむぢの》（※大国主神《おほくにぬしの》）に嫁ぎます」と言います。八十神《やそがみ》は怒って大穴牟遅神《おほなむぢの》を殺そうと共謀し、火で焼いた石を上から転がして、猪だと言って捕まえさせようとしたり、木の間に挟んだりと、さまざまな方法で殺そうとしますが、その都度、御祖《みおや》の命《みこと》（※御母）が大穴牟遅神《おほなむぢの》を助け、このままでは殺されてしまうと木国《きのくに》（※現・和歌山）の大《おほ》屋毘古神《やびこの》の元へ逃がします。しかし、そこにも八十神《やそがみ》が追ってきたので、大穴牟遅神《おほなむぢの》はさらに逃げて須佐之男命《すさのをのみこと》のいる根《ね》の堅州国《かたすくに》（※地の底にあるとされる異郷）に行きます。
根《ね》の堅州国《かたすくに》に到着すると、須佐之男命《すさのをのみこと》の娘の須勢理毘売《すせりびめ》と恋に落ちます。一方、須佐《すさ》之男命《のをのみこと》は大穴牟遅神《おほなむぢの》にさまざまな無理難題をふっかけ、蛇の部屋や、百足《むかで》と蜂の部屋で寝させたり、また、野に入った時に火でその野を焼き囲んだり、頭の虱《しらみ》を取れと言って百足《むかで》を取らせようとしたりします。しかし、その都度、須勢理毘売《すせりびめ》や鼠に助けられて難を逃れます。

そして、最後に大穴牟遅神《おほなむぢのかみ》は、須佐之男命《すさのをのみこと》の髪の毛を垂木《たるき》にくくりつけて、戸を五百《いほ》引《びき》の石《いは》で塞《ふさ》ぎ、須勢理毘売《すせりびめ》を背負って、生大刀《いくたち》と生弓矢《いくゆみや》および天詔琴《あめののりごと》を持って逃げます。

須佐之男命《すさのをのみこと》は黄泉比良坂《よもつひらさか》まで追いかけてきて、「そのおまえが持っている生大刀《いくたち》と生弓《いくゆみ》矢《や》でもって、おまえの兄弟たちを坂の裾《すそ》に追い伏せ、また川の瀬に追い払って、己《おのれ》が大国《おほくに》主《ぬしの》神となり、また宇都志国玉神《うつしくにたまのかみ》となって、その我が娘の須勢理毘売《すせりびめ》を正妻として、宇迦《うか》能山《のやま》の麓《ふもと》に地底の岩盤に届くほど宮の柱を太く深く掘り立てて、高天《たかま》の原に届くほど千木《ちぎ》を高くそびえさせて住め。この奴《やっこ》め」と呼びかけます。

そして、大穴牟遅神《おほなむぢのかみ》はその太刀と弓で八十神《やそがみ》を追い払って国づくりを行います。

ここも、先ほどのヤコブの話の続きになります。

父の祝福を奪われた兄エサウは、ヤコブを憎むようになり、「弟のヤコブを殺害してしまおう」と考えますが、それを知った母リベカは、ヤコブをカナンの地から、リベカの兄のラバンがいるハランへと逃がします。

そして、ヤコブは叔父ラバンの娘のラケルに一目ぼれし、ラケルを嫁にもらうことを条件に七年間、叔父ラバンに仕えます。七年経つと叔父ラバンはラケルではなくその姉のレアを嫁がせ、ヤコブはラケルをもらうことを条件にさらに七年間仕えることになります。

七年経ち、ラケルと結婚してしばらくした後、ヤコブは叔父ラバンに、もといた土地のカナンに帰らせてもらうよう願い出ます。そこで、叔父ラバンはヤコブに報酬として、若い雄羊のうち、灰色の羊とぶちとまだらの山羊を与えると約束しますが、その日のうちに、条件にあった羊と山羊を隠してしまいます。さらに、ヤコブは灰色とぶちとまだらの羊と山羊が生まれるのを待った後、自分の取り分の羊と山羊、そして、妻のレアとラケル達を連れて逃げ出し、追ってきた叔父ラバンはギルアドの山でヤコブに追いつき、二人は和解します。

大国主神《おほくにぬしの》とヤコブの物語の一致点をまとめると、以下のとおりです。

○古事記……兄弟の八十神《やそがみ》ではなく、大国主神《おほくにぬしの》が兎（月）の祝福を受ける。
○旧約聖書……兄エサウではなく、ヤコブが父イサクの祝福を受ける。
○古事記……恨んだ八十神《やそがみ》が大国主神《おほくにぬしの》を殺そうとする。
○旧約聖書……恨んだ兄エサウがヤコブを殺そうとする。
○古事記……母親が大国主神《おほくにぬしの》を他の地へと逃がす。

○旧約聖書……母リベカがヤコブを他の地へと逃がす。
○古事記……大国主神《おほくにぬしの》と須勢理毘売《すせりびめ》が恋に落ちる。
○旧約聖書……ヤコブがラケルを見初める。
○古事記……須佐之男命《すさのをのみこと》が大国主神《おほくにぬしの》に無理難題を出す。
○旧約聖書……叔父ラバンがさまざまな条件を出してヤコブを自分に仕えさせておこうとする。
○古事記……大国主神《おほくにぬしの》が須佐之男命《すさのをのみこと》の元を逃げ出す。
○旧約聖書……ヤコブが叔父ラバンの元を逃げ出す。
○古事記……追いかけてきた須佐之男命《すさのをのみこと》と和解する。
○旧約聖書……追いかけてきた叔父ラバンと和解する。

さらに、人物・土地等を古事記と旧約聖書とで対応するものを表にまとめると、以下のとおりとなります。

古事記	旧約聖書（創世記）
大国主神	ヤコブ
兄弟・八十神	兄エサウ
御親の命（※御母）	母リベカ
須勢理毘売	ラケル
須佐之男命	叔父ラバン
根の堅州国	ハラン
黄泉比良坂	ギルアドの山

大国主《おほくにぬしの》神の神裔《しんえい》……ヨセフの物語

次に、大国主《おほくにぬしの》神の子孫たちです。

《大国主《おほくにぬしの》神の神裔《しんえい》（現代語訳）》

さてこの大国主《おほくにぬしの》神が胸形《むなかた》の奥津宮《おきつみや》に鎮座している神の多紀理毘売命《たきりびめのみこと》を娶《めと》って生んだ子は、阿遅鉏高日子根神《あぢすきたかひこねの》、次に妹の高比売命《たかひめのみこと》で、またの名を下光比売命《したてるひめのみこと》という。この阿遅《あぢ》鉏高日子根神《すきたかひこねの》は、今は迦毛大御神《かものおほみ》といわれている。

大国主《おほくにぬしの》神がまた、神屋楯比売命《かむやたてひめのみこと》を娶《めと》って生んだ子は事代主《ことしろぬしの》神である。また八島牟遅《やじまむぢ》能《の》神の娘、鳥耳《とりみみの》神を娶《めと》って生んだ子は鳥鳴海《とりなるみの》神である。この神が日名照額田毘道男伊許《ひなてりぬかたびちをいこ》知邇《ちにの》神を娶《めと》って生んだ子は国忍富《くにおしとみの》神である。この神が葦那陀迦《あしなだかの》神、またの名は八河江比《やがはえひ》売《め》を娶《めと》って生んだ子は速甕《はやみか》の多気佐波夜遅奴美《たけさはやぢぬみの》神である。この神が天之甕主《あめのみかぬしの》神の娘の前《さき》玉比売《たまひめ》を娶《めと》って生んだ子は甕主日子《みかぬしひこの》神である。この神が淤加美《おかみの》神の娘の比那良志毘売《ひならしびめ》を娶《めと》って生んだ子は多比理岐志麻流美《たひりきしまるみの》神である。この神が比比羅木《ひひらぎ》の其花麻豆美《そのはなまづみの》神の娘の活《いく》玉前玉比売《たまさきたまひめの》神を娶《めと》って生んだ子は美呂浪《みろなみの》神である。この神が敷山主《しきやまぬしの》神の娘の青沼馬沼押《あをぬまうまぬまおし》

比売《ひめ》を娶《めと》って生んだ子は布忍富鳥鳴海神《ぬのおしとみとりなるみの》である。この神が若尽女神《わかつくしめの》を娶《めと》って生んだ子は天日腹大科度美神《あめのひばらおほしなどみの》である。この神が天狭霧神《あめのさぎりの》の娘の遠津待根神《とほつまちねの》を娶《めと》って生んだ子は遠《とほ》津山岬多良斯神《つやまさきたらしの》。

右にあげた八島士奴美神《やしまじぬみの》から遠津山岬帯神《とほつやまさきたらしの》までの神々を十七世《とをまりななよ》の神という。

ここで生まれた神の数は以下のとおり「十二」です。よって旧約聖書関連となり、ここでは旧約聖書の物語が隠されています。なお、文章中には「十七世《とをまりななよ》」と記載されていますが、これは、須佐之男命《すさのをのみこと》の子どもからの世代数ですので、ここでは直接関係がありません。

①阿遅鉏高日子根神《あぢすきたかひこねの》、②高比売命《たかひめのみこと》（下光比売命《したてるひめのみこと》）、③事代主神《ことしろぬしの》、④鳥鳴海神《とりなるみの》、⑤国忍富神《くにおしとみの》、⑥多気佐波夜遅奴美神《たけさはやぢぬみの》、⑦甕主日子神《みかぬしひこの》、⑧多比理岐志麻流美神《たひりきしまるみの》、⑨美呂浪神《みろなみの》、⑩布忍富鳥鳴海神《ぬのおしとみとりなるみの》、⑪天日腹大科度美神《あめのひばらおほしなどみの》、⑫遠津山岬多良斯神《とほつやまさきたらしの》

この「大国主神《おほくにぬしの》の神裔《しんえい》」は旧約聖書のヨハネの物語に対応していますので、まず、その概略を記載します。

《ヨセフの物語　（概略・創世記三七―五〇）》

イスラエルの始祖アブラハム。その息子がイサクで、そのまた息子がヤコブです。ヤコブにはレアとラケルという二人の妻がおり、ヨセフはその間に生まれた十二人の子のうちの一人です。

ある日、ヨセフは見た夢を父親と兄弟たちに語ります。それは、「太陽と月と十一の星が私にひれ伏している」という夢で、「父親と母親、そして、兄弟たちがヨセフにひれ伏す」ということを暗示しており、兄弟たちは怒って彼を暴行した後、商人に売り渡してしまいます。その後、ヨセフはエジプトでファラオの侍従長に奴隷として買い取られます。やがて、ヨセフは主人の信用を得て家と全財産の管理を任せられることになりますが、主人の妻が彼に目をつけ誘惑したところ拒否したため、逆にいたずらしようとしたとぬれぎぬを着せられ、監獄に入れられることになります。

ある時、ファラオが不思議な夢を見ます。彼がナイル河のほとりに佇《たたず》んでいると、肥え太った七頭の雌牛が上がってきて、その後に続いて、姿が醜く痩せ細った七頭の雌牛が上がってきて、先の肥え太った雌牛を食べてしまうという夢です。

胸騒ぎを覚えたファラオは、占い祭司と賢者をすべて呼び寄せて夢解きをさせますが、誰も解ける者はいません。そこで、かつて監獄にいた時にヨセフに夢解きをしてもらったことを思い出した献酌官の長がヨセフをファラオに推薦します。

監獄から呼び出されたヨセフは、「ファラオの夢は、神がなさろうとしていることをファラオに告げているのです。見事な七頭の雌牛は七年、痩せて醜い雌牛も七年。つまり、今から七年豊作になり、その後に続いて飢饉の七年が起こります。その飢饉があまりにも激しいために、国にあった豊作のことは忘れられます」と見事に夢解きを行い、しかも、「これから続く豊作の七年間、食糧をファラオの管理下に集積し、その後の七年の飢饉に備えて備蓄すれば、国は飢饉によって絶ち滅ぶことはないでしょう」と対応策までアドバイスします。これに感心したファラオはヨセフを宰相に任命して全土を治める者とし、ヨセフは自らの進言どおりにエジプトを治めて飢饉を乗り越えます。

一方、カナンの地でも飢饉となり、父ヤコブは息子たちにエジプトへ行って穀物を買ってくるよう依頼します。末子のベニヤミンを除く十人の兄弟たちはエジプトに下り、穀物を売る責任者のヨセフのところにやってきます。ヨセフはすぐに兄弟たちに気づきますが、兄弟たちはヨセフに気づきませんでした。そして、ヨセフは素知らぬ振りをして、「エジプトの隙を窺うために偵察にやってきたのだろう」と難癖をつけ、ウソをついていないことを証明するために、一人を人質として差し出させた上で、カナンに残してきた末弟のベニヤミンを連れてくるよう命じます。ベニヤミンがヨセフの同母の弟だったからです。

また、ヨセフはこっそりと、兄弟たちが持ってきた入れ物に穀物を満たさせ、交換用に持ってきた銀も戻させます。

帰ってきた息子たちに話を聞いた父ヤコブは、ベニヤミンを連れていくことを拒否します。ヨセフが死んだと思って心を痛めており、ベニヤミンまで失いたくなかったからです。しかし、飢饉は激しく、エジプトから持ち帰った穀物も底をついたため、兄弟の一人であるユダが全責任を負うからと父ヤコブを説得し、ベニヤミンを連れて再びエジプトへ下っていきます。

兄弟たちは再びヨセフにまみえますが、ヨセフはベニヤミンの荷袋に銀の杯を忍び込ませた上で盗んだと難癖をつけ、ベニヤミンを僕《しもべ》として置いていくようにせまります。

ユダはヨセフに必死に嘆願し、父がベニヤミンを失うと悲嘆のあまりに死んでしまうからと自分が身代わりになると願い出ます。これを聞いたヨセフは感情を抑えきれなくなり、兄弟たちに自らの正体を明かし、飢饉はまだ続くからと言って父をエジプトに連れてくるように告げ、以降、イスラエル人たちはエジプトに住みつき数を増やすことになります。

では、神々の名を解釈していきます。

①阿《あ》遅《ぢ》鉏《すき》高《たか》日《ひ》子《こ》根《ねの》神……「アヂ」は「吾地《あぢ》」で自分たちの土地のこと。「鉏《すき》」は「スく」で除き去ることで、「高《たか》」は尊称。つまり、自分たちの土地であるカナンから取り除かれた日の子（アブラハム）の根（子孫）ということで、「ヨセフがカナンからエジプトへと売り払われたこと」を示しています。

②高《たか》比《ひ》売命《めのみこと》（下光《したてる》比《ひ》売命《めのみこと》）……「高《たか》」は尊称、「下光《したてる》」は「下界を照らす」という意味で、天の下を照らすヨセフを示し、エジプトを、そして、イスラエルの民を飢饉から救ったことに基づく表現でしょう。

①、②はヨセフを称える言葉です。「我等の地、カナンから取り去られたアブラハムの根、下界を照らす光、ヨセフ」ということです。

③事代主神《ことしろぬしの》……「事（言）を知る主」という意味で、一般に、託宣の神とされていますが、これは、ヨセフが夢解きを行うことにより神の意を代弁したことを表しています。

④鳥鳴海神《とりなるみの》……「トリナル」は「トリコ（虜）ナル」で、「ミ」はヤマツミ、ワタツミ等のミと同じで霊を意味する言葉であり尊称として使用されています。この神は、ヨセフ

が監獄に捕らわれたことを表しています。

⑤国忍富神《くにおしとみの》……母の「日名照額田毘道男伊許知邇神《ひなてりぬかたびちをいこちにの》」も合わせて解釈すると、「日名照《ひなてり》」は「日照り」、「額田《ぬかた》」は「稲田」のこと、「ビチ」は「土《ひぢ》」、「イコチ」は「憩う地」、「ニ」は「土」。母の名で「旱魃《かんばつ》で稲田が干上がった土地の男たちが憩いにやってくる土地（エジプト）」を表しています。エジプトはヨセフの指揮により飢饉に備えて食糧を蓄えていたので、それを買い付けに諸国から多くの人が訪れたのです。そして、「国忍富《くにおしとみ》」の「オシ」は「多い」ということで、「国（エジプト）に多くの富がもたらされた」ということです。

⑥多気佐波夜遅奴美神《たけさはやぢぬみの》……「タケ」は「建」で尊称、「サ」は接頭語で、「ハヤ」は「速」で尊称。「ヂヌ」は「地の主」で、「ミ」は尊称。ここの「地」とはエジプトのことで、「地の主」はファラオのことを表しています。また、合わせて母の名の「葦那陀迦神《あしなだかの》（八河《やが》江比売《はえひめ》）」を解釈すると、「ナ」は「ノ」の変形。「ダカ」は「高」。「葦《あし》の高い」という意味で、「葦《あし》」が日本のことを「葦原中国《あしはらのなかつくに》」と称して土地に対する美称として使用されるように、「葦那陀迦《あしなだか》」も土地に対する美称でしょう。「葦那陀迦《あしなだか》」はエジプトを指し、「八河江《やがわえ》」はナイル川を指していると思われます。

⑦甕主日子神《みかぬしひこの》……「甕《みか》」は「甕《かめ》」で、甕《かめ》は食糧や水を保管するものであることから、「甕《みか》

主《ぬし》」は食糧を管理する立場、つまり、宰相のことで、「日子」はここではヨセフのことです。

③〜⑦をまとめると、「夢解きを行った囚人であるヨセフを、国を富ませるためにファラオが見出し、食糧の管理を任せ宰相に任命したこと」を表しています。

⑧多比理岐志麻流美神《たひりきしまるみの》……「タ」は「田」で、「ヒリ」は「干《ひ》り」、「キシ」は「来し」。「マル」は、おそらく「マロウト（客人）」のことで、合わせると「飢饉でやってきた客人（ヨセフの兄弟たち）」のことを示しています。

⑨美呂浪神《みろなみの》……母の「其花麻豆美神《そのはなまづみの》」も合わせて解釈すると、「其花《そのはな》」は見たままで「その花」、「マ」は強調、「づみ」は「摘み」で、摘まれた花とはカナンの地から取り除かれたヨセフのこと。また、「美呂浪《みろなみ》」の「ミ」は「見」で、「ロ」は感動、詠嘆を表す助詞、「ナ」は「汝《なんじ》」、また、最後の「ミ」は尊称。まとめると「見ろ、汝《なんじ》を」です。つまり「奴隷として売られたヨセフが、食物を交換しにやってきた兄弟たちとまみえて『あなたたちのその容貌は……』と驚いた様」を表しています。

⑩布忍富鳥鳴海神《ぬのおしとみとりなるみの》……「布《ぬの》」は「布都神《ふつの》（「火神被殺」で生まれた神）が刀の神であるこ

とから類推すると「武力」を表しているのでしょう。「武力」や「力づくで、無理やり」という意味だと思われます。「忍富《おしとみ》」は「多くの富」、「鳥鳴海《とりなるみ》」は④と同じで「虜《とりこ》になったこと」。まとめると、「無理やり多くの富を与え、また、虜《とりこ》としたこと」、つまり、「ヨセフが従者に命じて秘密裏に兄弟たちの荷袋を穀物で詰め、交換用に持ってきた銀もそのまま返して富ましたこと、および人質として兄弟の一人を虜《とりこ》としたこと」を表しています。

⑪天日腹大科度美神《あめのひばらおほしなどみの》……母の名も合わせて解釈すると、「若尽女神《わかつくしめの》」の「若《わか》」は、時間が経っていないこと、「尽《つくし》」は「尽きたこと」。つまり、「そんなに時間を経ずしてエジプトから持ち帰った食糧が尽きてしまったこと」。「天《あめ》」は美称、「日《ひ》」は、ここでは父ヤコブのことを暗示しているのでしょう。ヨセフが見た夢では、父が太陽、母が月、兄弟が星として登場します。「腹」はそのまま。「シナ」は「萎《しな》」で「しおれる、しぼむ」の意。「ド」は「求《と》む」で、「ミ」は尊称。直訳すれば、「日（ヤコブ）の腹が大いに萎《しぼ》み、求めた」。つまり、「エジプトで手に入れてきた食料も尽きて、父ヤコブが再び空腹となったので、息子たちに再び食糧を調達してくるよう求めたこと」を表しています。

⑫遠津山岬多良斯神《とほつやまさきたらしの》……「遠津山岬《とほつやまさき》」はそのままで、「遠い山と岬」。「山と岬」は、ここではエジプトから遠く離れたカナンに住んでいるヨセフの父と母を象徴しているので

しょう。「たらし」は「足らし」で「満足したこと」です。この神の母の「遠津待根神《とほつまちねの》」も合わせて解釈すると、「遠津待《とほつまち》」は見たままで「遠くで待っていた」ということ、「根」はアブラハムの根で、ここではヨセフの父のヤコブのことです。つまり、「エジプトから遠く離れたカナンの地で待っていた父ヤコブと母ラケルの元に、息子たちが食糧を調達してきて、さらに、ヨセフが生きていたという事実も知り満足したこと」になります。

邇邇芸能命《ににぎのみこと》……ヤコブ

次は邇邇芸能命《ににぎのみこと》です。邇邇芸能命《ににぎのみこと》は天照大御神《あまてらすおほみかみ》の孫で、父の天忍穂耳命《あめのおしほみみのみこと》に代わって筑紫の高千穂に天降《あまくだ》ります。

《邇邇芸能命《ににぎのみこと》　木花の佐久夜毘売《このはなさくやびめ》（現代語訳）》

さて、天津日高日子番能邇邇芸能命《あまつひこひこほのににぎのみこと》は笠沙《かささ》の岬で麗しい美人《をとめ》とお逢いになった。そして「誰の娘か」とお尋ねになると、美人《をとめ》は答えて「私は大山津見神《おほやまつみの》の娘で、名は神阿多都《かむあたつ》比売《ひめ》、またの名は木花《このはな》の佐久夜毘売《さくやびめ》と申します」とお答え申した。また、「あなたに兄弟はいるか」とお尋ねになると、「私の姉に石長比売《いはながひめ》がおります」とお答え申した。そこで邇邇芸能命《ににぎのみこと》が、「私はあなたと結婚したいと思うが、どうか」と仰せられると、「私は御返事いたしかねます。私の父の大《おほ》山津見神《やまつみの》がお答え申すことでしょう」とお答え申した。そこでその父の大山津見神《おほやまつみの》の元に使いを尋ねにお遣わしになると、大山《おほやま》津見神《つみの》はたいそう喜んで、姉の石長比売《いはながひめ》を副《そ》え、多くの台の上に載せた品物を献上物として持たせて娘を差し出した。ところがその姉は、容姿がひどく醜《みにく》かったので、邇邇芸能命《ににぎのみこと》は見て恐れをなして親の元へ送り返し、ただ、妹の木花《このはな》の佐久夜毘売《さくやびめ》だけを留めて、一夜の契《ちぎ》りをお結びになった。

そこで大山津見神《おほやまつみの》は石長比売《いはながひめ》を返された

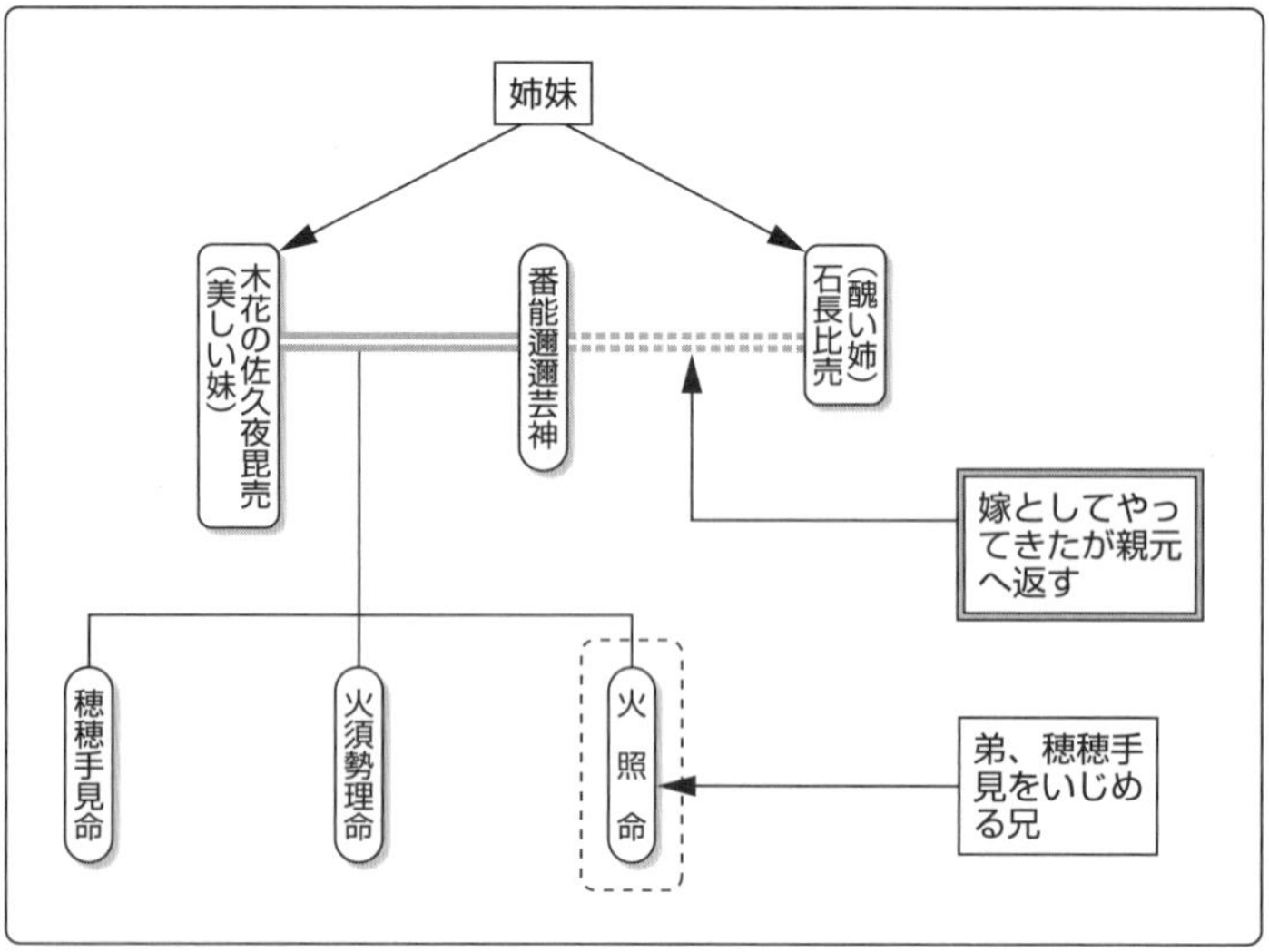

ことを深く恥じ入って、申し送って言うには、「私の娘を二人並べて奉りましたわけは、『石長比売《いはながひめ》をお使いになるならば、天《あま》つ神の御子《みこ》の命は、雪が降り風が吹いても常に岩のように永遠に変わらずゆるぎなくましますでしょう。また木花《このはな》の佐久夜毘売《さくやびめ》をお使いになれば、木の花が咲き栄えるようにご繁栄になるでしょう』と祈誓して奉りました。このように石長比売《いはながひめ》を返させ、木花《このはな》の佐久夜毘売《さくやびめ》一人をお留めになりましたから、天《あま》つ神の御子《みこ》の御寿命は木の花のように儚《はかな》くいらっしゃるでしょう」と申した。こういう次第で、今に至るまで天皇方の御寿命は長久でなくなったのである。

邇邇芸能命《ににぎのみこと》は旧約聖書のヤコブにあた

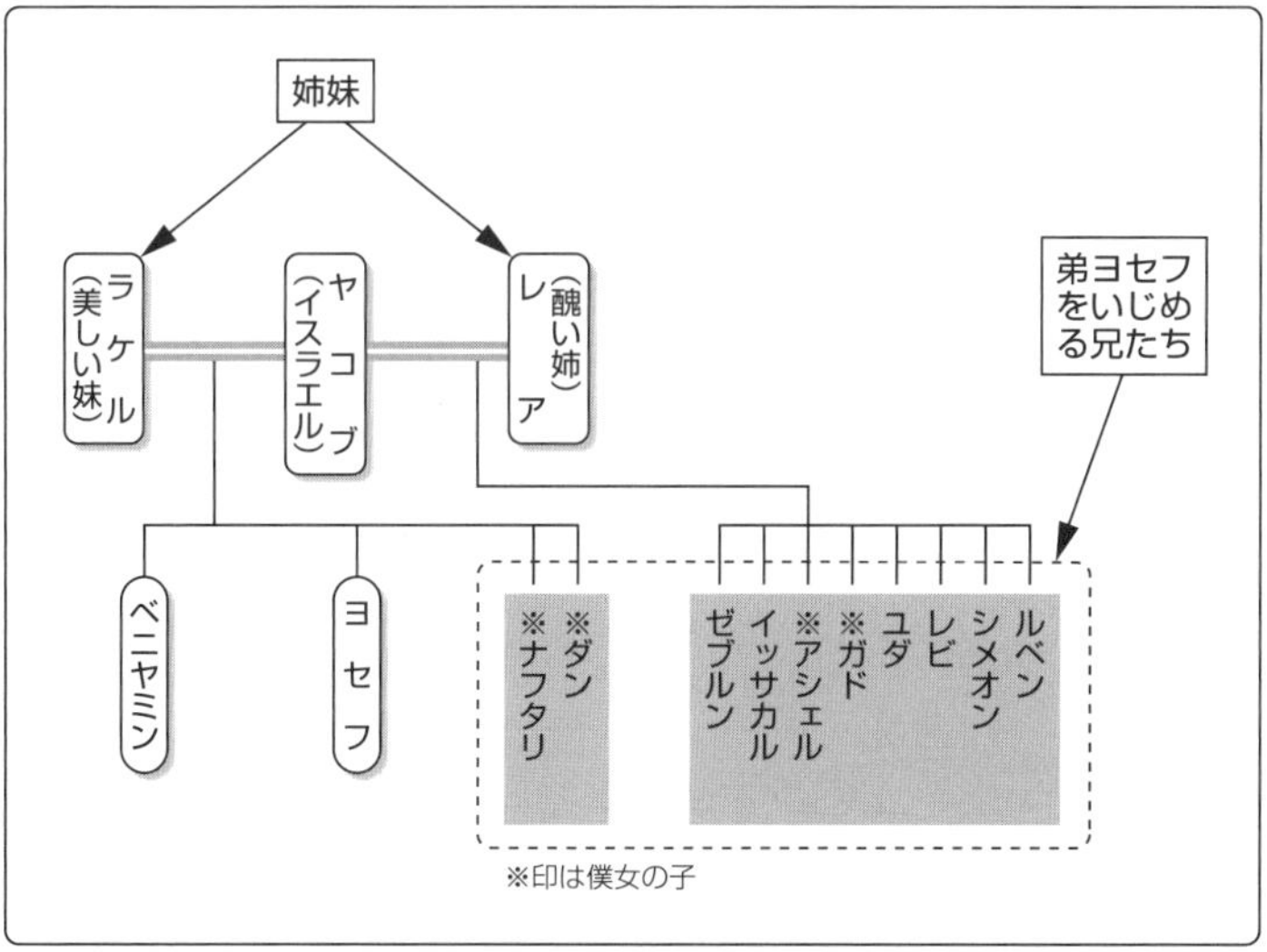

ります。旧約聖書では、ヤコブはカナンを離れ、ハランにいる伯父ラバンの元に身を寄せますが、その時、ラバンの美しい娘ラケルを見初めて結婚を申し出ます。伯父ラバンは、「私たちの土地では姉より先に妹を嫁がせることはない」と言って、先に姉のレアをヤコブの嫁とし、その後、妹のラケルを嫁がせます。

姉妹を嫁がせたこと、および妹が美しかった点で一致しています。古事記では姉の方を親元へ返してしまっていますが、旧約聖書では姉も嫁として受け入れ、子をもうけます。この不一致点の理由については前項で述べたとおり、神話時代の物語を作成する際、旧約聖書だけでなく古事記の人の時代の物語も種本としたからです。

また、邇邇芸能命《ににぎのみこと》と木花《このはな》の佐久夜毘売《さくやびめ》の間の子は、火照命《ほでりのみこと》、火須勢理命《ほすせりのみこと》、穂穂手見命《ほほでみのみこと》です。ヤコブの息子は全部で十二人ですが、穂穂手見命《ほほでみのみこと》をヨセフととらえ、以降の物語の構成上、ヨセフをいじめた兄たちを火照命《ほでりのみこと》一人にまとめたのでしょう。火須勢理命《ほすせりのみこと》は末っ子のベニヤミンにあたります。

穂穂手見命《ほほでみのみこと》……ヨセフ

邇邇芸能命《ににぎのみこと》の息子である穂穂手見命《ほほでみのみこと》の物語は少し長いので概略を記載します。

《穂穂手見命《ほほでみのみこと》（概略）》

火照命《ほでりのみこと》は海幸彦《うみさちひこ》として魚を取り、火遠理命《ほおりのみこと》（穂穂手見命《ほほでみのみこと》）は山幸彦《やまさちひこ》として獣を取って暮らしていました。ある日、火遠理命《ほおりのみこと》は兄火照命《ほでりのみこと》に「幸《さち》を交換しよう」と願い出て、海で釣りをしますが、魚は一匹も釣れないばかりか、兄から借りた釣り針をなくしてしまいます。火遠理命《ほおりのみこと》は別の釣り針を作って返そうとしましたが、兄火照命《ほでりのみこと》は取り合わずに「元の釣り針を返せ」の一点張りです。

火遠理命《ほおりのみこと》が海辺で泣いていると、塩椎神《しほつちの》がやってきて、小船を造って火遠理命《ほおりのみこと》を乗せ、綿津見神《わたつみの》（※海の神）の宮へと送り出します。海神の宮で火遠理命《ほおりのみこと》は綿津見神《わたつみの》の娘の豊玉毘売《とよたまびめ》と結婚し、三年間楽しく過ごしますが、ある日、釣り針をなくしてここに来たことを思い出して嘆きます。綿津見神《わたつみの》が大小さまざまな魚を呼び集めると、鯛の喉に釣り針が見つかったので、火遠理命《ほおりのみこと》に兄を貧しくする呪法を教え、塩盈珠《しほみつたま》と塩乾珠《しほふるたま》を渡して地上へと送り出します。

地上に帰ってきた火遠理命《ほおりのみこと》は、言われたとおりに実行し、兄火照命《ほでりのみこと》は次第に貧しくなり、しかも、荒々しい心を起こして攻めてきました。そこで、火遠理命《ほおりのみこと》は塩盈珠《しほみつたま》を使っ

て溺れさせ、塩乾珠《しほふるたま》を使って助けたので、兄火照命《ほでりのみこと》は降参して以降は弟の守護人《まもりびと》として仕えることになります。

旧約聖書では、ヨセフは兄たちにいじめられて、エジプトに奴隷として売られることになります。しかし、ヨセフはそこで才能を発揮して宰相となって妻を迎えます。その後、飢饉のためにエジプトに食糧を買いに来た兄たちと再会しますが、最初、ヨセフは兄たちをいじめ、最後には和解します。また、父のヤコブが亡くなった後は、ヨセフが家督を引き継いで兄弟たちの長となります。

穂穂手見命《ほほでみのみこと》とヨセフの共通点をあげると、以下のとおりです。

○兄（たち）にいじめられ、他の土地に行く

○その土地の女性を妻にする

○兄（たち）が貧しくなる

○兄（たち）をこらしめて、最後には兄（たち）の上に立つことになる

なお、ここまで順に読まれてきた方には、以下の二つの疑問が生じていることと思います。

①父祖のアブラハムとその子のイサクが出てこない
②ヤコブとヨセフが二回出てくる

①については、後述します。また、②についてですが、大国主神《おほくにぬしの》をヤコブに対応させて、「大国主神《おほくにぬしの》の神裔《しんえい》」でヨセフの物語を語りながら、さらに、邇邇芸能命《ににぎのみこと》、穂穂手見《ほほでみの》がそれぞれ、ヤコブ、ヨセフに対応しています。

これは、古代天皇に国津《くにつ》神系と天津《あまつ》神系の二系統があったことと無縁ではないでしょう（※詳細は後述）。

国津《くにつ》神系と天津《あまつ》神系、双方にイスラエルの十二部族の祖を生んだヤコブ（イスラエル）を対応させることによって、綿密に旧約聖書の系譜と一致させた天津《あまつ》神系だけでなく、国津《くにつ》神系もイスラエルの民であったことを暗示しているのだと思われます。

鵜葺草葺不合命《うがやふきあえずのみこと》……エフライム

穂穂手見命《ほほでみのみこと》が豊玉毘売《とよたまびめ》を妻にして生んだ子が鵜葺草葺不合命《うがやふきあえずのみこと》です。

《鵜草葺不合命《うがやふきあえずのみこと》（一部・現代語訳）》

そして日子穂穂手見命《ひこほほでみのみこと》は高千穂《たかちほ》の宮に五百八十年間おいでになった。御陵《みはか》はその高千《たかち》穂《ほ》の山の西にある。

この天津日高日子波限建鵜草葺不合命《あまつひこひこなぎさたけうがやふきあえずのみこと》がその叔母の玉依毘売命《たまよりびめのみこと》を娶《めと》って生んだ御子《みこ》の名は五瀬命《いつせのみこと》、次に稲氷命《いなひのみこと》、次に御毛沼命《みけぬのみこと》、次に若御毛沼命《わかみけぬのみこと》で、またの名は豊御毛沼《とよみけぬの》命《みこと》、またの名は神倭伊波礼毘古命《かむやまといはれびこのみこと》という。四柱。

そして御毛沼命《みけぬのみこと》は波の上を踏んで常世国《とこよのくに》にお渡りになり、稲氷命《いなひのみこと》は亡き母の国がある海原《うなばら》にお入りになった。

古事記では、鵜草葺不合命《うがやふきあえずのみこと》について、母の玉依毘売命《たまよりびめのみこと》が海辺に産屋を造って子を生んだという出生譚が記載されているのみで、それ以外はこの内容が記載されているのみです。

同じように旧約聖書の登場人物であるエフライムについても、ヤコブから祝福を受けたという話があるのみで（創世記四八）、それ以外は系譜のみで特別な話は記載されていません。

鵜草葺不合命《うがやふきあえずのみこと》とエフライムの系図の一致については次頁の図のとおりで、共に四人の子どもがおり、中の二人の子どもは、エフライムの場合は早死、鵜葺草葺不合命《うがやふきあえずのみこと》の場合は、一人が海原《うなばら》へと入っていき、もう一人は常世国《とこよのくに》に渡ったことになっています。海原《うなばら》も常世国《とこよのくに》も死者の国のことで死んだことの暗示だと思われます。

なお、旧約聖書の創世記はヨセフの物語で終了し、次は時代が下って出エジプト記、民数記、申命記のモーセの話になりますが、前項で述べたとおり、ここに古事記が物語を進行していく上での秘密があります。

図のとおり、五瀬命《いつせのみこと》はシュテラフで、神倭伊波礼毘古命《かむやまといはれびこのみこと》はベリアに当たりますが、古事記はモーセの物語を綴《つづ》るために、今度はこの二人に、五瀬命《いつせのみこと》＝アロン、神《かむ》

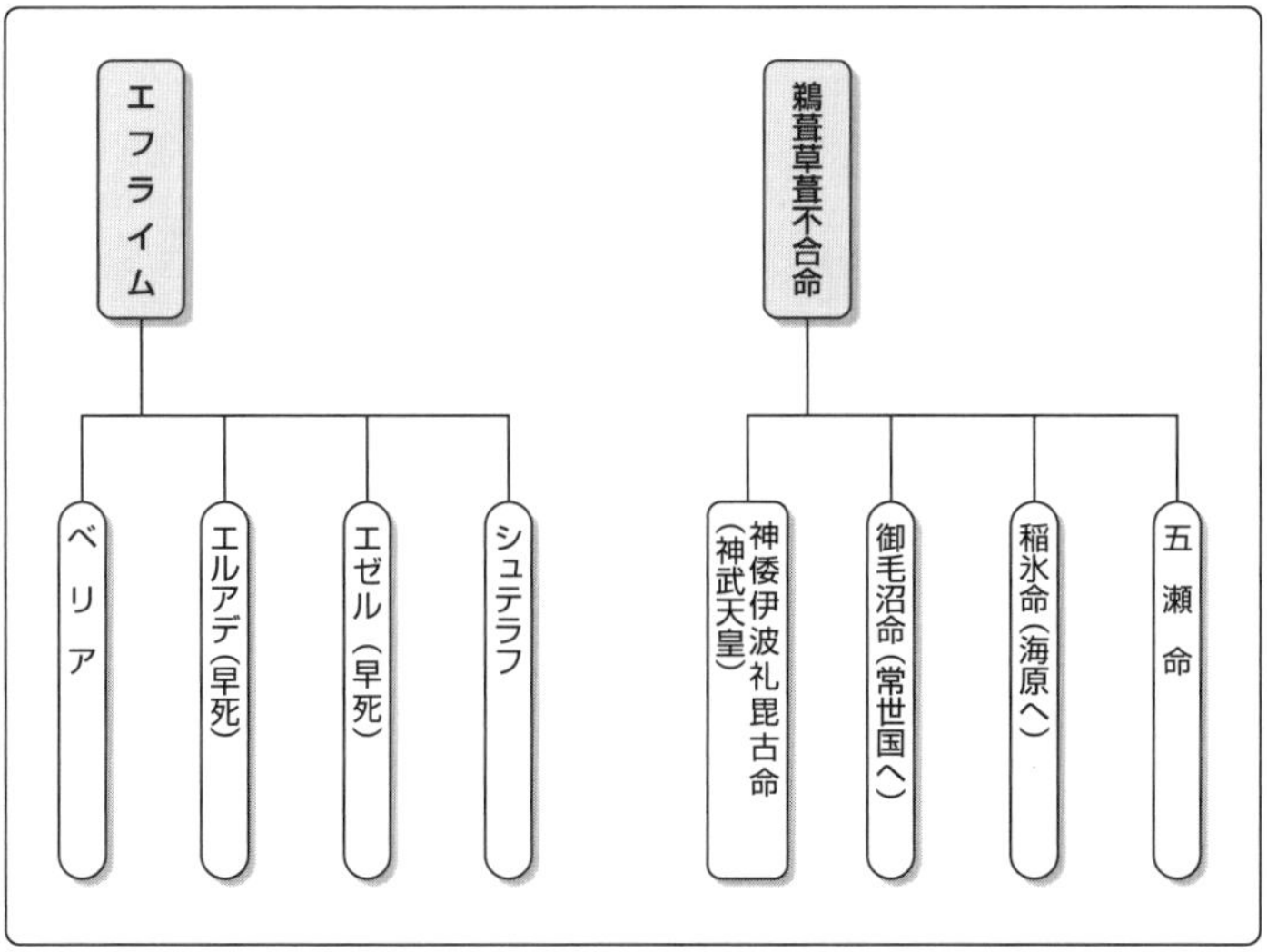

倭伊波礼毘古命《やまといはれびこのみこと》＝モーセとしての役割を演じさせるのです。

古事記には記載されなかったアブラハムとイサクの物語

ここで、神倭伊波礼毘古命《かむやまといはれびこのみこと》＝モーセについて記載する前に、古事記に登場しなかったアブラハムとその息子イサクについて、その理由を記載したいと思います。

古事記では、「セム・ハム・ヤペテの居住地」から、イスラエル人の太祖であるアブラハムとその息子のイサクを飛ばして、いきなり、イサクの息子のヤコブの話になっています。

アブラハムとイサクの物語が抜けている理由ですが、実はこれらの物語のありかの暗示は古事記の「葦原中国《あしはらのなかつくに》　建御名方《たけみなかたの》神」の物語の中にあります。

天照大御神《あまてらすおほみかみ》は「豊葦原《とよあしはら》の千秋長五百秋《ちあきのながいほあき》の水穂《みづほの》国は、我が御子、正勝吾勝勝速日天忍《まさかつあかつかちはやひあめのおし》穂耳命《ほみみのみこと》の知らす国ぞ」という詔《みことのり》を下し、それに従って建御雷之男《たけみかづちのをの》神達は大国主《おほくにぬしの》神に国譲りを迫ります。

最後まで抵抗したのは大国主《おほくにぬしの》神の子である建御名方《たけみなかたの》神でしたが、結局、力競《ちからくら》べに負け、信濃（現・長野県）の諏訪に逃げて、この地から出ないからと言って命乞いをします。

この諏訪の諏訪大社に御頭祭《おんとうさい》という祭があるのですが、そこにアブラハムとイサクの物語が隠されています。

この御頭祭《おんとうさい》について説明する前に、先に旧約聖書の「イサクの献供」の概要を記します。

《イサクの献供　（概要・創世記二二）》

イスラエル部族の太祖、アブラハムはある日、神ヤハウェから「あなたの一人息子であるイサクを連れてモリヤの地へ行き、そこで示す山でその息子を全焼の生贄《いけにえ》として捧げなさい」と告げられます。

アブラハムは神の言葉に従い、指示された場所にやって来て祭壇を築き、薪を並べて息子のイサクを縛って祭壇の上にのせます。

アブラハムが刃物を手に取り、息子を屠《ほふ》ろうとした瞬間、天からヤハウェの使いが彼に呼びかけて言います。「アブラハム、アブラハム。少年に手をのばすな。彼に何もしてはならない。今、分かった。あなたが本当に神を畏《おそ》れる者である、と。あなたは私のために息子さえ、あなたの一人息子でさえ、惜しむことはなかった」。

アブラハムが目を上げて見ると、一頭の雄羊が藪《やぶ》に角を取られており、この雄羊を捕らえて息子の代わりに全焼の供犠として捧げます。

その後、再び、ヤハウェの使いがアブラハムに呼びかけ、「あなたは一人息子さえも惜しまなかった。必ずや、私はあなたを祝福し、あなたの子孫を天の星のように、海辺の真砂《まさご》のように多くするであろう。あなたの子孫は敵の門を勝ち取ろう。地上のあらゆる国《くに》民《たみ》はあなたの子孫によって互いに祝福し合うであろう。あなたが我が声に従ったがゆえである」。


以上が、関係するアブラハムとイサクの話です。

さて、御頭祭《おんとうさい》ですが、この祭は、四月一五日に諏訪大社神社前宮《まえみや》の十間廊《じゅっけんろう》というところで行われ、特殊神饌《とくしゅしんせん》として鹿の頭をはじめ、鳥獣魚類等が供えられる祭です。

現在は三頭分の鹿の頭の剥製《はくせい》が使用されていますが、江戸時代には七十五頭分の新鮮な首をまな板に載せて飾られ、その中には必ず耳の裂けた鹿があり、この鹿は神様が矛で獲ったものだとされていたようです。

また、江戸時代中期の国学者、菅江真澄が記した「信濃の旅　すわの海」に、御頭祭《おんとうさい》の中で行われる「御神生贄《おこういけにえ》の神事」についての記述があります。

以下は関係のある箇所の概略です。

《御神生贄《おこうのいけにえ》の神事　（概要）》

前宮《まえみや》の直会殿《なおらいでん》の南の隅に、御杖《おつえ》とも御贄柱《おにえばしら》ともいう先のとがった柱を立て、そこに、御神《おこう》という八歳ぐらいの子どもを縄でしばり上げる。

ともし火を灯して祝詞《のりと》を読み上げた後、大紋を着た男が子どもを追いかけて神前へと出てきて、長殿が小さな刃物を八本投げる。その後、諏訪の国の司《つかさ》からの使者の乗った馬が登場し、縛られていた子どもが解き放たれ祭は終わりになる。

すでにお分かりだと思いますが、御贄柱《おにえばしら》に縛られる子どもは、全焼の供犠として捧げられたイサク。刃物を投げる長殿はアブラハム、そして、諏訪の国の司《つかさ》からの使者は、ヤハウェの使者の役割を演じています。

また、諏訪大社の本殿があるのが守屋山《もりや》で、イサクの献供が行われた「モリヤ」と地名がまったく一緒なのです。

さらに、この祭が行われる前宮《まえみや》の祭神は現在、八坂刀売神《やさかとめのかみ》とされていますが、古くから信仰されていた前宮《まえみや》の神は、ミサクチ神と洩矢神《もれや》だったと言われています。この「ミサクチ神」の名前の中には、次の図のとおり、「イサク」そのものが隠れているのです。

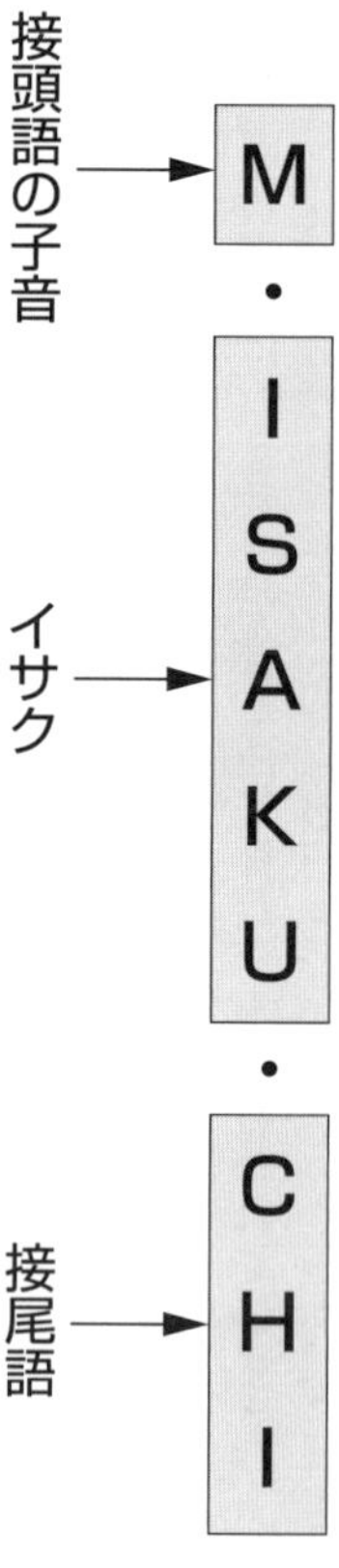

まさにこの「御神生贄《おこういけにえ》の神事」は、「イサクの献供」を再現した祭に他なりません。羊ではなく鹿を使っているのは、日本に羊がいないための代用で、また、必ず耳の裂けた鹿を使用していたのは、木に引っ掛かって動けなくなったことの象徴でしょう。

なお、以上の「イサクの献供」と「御神生贄《おこういけにえ》の神事」の一致について指摘したのは、清川理一郎氏で、『諏訪神社　謎の古代史』（彩流社）に詳しく記載されています。

神倭伊波礼毘古命《かむやまといはれびこのみこと》（神武《じんむ》天皇）……モーセ

古事記に記載された創世記の物語は、穂穂手見命《ほほでみのみこと》＝ヨセフで終わり、ここからは出エジプト記以降の物語になります。
神武《じんむ》天皇については、古事記の概略を記載するだけでも大変長くなってしまいますので、モーセとの共通点のみを挙げます。

〈東に向かって移動〉
○神武《じんむ》……政《まつりごと》をするのに適した地を求めて九州から東のヤマトへと移動。
○モーセ……エジプトで奴隷として使役されていたイスラエル人を率いて、神に約束された乳と蜜の流れる土地カナン（エジプトからは東）へと向かう。

〈兄と共に移動し、兄は先に死亡〉
○神武《じんむ》……兄五瀬命《いつせのみこと》と共に東へと向かい、兄五瀬命《いつせのみこと》は東征中の紀国《きのくに》の男《を》の水門《みなと》にて死亡。
○モーセ……兄アロンと共にイスラエル人を率いてカナンへと向かい、兄アロンはエドムの地の国境沿いのホル山にて死亡。

〈最初、目的地に入ろうとして敗北し、その後、遠回りをする〉
○神武《じんむ》……河内の地で那賀須泥毘古《ながすねびこ》に敗れ、「日に向かって戦ったのが良くなかったのだ」

と言って、南に向かい紀伊半島を迂回。
○モーセ……カナンの地に偵察を出すが、敵が強そうだと民が恐れたため、ヤハウェから「いつまで私を侮り、信じることをしないのか」と怒りを買って、カナンの地に入ることを許されず荒野《あれの》をさすらうことを命じられる。それに嘆き悲しんだイスラエル人たちは神の指示に逆らってカナンの地へ勝手に進軍するが敗北し、以降、四十年間、荒野《あれの》を流離《さすら》うことになる。

〈神威により導かれる〉
○神武《じんむ》……天から遣わされた八咫烏《やたがらす》に導かれる。
○モーセ……ヤハウェが昼は雲の柱となり、夜は火の柱となって導く。
なお、大国主神《おほくにぬしの》の時に出てきたウサギは月の象徴でしたが、カラスは太陽の象徴です。つまり、八咫烏《やたがらす》に導かれたということは、太陽の神、天照大御神《あまてらすおほみかみ》の加護を受けていたことを意味します。

また、月はウサギが餅をついている姿が見えて分かりやすいのですが、カラスは太陽の黒点をカラスであると見立てているのでしょう。古来、中国では、太陽の中に三本足のカラスが住むと考えられていましたし、また、ギリシャ神話の太陽神アポロンが使役する動物もカラスです。

〈全軍が病に倒れるが、神威を持つ道具により回復する〉

○神武《じんむ》……熊野村で大熊に出くわし、全軍が皆、病み疲れ正気を失うが、天照大御神《あまてらすおほみかみ》より下された横刀《たち》の力により回復。

○モーセ……荒野《あれの》を流離《さすら》っている時に民が不平を言ったのでヤハウェが蛇を送り、噛み付かれて多くの人が死亡。民が反省したので、モーセがヤハウェに指示されたとおりに青銅の蛇を作って竿の上に取り付けると、その青銅の蛇を見た人は毒から回復し死ぬことはなく生き延びる。

〈目的地に辿り着いた後の話がない〉

○神武《じんむ》……政《まつりごと》をするのに相応しい地を求めて東征したにもかかわらず、「畝火《うねび》の白檮《かし》原宮《はらのみや》において治めることになった」とあるだけで、それ以降の具体的な政《まつりごと》等の様子の記述がない。

○モーセ……ヤハウェより荒野《あれの》を四十年間、流離《さすら》うことを命じられたため、約束の地を目の前にしながらカナンの地に入ることは許されずに死を迎える。

以上が物語の共通点です。さらに、古事記の表の物語以外にも、モーセの物語が隠されていますので、その点について記述します。

古事記の神武《じんむ》天皇の話では尾のついた人間等、通常ありえない人間が登場しますが、この怪異とも言える内容が実はモーセが起こした奇跡のキーワードとなっています。以下に特異な登場人物とそれが示す奇跡を記述します。

〈亀に乗って釣りをしつつ羽ばたきしてくる人と速吸門《はやすいのと》で出会った〉

「速吸門《はやすいのと》」の「速吸《はやすい》」が「早く吸う」で、「水を早く吸い上げたこと」、「門《と》」は「人の通行する所」です。

つまり、エジプト軍が追ってきた時に、葦の海が割れて干上がった所をイスラエルの民が通って逃げ、エジプト軍が追って通ろうとすると海が元に戻って溺れ死んだ奇跡のことを暗示しています。いわゆるモーセの「紅海の奇跡」です（出エジプト記一四：二一—三一）。

〈筌《うへ》（※魚をとる竹製の道具）を作って魚を取っている人がいた。そこで天《あま》つ神の御子《みこ》が、

「おまえは誰か」と尋ねると、「私は国《くに》つ神、名は贄持《にへもつ》の子と言います」と答えた〉

「贄持《にへもつ》」の「ニヘ」は「宮廷に貢ぐ土地の産物等」のことで、ここでは食べ物のこと。「持《もつ》」は「持ってくるということ」。つまりこれは、イスラエルの民が荒野《あれの》を進行中にヤハウェからマナと鶉《うずら》の肉が与えられたことを示しています。マナは、朝になると宿営のまわりの地面を覆っていた霜のように薄いもので、ヤハウェが与えたパンであるとされています（出エジプト記一六：一三―一五）。

なお、この登場人物については特に怪異は見あたりませんが、その名前の意味するところが明白なため記載しておきます。

〈その地より進むと、尾の生《は》えた人が井戸から出て来た。その井戸が光っていたので、「おまえは誰か」と尋ねると、「私は国つ神で、名は井氷鹿《いひか》と言います」と答えた〉

「井氷鹿《いひか》」の「イ」はここでは泉のことで、「ヒカ」は「光」で、泉に光があったということ。つまり、苦くて飲めなかったマラの泉で、モーセがヤハウェから示された木を投げ込むと水が甘くなったことを示しています（出エジプト記一五：二三―二五）。

〈そしてその山に入ると、また尾の生《は》えた人と出会った。この人が岩を押し分けて出てき

たので、「おまえは誰か」と尋ねると、「私は国つ神で、名は石押分《いはおしわく》の子と言います」〉
「石押分《いはおしわく》」はそのままで「岩を押し分けた」ということ。モーセがホレブの岩の上に立ち、その岩を杖で打つとそこから水が出てきたこと示しています（出エジプト記一七：六）。

〈その地より進んで忍坂《おさか》の大きな御殿に着いた時、尾の生《は》えた土雲《つちぐも》の八十建《やそたける》がその御殿にいて、待って唸《うな》っていた〉

「土雲《つちぐも》」は、土に雲で、土に雲が触れたこと、つまり、モーセがシナイ山にてヤハウェより十戒を授かる際に、ヤハウェが雲となって山を覆ったことを示しています（出エジプト記二四：一五―一六）。


以上が怪異と、それが意味するところです。

また、この神武《じんむ》天皇から、和風諡号《しごう》である「神倭伊波礼毘古命《かむやまといはれびこのみこと》」という名と共に、漢風諡号《しごう》である「神武《じんむ》天皇」という名が付けられています。

和風諡号《しごう》については、鵜葺草葺不合命《うがやふきあえずのみこと》のように「産屋《うぶや》の屋根を葺《ふ》く前に生んだから」と名前の由来を古事記が明記している場合は稀で、記載されていない場合がほとんどです。

古事記が明示していない場合、実は、この和風諡号《しごう》と漢風諡号《しごう》の双方にも旧約聖書の物語が隠されています。

○神武《じんむ》……「神」は、「神」を冠するに値するモーセなので当然に付けられたものであり、また、「武」はヤハウェの力によりエジプト軍をはじめ、多くの異民族に勝利したために付けられたものでしょう。

○神倭伊波礼毘古命《かむやまといはれびこのみこと》……「神倭《かむやまと》」は美称、「イハレ」は「岩割れ」で、モーセがヤハウェの顔を見せてくださいと願った時に、ヤハウェより「私はおまえを岩の割れ目に置き、私が通り過ぎるまで、お前の上を私の掌《て》で覆う。それから、私は掌《て》をのけ、お前は私の後ろを見る、しかし、私の顔は見られない」（出エジプト記三三：二二）と言われたことを示しています。意訳すれば「岩の割れ目に入って神に触れられた者」という意味でしょう。

神沼河耳命《かむぬなかはみみのみこと》（綏靖天皇《すいぜいてんのう》）……ヨシュア

古事記では神武《じんむ》天皇の次の二代綏靖《すいぜい》天皇から事跡や物語の記述が極端に少なくなり、九代の開化《かいか》天皇までは「欠史八代」と呼ばれて、その実在を疑問視する学説があるところです。その説では一般に、天皇家に権威を持たせるために歴史を長くしようとして創作され付け加えられたとされています。

しかし、ここまでお読みいただいた皆さんならお分かりだと思いますが、半分正解、半分不正解で、これらは天皇に権威を持たせるために創作したものではありません。単に、旧約聖書の記述順に人物を登場させるための創作なのです。

綏靖《すいぜい》天皇はモーセの後継者でヨシュア記のヨシュア。そして、それ以降の天皇は、士師《しし》記、サムエル記、列王記の登場人物になります。ただ、これらの天皇が日本で実在したかと言われると、おそらくそのほとんどが実在しなかったのではないかと思われます。

また、二代綏靖《すいぜい》天皇から九代開化《かいか》天皇までは、古事記での記述が少なく、宮の場所、系譜、何年生きてどこに葬られたのか等しか記述されていない天皇もいますので、これからは主に漢風諡《しごう》号と和風諡《しごう》号の双方の天皇の名を解釈していきます。

○綏靖《すいぜい》……「綏靖《すいぜい》」は「安んじ静める」という意味で、モーセの後継者であるヨシュアがカナンの地に入り数多《あまた》いる異民族を平らげたことから付けられた名前でしょう。

旧約聖書にもカナンの地を獲得した後、「戦いがやみ、この地は平穏になった」（ヨシュア記一一：二三）と記されています。

なお、モーセはヤハウェの命《めい》によりカナンの地に入ることを許されませんでしたが、ヨシュアに代変わりしてやっとカナンの地に入ることを許されます。

○神沼河耳命《かむぬなかはみみのみこと》……日本書紀の方では「神渟名川耳《かむぬなかはみみ》」と記述されており、「渟《ぬ》」は「留まる、水が貯まって流れない」という意味。「ナ」は「中」、「カハ」はそのまま「川」です。

つまり、ヨシュアがカナンの地に入ろうとしてヨルダン川を渡る際に、ヤハウェの力により川がせき止められ、川の中を通ったことを表しています（ヨシュア記三：一四―一六）。「神《かむ》」はカナンの地を平定したヨシュアに与えられた称号。「耳《みみ》」は美称です。

また、綏靖《すいぜい》天皇について、日本書紀では「天皇《すめらみこと》、風姿《みやびすがた》岐嶷《いこよか》なり。少《をさな》くして雄抜《をを》しき気《いきさし》有《ま》します。壮《おとこざかり》に及《いた》りて容貌《みかたち》魁《すぐ》れて偉《たたは》し。武芸《たけきわざ》人に過ぎたまふ。而《しか》して志尚《みこころざし》沈毅《おごこ》し」と記述されており、特に何も目立った業績も記されていないのにベタ褒めです。

しかし、これが旧約聖書のヨシュアのことを記述しているのだと理解すると納得できます。ヨシュアはモーセの時代、カナンの地に偵察に派遣された一人で、他の偵察がカナンの地にいた人たちを見て恐れをなしたのに対して、カレブと共に「ヤハウェは私たちと共におられます。あなたたちは彼らを恐れてはなりません」（民数記一四：九）と主張しましたし、また、モーセの後を継いでからは、ヤハウェの「強く雄々しくあれ」（ヨシュア記一：七）との言葉どおり、次々とカナンの異民族を平らげ制圧するに到りました。まさに、日本書紀の記述はヨシュアへの賛美に相応しいものでしょう。

師木津日子玉手見命《しきつひこたまでみのみこと》（安寧《あんねい》天皇）……エフド

ここからは、ヨシュア記の次の士師《しし》記の登場人物になります。士師《しし》記では、主に、
①人々がヤハウェの御心に反した行いをするようになる
②ヤハウェが異民族を使ってイスラエルの民を苦しめる
③民を哀れに思ったヤハウェは士師《しし》（救済助力的指導者）を遣わして異民族を追い払う

といった流れの物語になっており、それが複数あります。
安寧《あんねい》天皇はこの士師《しし》記のエフドにあたります。

○安寧《あんねい》……「安寧《あんねい》」は「安らか、穏やか、太平」といった意味で、士師《しし》記のエフドの物語は、「こうして国土は八十年にわたり平穏であった」（士師記三：三〇）という文章で締めくくられています。この八十年という期間は、士師《しし》たちがイスラエルを治めた期間で最長のものです。

○師木津日子玉手見命《しきつひこたまでみのみこと》……「師木《しき》」は奈良県磯城《しき》郡の「磯城《しき》」で母親も磯城《しき》の県主《あがたぬし》の娘であることから、旧約聖書とは関係なく単なる地名でしょう。「ヒコ」は男子の尊称、「玉《たま》」は「霊《たま》」で「霊力のある」とか「神威がやどった」ということ。「手」はそのままで、「ミ」は尊称。

つまり、この天皇の和風諡号《しごう》の根幹は「玉手」で「神威のやどった手」ということになります。

エフドは、士師《しし》記で「左利きのエフド」（士師記三：一五）と称されており、また、イスラエルを圧政で苦しめたモアブの王エグロンに、秘密の話があると偽って二人きりになり、「左手を伸ばして右の腿《もも》のところから剣を抜き、王の腹を刺し貫」いて殺します（士師記三：二一）。その後、モアブを制圧してイスラエルに平穏をもたらしますが、短い話の中で左手が強調されている士師《しし》です。

大倭日子鋤友命《おほやまとひこすきとものみこと》（懿徳天皇《いとくてんのう》）……デボラ

懿徳《いとく》天皇は士師《しし》記のデボラにあたります。

○懿徳《いとく》……「懿徳《いとく》」には「婦人の徳」という意味があり、士師《しし》たちの中で唯一の女性がデボラになります。

○大倭日子鋤友命《おほやまとひこすきとものみこと》……「大倭日子《おほやまとひこ》」という尊称を除けば「鋤友《すきとも》」が残り、「鋤《すき》」には「除き去る」という意味があって、「友を除き去った」ということになります。

女預言者デボラはバラクと共にヤビン軍を破り、ヤビン軍の長《おさ》シセラは逃走して友好関係にあったケニ人へベルの妻ヤエルの天幕に逃げ込みます。しかし、ヤエルは熟睡しているシセラのこめかみに杭《くい》を打ち込んで殺し、イスラエル軍にその死体を差し出します。シセラはヤエルにとって友軍であったはずですが、殺してイスラエルに差し出したのです(士師《しし》記四:六—二二)。

御真津日子訶恵志泥命《みまつひこかゑしねのみこと》(孝昭《こうしょう》天皇)……ギデオン

孝昭《こうしょう》天皇は士師《しし》記のギデオンです。

ギデオンは、小麦の脱穀をしていた際にヤハウェの使者が訪れて、ミディアンからイスラエルの民を救うことを命じられます。

○孝昭《こうしょう》……「孝昭《こうしょう》」の「孝」は「よく父母に仕えること、子としての道を尽くすこと」という意味ですが、ここでは、父母ではなく神のことでしょう。「神ヤハウェに対して忠実な人」ということです。

また、「昭」は、「表す、明らかにする」といった意味があり、ギデオンはヤハウェの使者に対して徴《しるし》を求め、岩の上に供えた肉とパンが燃え上がったり、麦打ち場に置いてあった羊の毛だけが露で濡れ、地面が乾いたままであったりと、数々の徴《しるし》が示されたことを表しています（士師《しし》記六：一七―二二、三六―四〇）。

○御真津日子訶恵志泥命《みまつひこかゑしねのみこと》……日本書紀では「観松彦香殖稲天皇《みまつひこかゑしねの》」と表記されています。「観」は「注意して見る、調べて見る」という意味で、「松」は男性的であることから剛健のシンボルとされており、また、葉が尖《とが》っていることから武器を連想させるので、兵士の象徴として使用したのでしょう。

ギデオンがミディアン討伐のために兵を召集すると三万人以上の者が集まりますが、ヤハウェは「私がミディアンをその手に渡すには、あなたが率いる軍勢は多すぎる。このままではイスラエルは私に向かって誇って言うだろう、『自分の手で勝利を得たのだ』と」と言い兵を減らすことを命じます。

そこでギデオンは兵の中で恐れおののいている者を帰らせ兵は一万人となりますが、ヤハウェはまだ多すぎると言います。ギデオンは、今度は水辺へと軍勢を連れていって水を飲ませ、ヤハウェが命じるとおり、片手で水をすくって飲んだ者だけを残し、飲む際に両手をついて犬が飲むように飲んだ者と、両膝をついて飲んだ者を帰らせます。こうして、ギデオンの元には三百人の兵が残ります（士師《しし》記七）。

「観松」とはこの物語を示し、ギデオンが兵を観て優秀な者のみを残したことを表現しています。

また、「香殖稲《かゑしね》」ですが、そのまま読むと「香りが稲を殖《ふ》やした」になります。ここで言う「香り」とは、松にかかっていて「観松彦《みまつひこ》」の香り。「稲」は稲穂が人々や民を暗示しているのでしょう。そして、読みが「ネ」で、子孫を表す「根」にもつながるのですが、あえて「根」を使っていないのは、「アブラハムの根」や「ダビデの根」を表現する時と区別するためではないかと思われます。ここでは単に子どもの意味です。

つまり、観松彦《みまつひこ》（＝ギデオン）の子供のことで、その子どもが増えたということです。士師《しし》記にはギデオンの息子が七十人いたと記されています（士師《しし》記八：三〇）。

大倭帯日子国押人命《おほやまとたらしひこくにおしびとのみこと》（孝安天皇《こうあん》）……エフタ

孝安《こうあん》天皇は士師《しし》記のエフタになります。

○孝安《こうあん》……「孝」は、孝昭《こうしょう》天皇と同じで、「神ヤハウェに対して忠実な人」ということ。

「安」はイスラエルの民を苦しめていたアンモンを征服し、民を安んじたことを示しているのでしょう。

○大倭《おほやまと》帯《たらし》日《ひ》子《こ》国押人命《くにおしびとのみこと》……「大倭《おほやまと》」は「大いなる倭《やまと》の」という意味で尊称。「帯《たらし》」は「足《た》らし」で「満ち足りる」という意味で、厳密に言えば、満ち足りたのはヤハウェで、「ヤハウェにとって満足する人物であった」ということになります。ここでは単に天皇としての尊称でしょう。

つまり、この天皇の和風諡号《しごう》の根幹は「国押人《くにおしびと》」であり、これは「国が押した人」で、エフタがイスラエルのギルアドの長老たちに説得されてアンモン征伐の指揮をとることになったことを示しています。

他の士師《しし》たちは、まず、ヤハウェから異民族の征伐を命じられますが、エフタについては先にギルアドという地域の人たちに推されて指揮官になった後、ヤハウェの霊がエフタに臨むことになります（士師《しし》記一一：四―三三）。なお、ここでいう「国」とは、国家という意味ではなく、山城《やましろ》の国、丹波《たんば》の国等といった表現と同じで、一地方といった意味です。

大倭根子日子賦斗邇命《おほやまとねこひこふとにのみこと》（孝霊天皇《こうれいてんのう》）……サムソン

孝霊《こうれい》天皇は士師記《しし》のサムソンになります。

サムソンは士師記《しし》の中でも異色の存在です。ヤハウェに祝福された彼は超強力な怪力の持ち主で、獅子《しし》を力任せに引き裂いたり、ペリシテ人一千人を一人で撃ち殺したりします。そんなサムソンも女性にはめっぽう弱く、デリラという女性に自分の怪力の源が髪の毛にあることをばらしてしまったため、寝ている間に髪の毛を剃り落とされ、ペリシテ人に捕らえられてしまいます。

ペリシテ人の余興にかり出されたサムソンは笑いものにされますが、ヤハウェにもう一度力を与えてくれることを祈った後、柱を押し曲げて建物を崩壊させ、三千人のペリシテ人を道連れにするという壮絶な最期を遂げます（士師記《しし》一三―一六）。

○孝霊《こうれい》……「孝」は、「神ヤハウェに対して忠実な人」、「霊」はヤハウェの霊のことで、士師記《しし》ではサムソンが怪力を発揮する度に、「ヤハウェの霊が激しく彼の上に臨み」という決まり文句が記述されています。

○大倭根子日子賦斗邇命《おほやまとねこひこふとにのみこと》……「大倭根子日子《おほやまとねこひこ》」は、「大いなる倭のアブラハムの根、日（ヤハウェ）の子」という意味で美称です。「フトニ」は日本書紀では「太瓊《ふとに》」と記述されており、「瓊《に》」は「玉」、つまり霊のことで、ヤハウェの加護が太かった（大きかった）ことを示しています。

古事記では省略された士師《しし》たち

前節の「孝霊天皇《こうれい》＝サムソン」で古事記での旧約聖書の士師《しし》記の内容は終了となり、以降はサムエル記の登場人物になります。

なお、士師《しし》記に記述されている士師《しし》たちのすべてが、古事記に天皇として記載されているわけではありません。ここでは省略された理由を考えてみたいと思います。

まず、理由の第一として考えられるのは、内容がないことです。中には数行で終わってしまう士師《しし》もいます。この理由で省略されたと考えられるのは以下のとおりです。

オトニエル、シャムガル、トラ、ヤイル、イブツァン、エロン、アブドン

残る士師《しし》はアビメレクだけになりますが、アビメレクは七十人いた自分の兄弟たちを殺してシケムの町の支配者になり、最後には悪行の報いで死亡します。士師《しし》というより、むしろ悪人として描かれていることが、省略した理由でしょう。

大倭《おほやまと》根《ね》子《こ》日《ひ》子《こ》国《くに》玖《く》流《る》命《のみこと》（孝元《こうげん》天皇）……サムエル

ここからは、旧約聖書のサムエル記の登場人物になります。サムエル記では王国建設の過程および、有名なダビデ王の統治の模様が描かれています。

孝元《こうげん》天皇はサムエル記のサムエルになります。

○孝元《こうげん》……「孝」は「神ヤハウェに対して忠実な人」、「元」は「ヤハウェの元」つまり、「ヤハウェと共にいた」ということです。

サムエルの母ハンナは子が出来なかったので、「あなたのはした女《め》に子孫をお授けく

ださいますなら、私はその子の一生をヤハウェにお献《ささ》げします」と祈ってサムエルを授かります。そして、母ハンナはサムエルが乳離れすると約束どおり手放し、以降、サムエルは祭司エリのもとでヤハウェに仕え、「ヤハウェの元」で成長することになります（サムエル記上一―二：一一）。

○大倭根子日子国玖流命《おほやまとねこひこくにくるのみこと》……「大倭根子日子《おほやまとねこひこ》」は美称。「国玖流《くにくる》」は、日本書紀には「国牽《くにくる》」とあり「国引き」の意で「国を引き寄せた」、つまり、国家創設にあたって重要な役目を担ったということです。

預言者サムエルは、民から「他のすべての国々のように、われわれを裁く王を立ててください」と要望され、サウルに油を注いで王とします。このサウルがイスラエル民族の初の王となりますが、サウルはヤハウェの御心に反した行いをしたため、王位の剥奪を宣言され、サムエルは、今度はダビデに油を注ぎます。王の選定はヤハウェの指示を仰いでいましたが、サムエルがイスラエルの国家創設のキーマンであったことが分かります（サムエル記上八～）。

若倭《わかやまと》根子日子大毘毘命《ねこひこおほびびのみこと》（開化《かいか》天皇）……サウル

開化《かいか》天皇は、前節でも出てきたイスラエル王国の最初の王、サウルです。

サウルは王となった後、アンモン人やペリシテ人等を破り民の支持も得ますが、敵のすべてのものを聖絶（※すべての人や動物を殺すこと）せよとのヤハウェの命令に反して肥えた牛や羊を自分のものとしたため、預言者サムエルはサウルを王としたことを悔います。その後、サウルはペリシテの巨人ゴリアテを破った少年のダビデを召抱えますが、民の人気は次第にダビデの方に集まり、それに嫉妬したサウルはダビデを殺そうと画策します（サムエル記上九―二六）。

○開化《かいか》……「開」は「始める、開始」といった意味で、サウルがイスラエルの王国の初代王であったことを示し、「化」は「化ける、姿を変える」といった意味です。

サウルは当初、異民族を制圧し民の信望も厚かったのですが、ヤハウェの命令に反してからはヤハウェの霊が離れ、代わりにヤハウェから送られた悪霊に取り憑かれて家の中で狂いわめくようになります。また、ダビデの人気に嫉妬して、罪のないダビデの命を執拗につけねらうようになります。

○若倭根子日子大毘毘命《わかやまとねこひこおほびびのみこと》……「若倭根子日子大《わかやまとねこひこおほ》」までは美称です。「毘毘《びび》」は日本書紀では「日日」と記述されており、「日」はヤハウェのことです。

サウルは当初、ヤハウェの霊に守られていたのですが、途中からヤハウェが離れて、ヤハウェから送られた悪霊に悩まされることになります。この二つのパターンでヤハウェの霊がサウルに臨んだことを示して「日日」と「日」を二回繰り返しているのでしょう。

御真木入日子印恵命《みまきいりひこいにゑのみこと》（崇神《すじん》天皇）……ダビデ

欠史八代と言われている天皇は前節の開化《かいか》天皇で終わり、この崇神《すじん》天皇から普通に治世下で行われたことや起こったことが記述されるようになります。

この崇神《すじん》天皇は旧約聖書のダビデにあたります。ダビデはイスラエルの王で、周辺の異民族を平らげて王国の基礎を築き、また、ヤハウェの目に正しいことを行ったことから、ヤハウェからその子孫の王権を約束されます。
まず、崇神《すじん》天皇とダビデの一致点を以下に上げます。

〈崇りが起こり、神のお告げどおりのことを行うと静まる〉

○崇神《すじん》……疫病が多発して多くの民が亡くなります。ある時、天皇の夢に大物主《おほものぬしの》神が現れて疫病を起こしているのは自分だと告げ、子孫の意富多多泥古《おほたたねこ》に自分を祀《まつ》らせると疫病は止むと言います。そして、そのとおり行うと疫病は止み、国は安らかになります。

○ダビデ……三年間引き続いて飢饉があり、ヤハウェに伺いを立てると、「サウルとその家に血を流した責任がある。彼がギブオンの人々を殺したからである」と言われ、ギブオンの人たちの願いを聞くことで飢饉は収まります（サムエル記下二一：一―一四）。

〈初めて国を治めた王〉

○崇神《すじん》……「初国知《はつくにし》らしし」と称され、また、その治世下で「天《あめ》の下太《いた》く平らぎ、人民《たみ》富み栄えき」と記述されています。

○ダビデ……イスラエルの初の王はサウルですが、サウルはヤハウェの心に反した行いをしたため、王位を剥奪《はくだつ》され、代わってダビデが王に任命されます。

そして、ダビデはヤハウェから「お前の身から出る子孫をお前の後《のち》に起こし、その王権を確立する」（サムエル記下七：一二）とか「お前の家、お前の王国は、わたしの前に永遠に続き、お前の王座は永遠に堅く立つ」（サムエル記下七：一六）等と約束され、以降、ダビデの子孫が王位につきます。イスラエルの実質的な初代王はダビデだといえるでしょう。

なお、このダビデ王と次のソロモン王の時代にイスラエル王国は栄華を誇ることになります。

また、日本書紀では、崇神《すじん》天皇のことを「識性《みたましひ》（※是非善悪を弁別する能力）聡敏《さか》し。幼《わか》くして雄略《をゝしきこと》を好《この》みたまふ。既《すで》に壮《をとこざかり》にして寛博《ひろ》く謹慎《つつし》みて、神祇《あまつくにかみ》を崇《かた》て重《あが》めたまふ。恒《つね》に天業《あまつひつぎ》を経綸《をさ》めむとおもほす心《みこころ》有《ま》します」と記述されています。

この記述の内容を旧約聖書に記載されたダビデと比べてみます。

〈識性《みたましひ》聡敏《さか》し〉

ダビデの人気に嫉妬し殺そうとする前王サウルを、ダビデは何度も殺すチャンスがありながらも、「私の主君であり、ヤハウェの油が注がれた者に私が手をかけ、このようなことをするのを、ヤハウェは決してお許しにならない」（サムエル記上二四：七）と言って殺すことはせず、むしろ、サウルに対して身の潔白を主張して理解を得ようとします。

〈幼《わか》くして雄略《ををしきこと》を好《この》み〉

前王サウルの軍がペリシテ人と対峙した際、巨人ゴリアテが一対一の勝負を挑んできます。イスラエル軍の誰もが恐れて勝負を避けますが、ある日、兄たちに食糧を届けにきた少年のダビデが一騎打ちを申し出、みごとゴリアテを打ち倒します（サムエル記上一七）。

〈壮《をとこざかり》にして寛《ひろ》博く謹慎《つつし》みて、神祇《あまつくにかみ》を崇《かた》て重《あが》めたまふ〉

サムエル記には「ダビデは全イスラエルを治め、そのすべての民に正義と公正を行った」（サムエル記下八：一五）とあり、また、ダビデがヤハウェの命令と掟を守った正しい人であったがために、その子孫の王権を約束されます（サムエル記下七）。

さらに、他の天皇と同じく名前の解釈をします。

○崇神《すじん》……「崇神《すじん》」は「神を崇める」ということで、ヤハウェの教えに従い、生きたダビデに相応しい名であると言えるでしょう。

○御真木入日子印恵命《みまきいりひこいにゑのみこと》……日本書紀では「御間城入彦五十瓊殖《みまきいりひこいにゑ》」と記述されています。「御間城入《みまきいり》」は「城の間（中）に入った」ということで、この城は城壁に囲まれた町であるエルサレムのことを指しています。聖地として名高いエルサレムはダビデが造って住んだ町です。

さらに、この名で、「入った」と同時に「入れた」ことも暗示しているのでしょう。

それまではヤハウェが宿った神の箱は、安置すべき場所が決まっておらず、転々としていたのですが、ダビデの御世にエルサレムへと運び入れて天幕の中に安置することになります。「御間城入《みまきいり》」は、神の箱をエルサレムに運び入れたことも示しているのです。

なお、ダビデはヤハウェのために神殿を建設したいと申し出ますが、ヤハウェにより制止され、その子のソロモンが神殿を建設することになります。

また、「五十瓊殖《いにゑ》」は、「五十」はたくさん、「瓊《に》」は「玉」のことで、ここでは民のことを象徴しているのでしょう。たくさんの民が増えたということです。

ダビデが外敵を取り除いたのでイスラエルの人口は平安のうちに増加します。ダビデは人口調査を実施し、総人口は記述されていませんが、「イスラエルには剣を取りうる兵士が八十万人、ユダには五十万人いた」（サムエル記下二四：八）と記されています。

崇神《すじん》天皇の系譜……神の箱を運び入れる様子

次に崇神《すじん》天皇の子の名を解釈します。

《崇神《すじん》天皇　后妃皇子女　（一部・現代語訳）》

御真木入日子印恵命《みまきいりひこいにゑのみこと》（※崇神《すじん》天皇）は師木《しき》の水垣宮《みづがきの》においでになって、天下をお治めになった。この天皇《すめらみこと》が木国造《きのくにのみやつこ》の名は荒河刀弁《あらかはとべ》という人の娘の遠津年魚目目微比売《とほつあゆめまくはしひめ》を娶《めと》って生んだ御子《みこ》は豊木入日子命《とよきいりひこのみこと》、次に豊鋤入日売命《とよすきいりひめのみこと》である。二柱。また、尾張連《をはりのむらじ》の祖先の意富阿麻比売《おほあまひめ》を娶《めと》って生んだ御子《みこ》は大入杵命《おほいりきのみこと》、次に八坂《やさか》の入日子命《いりひこのみこと》、次に沼名木《ぬなき》の入日売命《いりひめのみこと》、次に十市《とをち》の入日売命《いりひめのみこと》である。四柱。

また、大毘古命《おほびこのみこと》の娘、御真津比売命《みまつひめのみこと》を娶《めと》って生んだ御子《みこ》は伊玖米入日子伊沙知命《いくめいりひこいさちのみこと》、次に伊邪能真若命《いざのまわかのみこと》、次に国片比売命《くにかたひめのみこと》、次に千千都和比売命《ちちつくわひめのみこと》、次に伊賀比売命《いがひめのみこと》、次に倭日子命《やまとひこのみこと》である。六柱。この天皇《すめらみこと》の御子《みこ》たちは併せて十二柱《とをまりふたはしら》。皇子七柱、皇女五

柱である。

崇神《すじん》天皇の子は次のとおり「十二柱」ですので、旧約聖書の話が隠されています。

①豊木入日子命《とよきいりひこのみこと》、②豊鋤入日売命《とよすきいりひめのみこと》、③大入杵命《おほいりきのみこと》、④八坂《やさか》の入日子命《いりひこのみこと》、⑤沼名木《ぬなき》の入日売命《いりひめのみこと》、⑥十市《とをち》の入日売命《いりひめのみこと》、⑦伊玖米入日子伊沙知命《いくめいりひこいさちのみこと》、⑧伊邪能真若命《いざのまわかのみこと》、⑨国片比売命《くにかたひめのみこと》、⑩千千都和比売命《ちちつくわひめのみこと》、⑪伊賀比売命《いがひめのみこと》、⑫倭日子命《やまとひこのみこと》

では、子の名前の解釈を行います。なお、名前の中に、「入日子《いりひこ》」や「入日売《いりひめ》」という名前が多数ありますが、親である崇神《すじん》天皇の一部を受け継いだものだと思われますので解釈からは外します。前節で述べたとおり、崇神《すじん》天皇の和風諡号《しごう》はエルサレムへとヤハウェの霊を運び入れたことを示していましたが、そのことを子らの名前も引き継いで象徴しているわけです。

①豊木入日子命《とよきいりひこのみこと》……日本書紀には「豊城」とあり、「城」は城壁等で囲まれた場所のことで「豊かな城」、つまり、ここではダビデが造ったエルサレムのことです。

②豊鋤入日売命《とよすきいりひめのみこと》……「鋤《すき》」は田を耕す道具で古くは穢れを払う道具でもありました。つまり、「豊かな鋤《すき》」とは、「穢れのない、聖なる」といった意味でしょう。

③大入杵命《おほいりきのみこと》……ここの「杵《き》」も「城《き》」のことでしょう。「大いなるもの（＝ヤハウェ）が城に入った」ということです。

④八坂《やさか》の入日子命《いりひこのみこと》……「ヤサカ」は「弥栄《やさか》」で「いよいよ栄える」ということです。

⑤沼名木《ぬなき》の入日売命《いりひめのみこと》……日本書紀では「淳名城《ぬなき》」と記述されており、「淳」は「とどまる」ということで、「ナ」は「中」。「城の中にとどまる」ということで、とどまったのは神ヤハウェです。

⑥十市《とをち》の入日売命《いりひめのみこと》……「十」には「完全な」という意味があり、「市《ち》」は「地《ち》」で「全《まった》き地」ということです。

⑦伊玖米《いくめ》入日子《いりひこ》伊沙知《いさち》命《のみこと》……日本書紀では「活目《いくめ》入彦《いりびこ》五十《い》狭茅《さち》」と記述されています。「活目《いくめ》」は「活きた目」で、ヤハウェは旧約聖書で「ヤハウェは生きている」とか「生ける神」と称されていますし、「ヤハウェの目に正しきことを行い」と目が強調される表現も多数あります。ここでは、「生ける神、ヤハウェの目」ということでしょう。

　また、旧約聖書に「証書の箱（※いわゆる契約の箱、アークのこと）の上にある二つのケルブ（※翼のある天使）たちの間からあなたに語りかけて、私がイスラエルの子らに関してあなたに命じるすべてのことを告げるであろう」（出エジプト記二五：二二）と記されているように、契約の箱の上のケルブの間からヤハウェの万物を見通す目が覗《のぞ》いているされており、「活きた目」でモーセの十戒の入った契約の箱を象徴しています。「五十《い》狭茅《さち》」の「五十《い》」は「多くの」、「狭茅《さち》」は「幸《さち》」で、「多くの幸」。

まとめると、「生ける神、ヤハウェの目が鎮座する契約の箱が多くの幸をもたらす」ということです。

⑧伊邪能真若命《いざのまわかのみこと》……「イザ」は「さあ」という呼びかけの言葉、「真若《まわか》」の「マ」は強調、「若《わか》」は、ここでは「出来て間もない」ということで、造られたばかりのエルサレムを指しています。つまり、「さあ、出来て間もない都市エルサレムへ」という呼びかけで、契約の箱を運び入れようとしている様子を表しています。

⑨国片比売命《くにかたひめのみこと》……日本書紀では「国方《くにかた》」と記述されており、「方《かた》」は、親方、買い方という使い方があるように「人」という意味で、「国の人々」ということです。

⑩千千都和比売命《ちちつくわひめのみこと》……「千千《ちち》」は「非常に多く」ということで、何が多いのかというと、⑨の解釈で出てきた「国の人々」です。「ツク」は日本書紀では「衝《つく》」と記述されており、「つき破る、直進する」ということ。「和《わ》」は「倭《やまと》」のことで、日本の王都でイスラエルの王都であるエルサレムを暗示しています。つまり、「非常に多くの国民がエルサレ

ムへと突き進んでいった」ということです。

⑪伊賀比売命《いがひめのみこと》……「イガ」は「厳《いかめ》しい」の「イカ」で「荘厳な」という意味。また、日本書紀では「五十日鶴《いかつる》」と「鶴」が加えられています。「鶴」は千年生きるとされていることから、「千年続く」という意味。双方ともエルサレムの美称で「荘厳なる千年王国」ということです。

⑫倭日子命《やまとひこのみこと》……先ほど説明したとおり、「倭《やまと》」でエルサレムを暗示しています。

以上、すべてをまとめると、次のようになります。

「豊かなる都市エルサレム、穢れなき聖なる都市エルサレム。大いなるヤハウェがその都市に入ってとどまる、栄える全《まった》き地エルサレム。生ける神、ヤハウェの目が鎮座する契約の箱が多くの幸をもたらす。さあ、出来たばかりのエルサレムへと運び込もう。国民《くにたみ》が非常に多く集まり、契約の箱と共にエルサレムへと突き進む。荘厳なる千年王国エルサレムへと」

この、契約の箱をエルサレムへと運んでいく人々の姿は次のように旧約聖書に記されています。

「そこで、ダビデは行って、大喜びで神の箱をオベド・エドムの家からダビデの町（※エルサレムのこと）に運び上《のぼ》った。ヤハウェの箱を担ぐ者が六歩進んだとき、ダビデは肥えた雄牛を生《い》け贄《にえ》として献《ささ》げた。ダビデはヤハウェの前で力の限り踊り回った。ダビデは、亜麻布のエフォドをまとっていた。ダビデとイスラエルの家はこぞって喜びの叫びをあげ、角笛《つのぶえ》を吹き鳴らして、ヤハウェの箱を運び上《のぼ》った」（サムエル記下六：一二―一五）

崇神《すじん》天皇の子の名前に対する私の解釈と同じく、ダビデ王とイスラエルの民たちが歓喜をもって、契約の箱をエルサレムへと運び入れる様子が描かれています。

旧約聖書の内容は崇神《すじん》天皇で終了

ここまで、古事記に隠された旧約聖書の内容を明らかにしてきましたが、その作業は崇《す》神《じん》天皇のダビデで終了になります。

なぜ、崇神《すじん》天皇で終了かというと、理由は簡単です。古事記の製作者が旧約聖書の内容を盛り込むのをサムエル記で終了したからです。

　サムエル記の続きは列王記になり、そこでは、ダビデの子のソロモン王の時代に全盛を極める王国と、その後、王国が北イスラエル王国と南ユダ王国の二つに分裂し、それぞれが

古事記	旧約聖書
別天つ神五柱	（イスラエルの民であることの宣言）
神世七代	創世記
伊邪那岐命と伊邪那美命	
天照大神と須佐之男命	
大国主神	
葦原中国平定	
邇邇芸命	
火遠理命	
神武天皇	出エジプト記・民数記・申命記
綏靖天皇	ヨシュア記
安寧天皇	

懿徳天皇	
孝昭天皇	士師記
孝安天皇	
孝霊天皇	サムエル記
孝元天皇	
開化天皇	
崇神天皇	

アッシリアとバビロニアに滅ぼされるまでが記載されています。

しかし、サムエル記で終了するとは言え、ソロモンはイスラエル王国の全盛期を作り出した重要な王で、しかも、ヤハウェの神殿を造っています。おそらく、まったく無視するわけにはいかなかったのでしょう。崇神《すじん》天皇の次の垂仁《すいにん》天皇の時代に、日本のヤハウェ神殿とも言うべき伊勢神宮が造られています。

なお、旧約聖書と古事記の内容の対応は表のとおりとなります。古事記製作者が順序とおりに旧約聖書の内容を盛り込んだことが分かります。さらに、崇神《すじん》天皇＝ダビデで終了していることから、古事記編纂の大きな目的の一つが、「天皇がダビデの血につながる者であることを示すこと」なのではないかと思われます。ダビデは、ヤハウェから祝福され、以下のように告げられています。

お前の日数が満ちて、お前が先祖と共に眠るとき、お前の身から出る子孫をお前の後に起こし、その王権を確立する。彼はわたしの名のために家を建て、わたしは彼の王座を永遠に堅く立てる。わたしは彼の父となり、彼はわたしの子となる。彼が過ちを犯すときは、わたしは人の杖をもって、人の子らの鞭をもって彼を懲らしめよう。しかし、わたしは慈しみを彼から取り去ることはしない。お前の前から退けたサウルから慈しみを取り去ったが、そのようなことはしない。お前の家、お前の王国は、わたしの前に永遠に続き、お前の王座は永遠に堅く立つ（サムエル記下　七：一二―一六）。

ダビデの血筋を王家とした南ユダ王国は紀元前五八六年にバビロニアに滅ぼされ、その後のユダヤの王国も紀元一三五年にローマ帝国の手により滅亡。以降、イスラエルの地でダビデの子孫を王とした王国は復活していません。

しかし、もし私の推測が正しければ、ダビデの血筋からヤハウェの慈しみは取り去られることなく、「お前の家、お前の王国は、わたしの前に永遠に続き、お前の王座は永遠に堅く立つ」というヤハウェの言葉は、実は日本の地で果たされていたことになります。

なお、詳細は「四．古事記に隠された日本創成期の物語」で述べますが、私は、日本に来たのは「失われた十部族」のうちの八部族であると考えています。しかし、その中にはダビデが属するユダ族は含まれていません。

ユダ族は部族単位では日本には来ませんでしたが、おそらく他の八部族と共に、もしくは、個別にダビデの血につながる者が日本に来たのではないでしょうか。

三、古事記に隠された新約聖書の物語

前項では、古事記に隠された旧約聖書の物語について説明しましたが、古事記に隠されているのは旧約聖書だけではありません。実は新約聖書の内容も隠されているのです。ただし、新約聖書についてはキリストの磔刑《たっけい》関連のシーンを主として、その他、概要が盛り込まれているのみです。そして、そのことに気づくことができると、日本神道の最高神である天照大御神《あまてらすおほみかみ》の正体が何者かが分かることになります。

天《あめ》の安《やす》の河《かは》の誓約《うけひ》……天照大御神《あまてらすおほみかみ》の正体（三人の女性）

「天《あめ》の安《やす》の河《かは》の誓約《うけひ》」は、伊邪那岐神《いざなぎの》が天照大御神《あまてらすおほみかみ》、須佐之男命《すさのをのみこと》、月読命《つくよみのみこと》の三柱の子にそれぞれが統治する場所を言い渡した「三貴子《みはしらのうずのみこ》の分治」の続きになります。

須佐之男命《すさのをのみこと》は、海原を統治せよと言われたにもかかわらず、母の国である根《ね》の堅州国《かたすくに》に行きたいと激しく涙を流して泣き、そのために青山は枯れ山になり河海は干上がってしまいます。この様子を見た伊邪那岐神《いざなぎの》は激しく怒り、「然《しか》らば汝《いまし》はこの国に住むべからず」と言って須佐之男命《すさのをのみこと》を追放します。

須佐之男命《すさのをのみこと》は、天照大御神《あまてらすおほみかみ》に挨拶してから根《ね》の堅州国《かたすくに》に行こうと考え、高天《たかま》の原に上っていきます。その際、山川がことごとく蠢《うごめ》き国土がすべて揺れ動いたので、天照大御《あまてらすおほみ》神《かみ》は驚き、きっと国を奪おうと欲してのことだろうと考え、武装して須佐之男命《すさのをのみこと》を待ちうけます。

そこで、須佐之男命《すさのをのみこと》は天照大御神《あまてらすおほみかみ》に対して身の潔白を証明するために、誓いを立てて子を生むことにします。

《天《あめ》の安《やす》の河《かは》の誓約《うけひ》（現代語訳）》

こうして二神が天《あめ》の安《やす》の河《かは》を中に挟んでそれぞれ誓約《うけひ》をする時、天照大御神《あまてらすおほみかみ》がまず、速須佐之男命《はやすさのをのみこと》が帯びていた十拳剣《とつかのつるぎ》を受け取って、これを三つに折り、珠《たま》の緒がゆれて珠《たま》が音を立てながら、天《あめ》の眞名井《まなゐ》の水で振り濯《すす》いで、噛みに噛んで砕き、吹き出した息の霧から成り出でた神の御名は多紀理毘売命《たぎりびめのみこと》、またの御名は奥津島比売命《おきつしまひめのみこと》という。次に成り出でた神は市寸島比売命《いちきしまひめのみこと》、またの御名は狭依毘売命《さよりびめのみこと》という。次に成り出でた神は多岐《たき》都比売命《つひめのみこと》である。三柱。

速須佐之男命《はやすさのをのみこと》が、天照大御神《あまてらすおほみかみ》が左の御角髪《みづら》（※髪を左右に分け、耳の辺で束ねた男子の髪型）に巻いておられる、八尺《やさか》の勾瓊《まがたま》の五百箇《いほつ》の御統《みすまる》の珠《たま》を求め受けて、珠《たま》緒がゆれて音を立てるほど、天《あめ》の眞名井《まなゐ》の水に振り濯《すす》いで、噛みに噛んで砕き、吹き出す息の霧から成り出でた神の御名は正勝吾勝勝速日天之忍穂耳命《まさかつわれかつかちはやひあめのおしほみみのみこと》である。また右の御角髪《みづら》に巻いておられる珠《たま》を受け取って、噛みに噛んで砕き、吹き出す息の霧から成り出でた神の御名は天之菩卑能命《あめのほひのみこと》である。

また御鬘《みかづら》（※蔓草《つるくさ》を輪にして頭髪にまとい、装飾・呪物としたもの）に巻いておられる珠《たま》を求め受け、噛みに噛んで砕き、吹き出す息の霧から成り出でた神の御名は天津日子《あまつひこ》根命《ねのみこと》である。また左の御手に巻いておられる珠《たま》を求め受け、噛みに噛んで砕き、吹き出す息の霧から成り出でた神の御名は活津日子根命《いくつひこねのみこと》である。また右の御手に巻いおられる珠《たま》を求め受け、噛みに噛んで砕き、吹き出す息の霧から成り出でた神の御名は熊野久須毘《くまのくすび》命《みこと》である。五柱。

そこで天照大御神《あまてらすおほみかみ》が速須佐之男命《はやすさのをのみこと》に仰せられるには、「この、後で生まれた五柱の男子は、私の物である珠《たま》を物実《ものざね》（※神を生成する種、元となる物）として成り出でた神である。だから当然私の子です。先に生まれた三柱の女子は、あなたの物である剣を物実《ものざね》として成り出でた神である。だから、あなたの子です」と仰せられて区別なさった。

この「天《あめ》の安《やす》の河《かは》の誓約《うけひ》」には非常に重要な情報が隠されています。その情報とは、ずばり、天照大御神《あまてらすおほみかみ》の正体です。よく、「天照大御神《あまてらすおほみかみ》は女神だ」、「いや、男神だ」という主張を見かけますが、実はその両方が正解であり、男性でもあり女性でもあるというのが答えなのです。ここで生まれた神々の謎を解けば、その理由が分かります。

次のとおり、ここでは三柱の女神と五柱の男神が生まれています。男神の方は「五」ですので、この五柱の神々の名前で「ある一つの対象を表現」しています

〈女神〉
①多紀理毘売命《たぎりびめのみこと》（奥津島比売命《おきつしまひめのみこと》）、②市寸島比売命《いちきしまひめのみこと》（狭依毘売命《さよりびめのみこと》）、③多岐都比売命《たきつひめのみこと》

〈男神〉
①正勝吾勝勝速日天之忍穂耳命《まさかつわれかつかちはやひあめのおしほみみのみこと》、②天之菩卑能命《あめのほひのみこと》、③天津日子根命《あまつひこねのみこと》、④活津日子根《いくつひこねの》命《みこと》、⑤熊野久須毘命《くまのくすびのみこと》

では、三柱の女神の方から読み解いていきます。まずは一般的な解釈を掲載します。

①多紀理毘売命《たぎりびめのみこと》（奥津島比売命《おきつしまひめのみこと》）……「タキリ」は「滾《たぎ》り」で「水が激しく流れる様」。
「奥津島《おきつしま》」は「福岡県の沖ノ島」のこと。

②市寸島比売命《いちきしまひめのみこと》（狭依毘売命《さよりびめのみこと》）……「イツキ」は「神霊をいつき祀《まつ》る」こと。「サヨリ」は、「サ」は接頭語で、「ヨリ」は「神霊の依り来ること」。

③多岐都比売命《たきつひめのみこと》……「タキツ」は「滾《たぎ》つ」で「水が激しく流れる様」。

この女神たちは福岡県の宗像《むなかた》大社に祀《まつ》られており、玄界灘の沖ノ島の沖津宮、筑前大島の中津宮、旧玄海町の辺津宮の祭神がそれぞれ、①多紀理毘売命《たぎりびめのみこと》、③多岐都比売命《たきつひめのみこと》、②市寸島比売命《いちきしまひめのみこと》となっています。

特に沖ノ島には二十カ所以上の祭祀遺跡があり、そこからは、古墳時代から平安時代（四世紀〜十世紀）の馬具類、土器、陶器、玉類、刀剣類等が二千点以上も出土していて、かつて重要な祭祀が執り行われていたことが分かっています。現在でも、沖ノ島は島全体がご神体として神聖視され、女人禁制、男性であっても上陸前には禊《みそぎ》を行わなければならないとされています。

結局のところ、女神たちの名前が示しているものは、祀られている島の名前であったり、「水が激しく流れている」という島のまわりの様子や、神を祭ったり、神霊の依り代《しろ》となったという巫女的要素があるのみで、この女神たちが何者であるかはまったく不明です。

この「天《あめ》の安《やす》の河《かは》の誓約《うけひ》」からは、これ以上のことは分かりません。しかし、「一．古事記の隠されたものとそれを読み解くための鍵」で述べた「古事記の人の時代の物語が神話の時代の物語に反映している」という事実の逆のパターンが存在することに気づけば、天照大御《あまてらすおほみ》神《かみ》の正体とこの三人の女神の正体が分かってくるのです。

より分かりやすく言いましょう。古事記の人の時代の物語には神話時代の物語が反映していて、天照大御神《あまてらすおほみかみ》と同じ行動をしている女性が三人いるのです。つまり、この三人の女神で暗示されていること、それは「天照大御神《あまてらすおほみかみ》として祀《まつ》られている女性が三人いる」ということなのです。

なお、天照大御神《あまてらすおほみかみ》が三人いるからといって別に驚く必要はありません（※実際にはも

う一人います)。神道には合祀という観念があるからです。靖国神社が良い例で、当該神社では祭神として幕末から明治維新にかけて功のあった志士たちや、戊辰戦争以降の日本の国内外の事変・戦争で戦没した軍人、軍属等、約二百五十万柱が合祀されています。最近は、「A級戦犯を分祀すべきだ」「いや、そんなことは神道の観念上できない」ともめていますが、複数をひとまとめに祀《まつ》ることができるからこそ、このような話が出てくるのです。

一人目の天照大御神……倭姫命《やまとひめのみこと》

天照大御神《あまてらすおほみかみ》として祀《まつ》られている一人目の女性、それは倭姫命《やまとひめのみこと》です。倭姫命《やまとひめのみこと》は垂《すい》仁《にん》天皇の娘で、天照大御神《あまてらすおほみかみ》の御杖代《みつえしろ》(※神の霊を宿す依代《よりしろ》)として大和国から伊賀、近江、美濃、尾張等の地を転々と移動し、最終的に伊勢に落ち着いて伊勢神宮を創設し、天《あま》照大御神《てらすおほみかみ》を祀《まつ》った女性です。

図の系譜は、古事記の神話時代の系譜と人の時代の系譜の一部を対比したものです。倭姫命《やまとひめのみこと》については、草薙剣《くさなぎつるぎ》と関係していて、渡すか渡されるかの違いはあれ、天照《あまてらす》

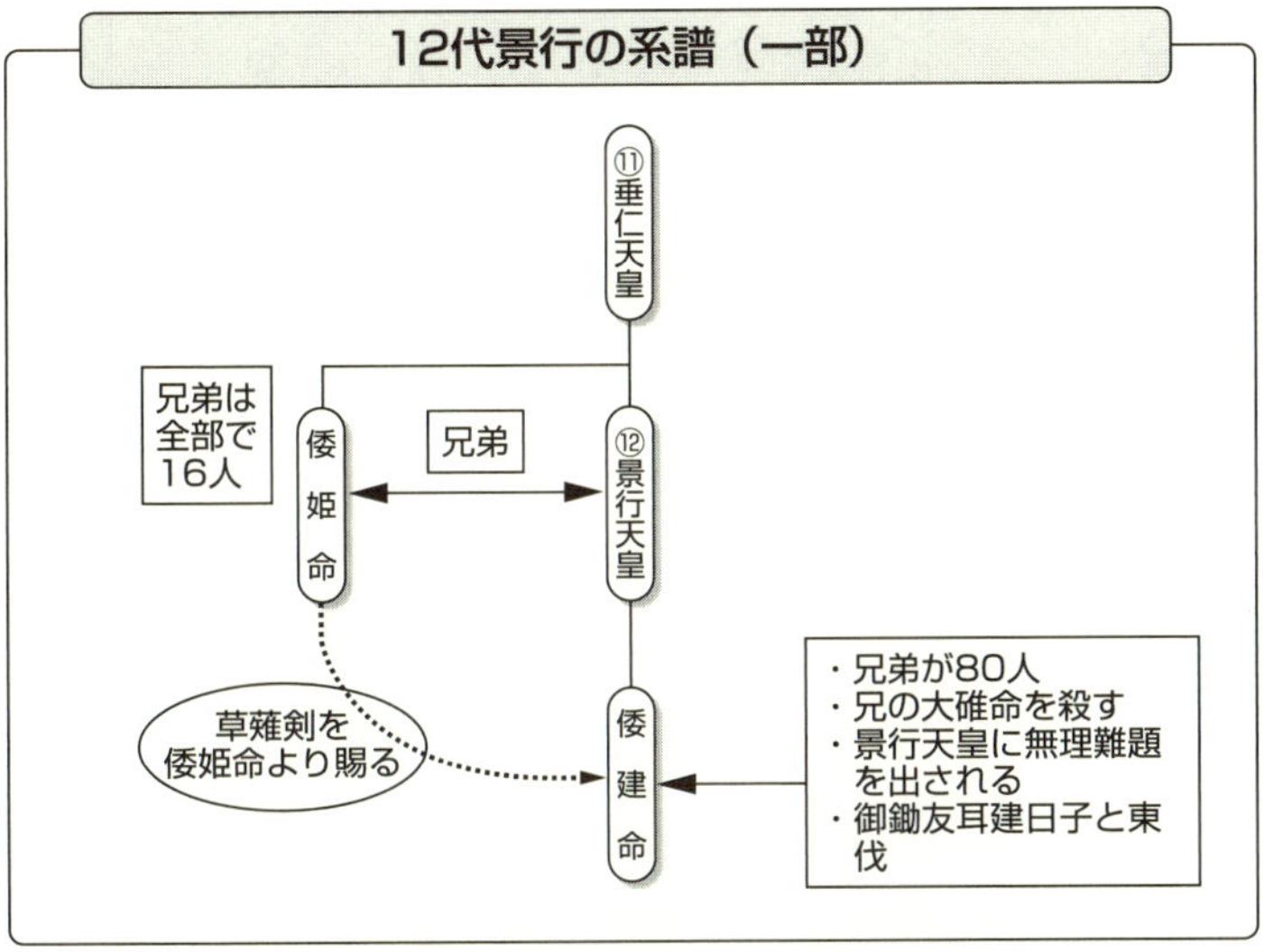
12代景行の系譜（一部）
⑪垂仁天皇
兄弟は全部で16人
倭姫命
兄弟
⑫景行天皇
草薙剣を倭姫命より賜る
倭建命
・兄弟が80人
・兄の大碓命を殺す
・景行天皇に無理難題を出される
・御鉏友耳建日子と東伐

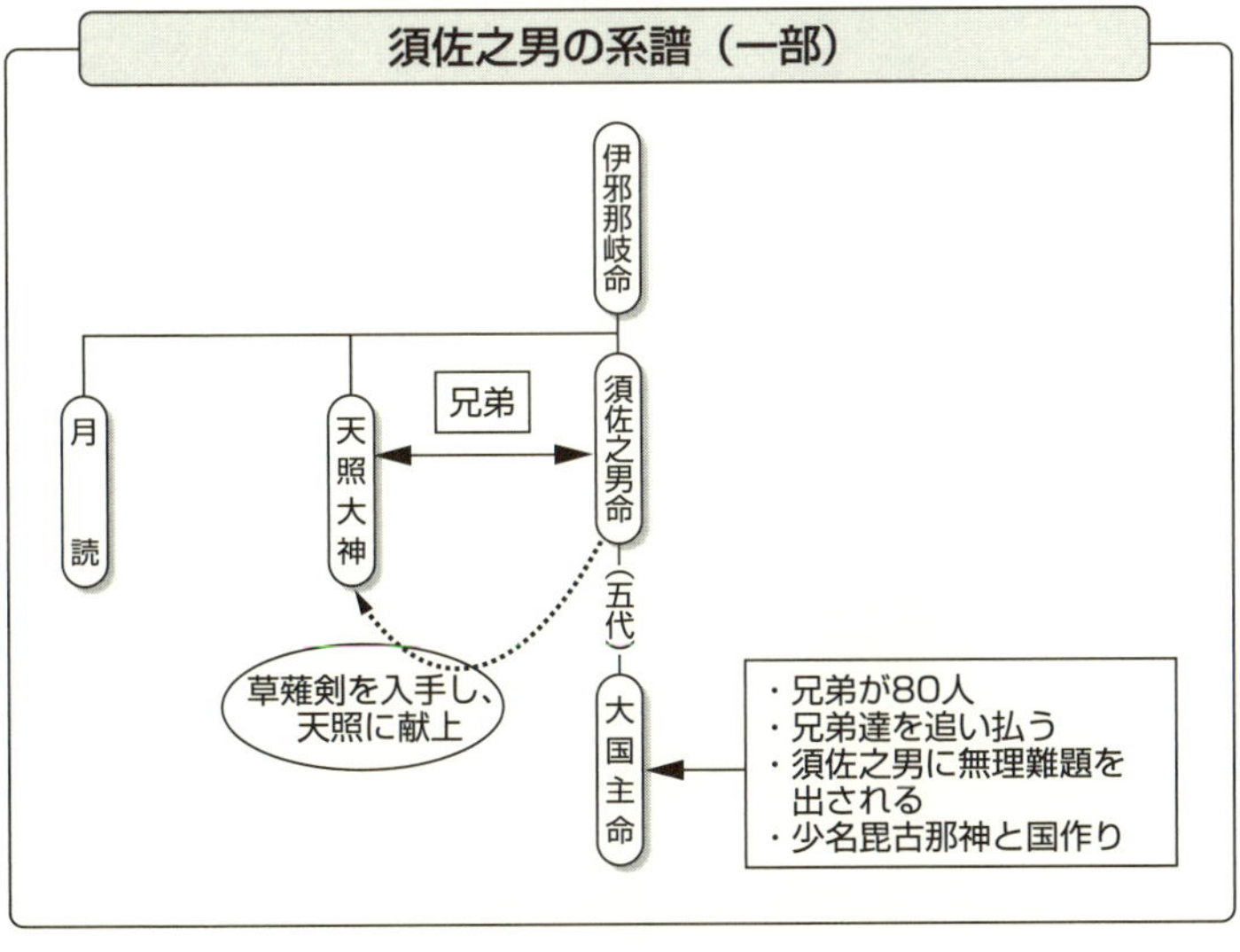
須佐之男の系譜（一部）
伊邪那岐命
月読
天照大神
兄弟
須佐之男命
（五代）
草薙剣を入手し、天照に献上
大国主命
・兄弟が80人
・兄弟達を追い払う
・須佐之男に無理難題を出される
・少名毘古那神と国作り

大御神《おほみかみ》と一致しています。また、大国主命《おほくにぬしのみこと》と倭建命《やまとたけるのみこと》についてはエピソードが非常に似通っていますので、この二人の一致点を次に記載します。

〈兄弟が八十人〉
○大国主命《おほくにぬしのみこと》……「この大国主命《おほくにぬしのみこと》の兄弟《あにおと》、八十神《やそがみ》坐《ま》しき」とあります。
○倭建命《やまとたけるのみこと》……親である景行《けいこう》天皇について、「凡《おほよ》そこの大帯日子《おほたらしひこ》天皇《の》（※景行《けいこう》天皇）の御子等、録《しる》せるは廿一王《はたちまりひとはしら》、入れ記せざるは五十九王《いそぢまりここのはしら》、あわせて八十王《やそはしら》」とあります。

〈兄弟を追い払う・殺す〉
○大国主命《おほくにぬしのみこと》……根《ね》の堅州国《かたすくに》から帰った後、兄弟である八十神《やそがみ》を追い払う。
○倭建命《やまとたけるのみこと》……景行《けいこう》天皇から、朝夕の会食に出てこない大碓命《おほうすのみこと》（※倭建命《やまとたけるのみこと》の兄）を諫《いさ》めるように言われ、殺してしまう。

〈無理難題を出される〉
○大国主命《おほくにぬしのみこと》……義父である須佐之男命《すさのをのみこと》から、蛇の部屋で寝させられたり、百足《むかで》と蜂の部屋で寝させられたり、また、野に入った時に火でその野を焼き囲まれたり、頭の虱《しらみ》を取れと言われて百足《むかで》を取らせられたりする。

○倭 建 命《やまとたけるのみこと》……父である景行《けいこう》天皇から、従わない民らを征討することを命じられ、九州、出雲の平定を済ませて帰ってきたとたんに、今度は東の十二国を平定することを命じられる。

〈二人で国作り〉

○大国主 命《おほくにぬしのみこと》……少名毘古那《すくなびこな》神と共に国作りを行う。

○倭 建 命《やまとたけるのみこと》……東伐を、吉備臣の祖先、御鉏友耳建日子《みすきともみみたけひこ》と共に行う。

つまり、古事記では、大国主 命《おほくにぬしのみこと》と倭 建 命《やまとたけるのみこと》の物語を一致させることで、実は二人が同一人物であることを暗示しているわけです。また、倭 建 命《やまとたけるのみこと》と大国主 命《おほくにぬしのみこと》が同一人物であるならば、景行《けいこう》天皇と須佐之男命《すさのをのみこと》が同一人物になるはずですが、それぞれの物語に一致点はありません。

古事記の製作者は少し意地悪で、そう簡単に謎が解けるようにはしてくれていません。実は、景行《けいこう》天皇と倭 建 命《やまとたけるのみこと》も同一人物なのです。つまり「景行《けいこう》天皇＝倭 建 命《やまとたけるのみこと》＝

須佐之男命《すさのをのみこと》＝大国主命《おほくにぬしのみこと》」。このことは古代天皇の真の系譜を明らかにした後でなければ説明が難しいので詳細は後述します。

結局、倭姫命《やまとひめのみこと》が東伐に行く倭建命《やまとたけるのみこと》に草薙剣《くさなぎのつるぎ》を賜った話は、須佐之男命《すさのをのみこと》から天照大御神《あまてらすおほみかみ》に献上された草薙剣《くさなぎのつるぎ》を再び須佐之男命《すさのをのみこと》に託したという話なのです。そして、さらに言えば、草薙剣《くさなぎのつるぎ》とは王権の象徴。最初、天照大御神《あまてらすおほみかみ》の王権を認め草薙剣《くさなぎのつるぎ》を献上した須佐之男命《すさのをのみこと》ですが、後に、草薙剣《くさなぎのつるぎ》が須佐之男命《すさのをのみこと》に託されたように、王権は須佐之男命《すさのをのみこと》へと移ることになります（※このことについても詳細は後述）。

二人目の天照大御神《あまてらすおほみかみ》……神功皇后《じんぐう》

二人目の天照大御神《あまてらすおほみかみ》は神功皇后《じんぐう》になります。

まずは、次の系譜をご覧ください。

仲哀天皇《ちゅうあい》と天忍穂耳命《あめのおしほみみのみこと》を基準にしてみれば、妻であるか親であるかの違いはあっても、非常に似ていることが分かります。

さらに、神功皇后《じんぐう》と天照大御神《あまてらすおほみかみ》の一致点をあげます。

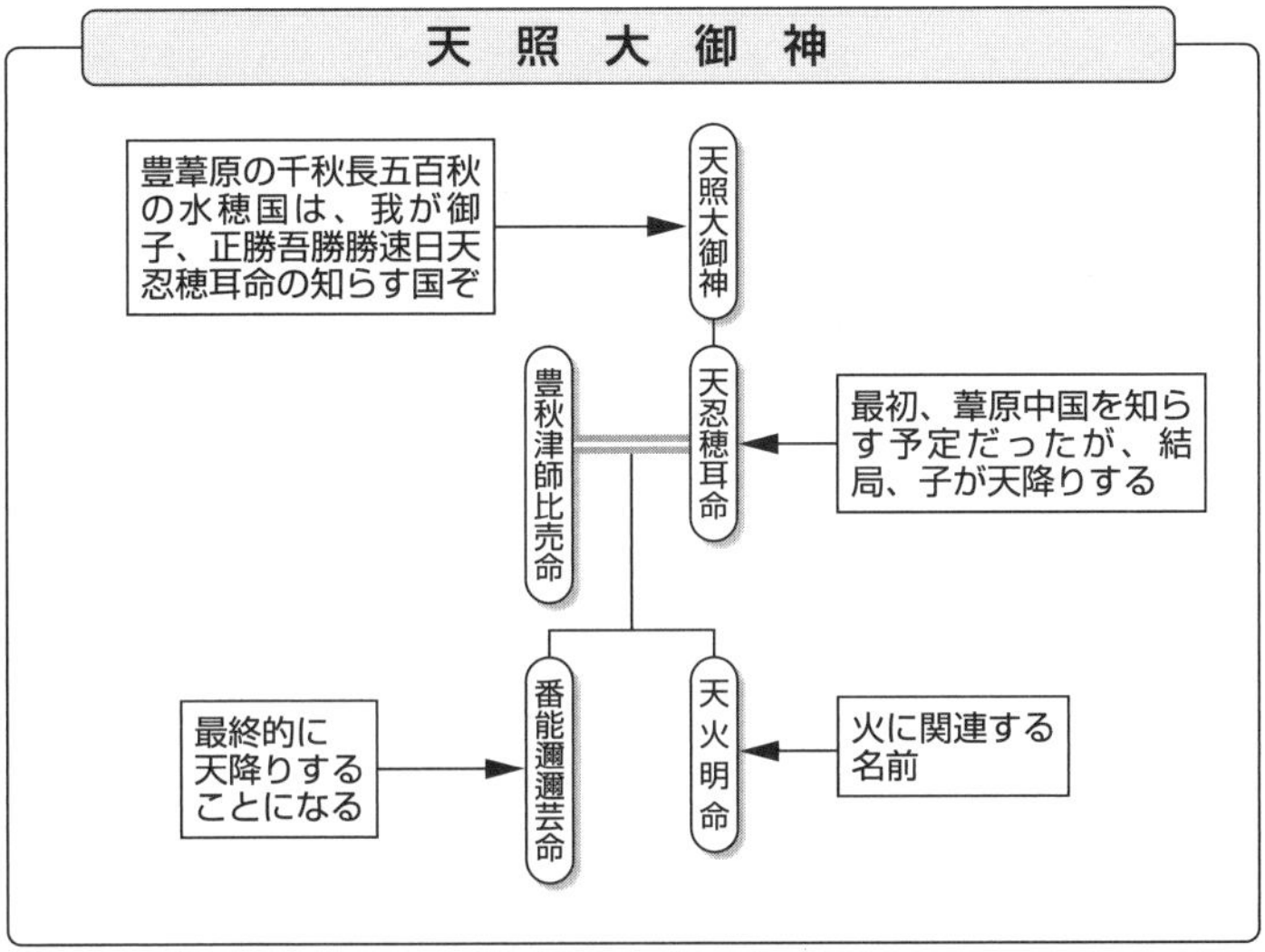
天照大御神
豊葦原の千秋長五百秋の水穂国は、我が御子、正勝吾勝勝速日天忍穂耳命の知らす国ぞ
天照大御神
天忍穂耳命
豊秋津師比売命
最初、葦原中国を知らす予定だったが、結局、子が天降りする
番能邇邇芸命
天火明命
最終的に天降りすることになる
火に関連する名前

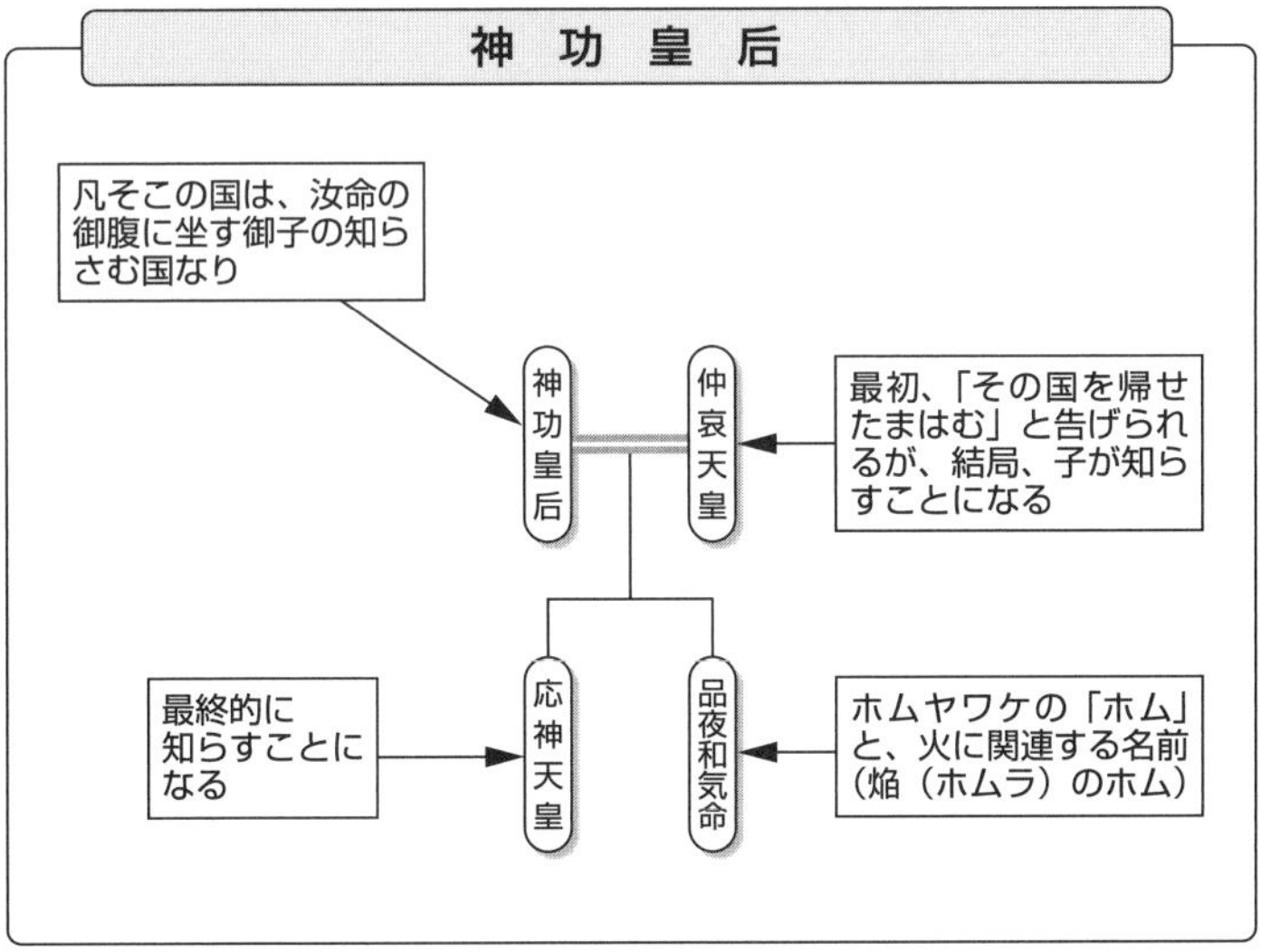
神功皇后
凡そこの国は、汝命の御腹に坐す御子の知らさむ国なり
神功皇后
仲哀天皇
最初、「その国を帰せたまはむ」と告げられるが、結局、子が知らすことになる
応神天皇
品夜和気命
最終的に知らすことになる
ホムヤワケの「ホム」と、火に関連する名前(焔(ホムラ)のホム)

〈日本は息子が統治すべき国だと告げる〉

○神功《じんぐう》皇后……神懸《かみが》かりして「凡《おほよ》そこの国は、汝命《いましみこと》の御腹に坐《ま》す御子の知らさむ（※統治する）国なり」と告げる。

○天照大御神《あまてらすおほみかみ》……「豊葦原《とよあしはら》の千秋長五百秋《ちあきのながいほあき》の水穂《みずほ》国は、我が御子、正勝吾勝勝速日天之《まさかつわれかつかちはやひあめの》忍穂耳命《おしほみみのみこと》の知らす国ぞ」と詔《みことのり》を下す。

〈結局、夫（または息子）の息子が降臨する〉

○神功《じんぐう》皇后……神功《じんぐう》皇后が神懸《かみが》かりして夫の仲哀《ちゅうあい》天皇に「西の方に国有り。金銀《くろがねしろがね》を本《はじめ》として、目の炎耀《かがや》く種々《くさぐさ》の珍《めづら》しき宝、多《さは》にその国にあり。吾今その国を帰《よ》せ（※帰服）たまはむ。」と告げるが、仲哀《ちゅうあい》天皇は西の方を見てそんな国はないと言って偽りを言う神だと誹《そし》り、神の怒りを買って死んでしまう。

その後、新たに「凡《おほよ》そこの国は、汝命《いましみこと》の御腹に坐《ま》す御子の知らさむ国なり」とのお告げがあって、結局、子の応神《おうじん》天皇が統治することになる。

○天照大御神《あまてらすおほみかみ》……天照大御神《あまてらすおほみかみ》の子の天之忍穂耳命《あめのおしほみみのみこと》は、子が生まれたのでその子が降臨すべきだと言って、結局、番能邇邇芸命《ほのににぎのみこと》が天降《あまくだ》る。

〈天《あま》つ罪・国《くに》つ罪〉

○神功《じんぐう》皇后……仲哀《ちゅうあい》天皇が神より罰を与えられて死んだ後、「生剥《いきはぎ》、逆剥《さかはぎ》、阿離《あはなち》、溝埋《みぞうめ》、屎戸《くそへ》、上通下通婚《おやこたはけ》、馬婚《うまたはけ》、牛婚《うしたはけ》、鶏婚《とりたはけ》、犬婚《いぬたはけ》の罪の類《たぐひ》を種種求《くさぐさま》ぎて、国（※筑紫の国）の大祓《おほはらへ》を」する。（※生剥《いきはぎ》から屎戸《くそへ》までが天《あま》つ罪。その他は国《くに》つ罪）

○天照大御神《あまてらすおほみかみ》……天《あめ》の河《かは》の誓約《うけゐ》で勝利した須佐之男命《すさのをのみこと》が、阿離《あなはち》、溝埋《みぞうめ》、屎戸《くそへ》、逆剥《さかはぎ》といった天《あま》つ罪を犯す。

〈新羅《しらぎ》征討〉

○神功《じんぐう》皇后……応神《おうじん》天皇をお腹に宿した神功《じんぐう》皇后は、新羅《しらぎ》征討を行う（※古事記には新羅《しらぎ》の国王が帰服する様子が記されていますが、朝鮮側の史料にはそのような事実はなく、一般には、新羅《しらぎ》に対する優位性を誇示するための創作であるとされています）。

○天照大御神《あまてらすおほみかみ》……天照大御神《あまてらすおほみかみ》から詔《みことのり》を受けた天《あま》つ神達が、出雲の大国主《おほくにぬしの》神に国譲りを迫る。

〈新羅《しらぎ》征討〉については、この内容だけであると一致点は見あたりませんが、出雲の国は須佐之男命《すさのをのみこと》と縁深い国、そして、須佐之男命《すさのをのみこと》が新羅《しらぎ》出身であると考えると（※日本書紀の一書に「素戔鳴尊《すさのをのみこと》、其の子《みこ》五十《いそ》猛《たけるの》神を帥《ひき》ゐて、新羅《しらぎ》国に降到《あまくだ》りまして」とあり、高天《たかま》の原を追い出された須佐之男命《すさのをのみこと》が最初に訪れたのは新羅《しらぎ》になっています）、別の事実が見えてきます。

そう、神功皇后《じんぐう》が征討したのは、朝鮮半島の新羅《しらぎ》ではなく、日本の新羅《しらぎ》である出雲だったのです。新羅《しらぎ》人が本拠地としている（もしくは、作った）国を、それに敵対する国の人々が「新羅《しらぎ》」と称しても不思議はありません。

また、そう考えると、神功皇后《じんぐう》が「杖を新羅《しらぎ》の国主の門に突き立てた」という話と、建御雷神《たけみかづちのかみ》が出雲の伊那佐《いなさ》の小浜《おばま》で十拳剣《とつかのつるぎ》を逆さまに刺し立てて脅しをかけた話もつながってきます。

以上、神話時代の天照大御神《あまてらすおほみかみ》の物語のエッセンスを人の時代の神功皇后《じんぐう》の物語に散りばめ、「天照大御神《あまてらすおほみかみ》＝神功皇后《じんぐう》」が暗示されていることが分かると思います。そして、人の時代の物語には明記しなかった出雲征討の話を神話時代に盛り込んで隠したのです。

なお、最後の三人目の女性ですが、これは日本の創成期の話を解読してからでないと分かりませんので、ここで記載することはやめ、別途、詳述します。

ちなみに、三人目の女性は、倭姫命《やまとひめのみこと》、神功皇后《じんぐう》よりも古い時代の人物です。

〇多紀理毘売命《たぎりびめのみこと》（奥津島比売命《おきつしまひめのみこと》）＝？・？・？・？・？
〇市寸島比売命《いちきしまひめのみこと》（狭依毘売命《さよりびめのみこと》）＝倭姫命《やまとひめのみこと》
〇多岐都比売命《たきつひめのみこと》＝神功皇后《じんぐう》

以上、天照大御神《あまてらすおほみかみ》の正体が三人の女性であることを説明してきましたが、これら三人の女性は、本来、神の寄り代《よしろ》となる巫女であって、天照大御神《あまてらすおほみかみ》の言葉を代弁するだけ。天照大御神《あまてらすおほみかみ》そのものではありません。

天照大御神《あまてらすおほみかみ》の真の正体を隠すために、天照大御神《あまてらすおほみかみ》として合祀されているにすぎないのです。なお、古事記には、天照大御神《あまてらすおほみかみ》が別名の神として出てきて、巫女に対して自分の名を名乗るように告げる話が記載されています。

これについても別途、詳述します。

天《あめ》の安《やす》の河《かは》の誓約《うけひ》……天照大御神《あまてらすおほみかみ》の正体（イエス・キリスト）

「天《あめ》の安《やす》の河《かは》の誓約《うけひ》」で生まれた三柱の女神は、天照大御神《あまてらすおほみかみ》として祀《まつ》られている三人の巫女を暗示していました。そして、残りの五柱の男神が示しているもの、それが天照大《あまてらすおほ》御神《みかみ》の真の正体なのです。これらの男神の数は「五」ですので、この五柱の神々の名前で「ある一つの対象が表現」されています。

結論から言いましょう。ある一つの対象、それはイエス・キリストです。まずは、神々の名の解釈をご覧ください。

①正勝吾勝勝速日天之忍穂耳命《まさかつわれかつかちはやひあめのおしほみみのみこと》……「正勝吾勝勝速日《まさかつわれかつかちはやひ》」は、「まさしく勝った我が勝った、勝って勢いが盛んな太陽（光）」という意味で、やけに「勝つ」という字が出てきます。これは、「勝利の上にさらに勝利を得る方、光である方」という天照大御神《あまてらすおほみかみ》に対する賛辞で、十字架に架けられることにより預言を成就させ、完全なる勝利を収めた神であることを示しています。新約聖書には「私はすでに世に勝ったのです」（ヨハネの福音書一六：三三）や「彼は冠を与えられ、勝利の上にさらに勝利を得ようとして出て行った」（ヨハネの黙示録六：二）という記述があります。後半の「天之忍穂耳《あめのおしほみみの》」の「オシ」は「多くの」という意味で、「穂《ほ》」は「稲穂」で、ここでは「恵み」ということ。総じて、「多くの恵みをもたらせる方」という意味。「天之」と「耳《みみ》」は修辞の接尾語です。

②天之菩卑能命《あめのほひのみこと》……「菩《ほ》」は「稲穂」のことで、ここでは人間を表しています。新約聖

書では、「ところが、良い地に蒔《ま》かれるとは、みことばを聞いてそれを悟る人のことで、その人はほんとうに実を結び、あるものは一〇〇倍、あるものは六〇倍、あるものは三〇倍の実を結びます」（マタイの福音書一三：二三）とあるように、キリストの教えを「種」と例え、その教えを真の意味で理解することができた人を「実を結んだ」と表現している箇所が多数出てきます。「ヒ」は「日＝光」で、まとめると「人々の光」という意味です。

③天津日子根命《あまつひこねのみこと》・④活津日子根命《いくつひこねのみこと》……「日子《ひこ》」は「日の子」つまり神の子、「根《ね》」は「子孫」という意味です。新約聖書でも子孫であることを示して「〇〇の根」という表現が多数あります。「天津《あまつ》」も「活津《いくつ》」も修辞ですので、この二神で誰かの子孫であることを示していることが分かります。この二神はおそらく、アブラハムとダビデです。マタイの福音書は「アブラハムの子孫、ダビデの子孫、イエス・キリストの系図。」という文章から始まりますし、新約聖書の中で、イエスがアブラハムやダビデの子孫であることを記述している箇所が散見されます。よって、この二神は、「アブラハムの根、ダビデの根」という意味でしょう。

⑤熊野久須毘命《くまのくすびのみこと》……「クマ」は「隈《くま》」で「影」のこと、「クスヒ」は「奇《く》しき日」で「霊妙な光」ということ。つまり、「闇を照らす霊妙なる光」という意味です。新約聖書に

は「私は世の光です。私に従う者は決して闇の中を歩むことはなく、命の光を持つのです」（ヨハネの福音書八：一二）という記述があります。

以上、すべてをまとめると「勝利の上にさらに勝利を得る方、光である方、多くの恵みをもたらせる方、人々を照らす光、アブラハムの根、ダビデの根、闇を照らす霊妙なる光」ということになり、天照大御神《あまてらすおほみかみ》（＝イエス・キリスト）がどういう神であるかを表現しています。

いきなり、天照大御神《あまてらすおほみかみ》の真の正体がイエス・キリストだと言われても中々受け入れがたいものでしょう。この程度では、単なるこじつけだと思われても仕方がないかもしれません。しかし、古事記は、この「天《あめ》の安《やす》の河《かは》の誓約《うけひ》」で天照大御神《あまてらすおほみかみ》の正体を暗示した後に、新約聖書の物語を盛り込んでいるのです。

天《あめ》の岩屋戸《いはやと》……イエスの磔刑《たっけい》と復活

天照大御神《あまてらすおほみかみ》との誓約《うけひ》に勝利した須佐之男命《すさのをのみこと》は、田の畦《あぜ》や溝を壊したり、祭殿に汚物を撒《ま》き散らしたりと横暴を働き始めます。

最初は、天照大御神《あまてらすおほみかみ》も「酔って吐《は》き散らしたのだろう」とか「田の畦《あぜ》を壊し、溝を埋めたのは土地を惜しんでのことだろう」と善意に解して寛容でした。しかし、須佐之男命《すさのをのみこと》の横暴は止まらず、忌服屋《いみはたや》（※清浄な機屋《はたや》）の屋根を壊して、皮を逆さに剥《は》いだ天《あめ》の斑馬《ふちこま》を落とし入れ、それに驚いた天《あめ》の服織女《はたおりめ》が梭《ひ》（※機織《はたおり》で経糸《たていと》に緯糸《ぬきいと》を通すのに用いる舟形の道具）で陰部を刺して死んでしまいます。

そして、須佐之男命《すさのをのみこと》のあまりもの傍若無人ぶりに、とうとう天照大御神《あまてらすおほみかみ》は天《あめ》の岩屋戸《いはやと》に隠れてしまいます。

《天《あめ》の岩屋戸《いはやと》（現代語訳）》

これを見て天照大御神《あまてらすおほみかみ》は恐れて、天《あめ》の岩屋戸《いはやと》を開いて中におこもりになった。そのために高天《たかま》の原はすっかり暗くなり、葦原中国《あしはらのなかつくに》もすべて暗闇となった。こうして永遠の暗闇が続いた。そしてあらゆる邪神の騒ぐ声は、夏の蝿のように世界に満ち、あらゆる禍《わざわい》がいっせいに発生した。

このような状態となったので、八百萬《やほよろず》の神が天《あめ》の安《やす》の河原《かはら》に会合して、高御産巣日神《たかみむすひ》の子の思金神《おもひかねの》に善後策を考えさせた。そしてまず常世《とこよ》の長鳴鳥《ながなきどり》を集めて鳴かせ、次に天《あめ》の安《やす》の河《かは》の川上の天の堅い岩を取り、天の金山《かなやま》（※鉱山）の鉄を採って、鍛人天津麻羅《かぬちあまつまら》を探して、伊斯許理度売命《いしこりどめのみこと》に命じて鏡を作らせ、玉祖命《たまのやのみこと》に命じて八尺《やさか》の勾璁《まがたま》の五百箇《いほつ》の御統《みすまる》の珠《たま》を作らせた。次に天兒屋命《あめのこやねのみこと》と布刀玉命《ふとだまのみこと》を呼んで、天《あめ》の香山《かぐやま》の真男鹿《まをしか》の肩の骨を抜き取り、天《あめ》の香山《かぐやま》の天《あめ》の朱桜《ははか》（※桜桃）を取り、鹿の骨を焼いて占い、神意を持ち伺わせた。

そして、天《あめ》の香山《かぐやま》の枝葉の繁った賢木《さかき》（※榊）を根ごと掘り起こしてきて、上の枝には八尺《やさか》の勾璁《まがたま》の五百箇《いほつ》の御統《みすまる》の玉を掛け、中の枝に八尺鏡《やたかがみ》を掛け、下の枝には白和幣《しらにきて》（※楮《かぢ》の木の皮の繊維で作った幣《ぬさ》）と青和幣《あをにきて》（※麻で作った幣《ぬさ》）を垂れ掛けて、これらの種々の品は布刀玉命《ふとだまのみこと》が太御幣《ふとみてぐら》（※神に献《たてまつ》る供え物）として捧げ持ち、天兒屋命《あめのこやねのみこと》が見事な詔《のり》戸言《とごと》（※祝詞《のりと》の言葉）を唱えて祝福し、天手力男《あめのたぢからをの》神が石戸《いはと》の脇に隠れて立ち、天宇受《あめのうず》売命《めのみこと》が天《あめ》の香山《かぐやま》の天《あめ》の日影《ひかげ》（※蔓《つる》性植物のヒカゲノカズラ）を襷《たすき》にかけ、天《あめ》の真拆《まさき》（※蔓《つる》性植物のツルマサキやティカカズラ）を髪にまとい、天《あめ》の香山《かぐやま》の笹の葉を束ねて手に持ち、天《あめ》の岩屋戸《いはやと》の前に桶《おけ》を伏せてこれを踏み轟《とどろ》鳴らし、神懸《かむかがり》して、胸乳をかき出し、衣装の紐を陰部まで押し下げた。すると高天《たかま》の原が鳴り轟《とどろ》くばかりに、八百萬《やほよろず》の神々がどっといっせいに笑った。

そこで、天照大御神《あまてらすおほみかみ》は不思議に思われて、天《あめ》の岩屋戸《いはやと》を細めに開けて、中から仰せられるには、「私がこもっているので天《あめ》の原は自ずと暗闇となり、また葦原中国《あしはらのなかつくに》もすべて暗黒であろうと思うのに、どういうわけで天宇受売命《あめのうずめのみこと》が踊っていて、また八百萬《やほよろず》の神々はみな笑っているのだろう」と仰せられた。

そこで天宇受売命《あめのうずめのみこと》が申すには、「あなた様にも勝る貴い神がおいでになりますので、喜び笑って踊っています」と申し上げた。こう申す間に、天兒屋命《あめのこやねのみこと》と布刀玉命《ふとだまのみこと》がその鏡を差し出して天照大御神《あまてらすおほみかみ》にお見せ申し上げると、天照大御神《あまてらすおほみかみ》はいよいよ不思議にお思いになって、そろそろと戸から出て鏡の中を覗きこんだ。その時、戸の脇に隠れて立っていた天手力男神《あめのたぢからをの》が御手を取って外に引き出し申した。ただちに布刀玉命《ふとだまのみこと》がしめ縄を大御神の後ろに引き渡して、「この縄から内に戻ってお入りになることはできません」と申し上げた。こうして天照大御神《あまてらすおほみかみ》がお出ましになると、高天《たかま》の原も葦原中国《あしはらのなかつくに》も自ずと照って明るくなった。

そこで八百萬《やほよろず》の神々は一同相談して、速須佐之男命《はやすさのをのみこと》に千位《ちくら》の置戸《おきど》（※多くの贖罪《しょくざい》の品物）を負わせ、また鬚《ひげ》を切らせ手足の爪を抜かせて祓《はら》えを科して、高天《たかま》の原から追放した。

ここで記されている内容は、おそらくは実際に行われた「祭」の様子です。必要な道具類とそれを調達する人、そして、登場する人の役割が明示されています。

「祭」の中には、過去に実際に起こった重要な出来事等を再現して、後世に伝えていくという目的のものがあります。そして、多くの場合、その出来事をそのまま再現するのではなく象徴的な物品や行動によって代替します。文章による情報伝達ではなく、抽象化された「型《かた》」を使った情報伝達方法なわけです。

では、この「天《あめ》の岩屋戸《いはやと》」は、どんな出来事を再現しているのでしょうか。ずばり、それは「イエス・キリストの磔刑《たっけい》と復活」です。この「天《あめ》の岩屋戸《いはやと》」では、天照大御神《あまてらすおほみかみ》が岩屋戸《いはやと》に隠れて再び出てきます。「隠れる」とは、貴人が死亡した時に「お隠れになる」と表現するように、死を暗示しています。これを踏まえた上で、以下ではここでの登場人物や物品等が何を象徴しているのかを解釈していきます。

まず、「天《あめ》の香山《かぐやま》の枝葉の繁った賢木《さかき》を根ごと掘り起こしてきて、上の枝には八尺《やさか》の勾璁《まがたま》の五百箇《いほつ》の御統《みすまる》の玉を掛け、中の枝に八尺鏡《やたかがみ》を掛け、下の枝には白和幣《しらにきて》と青和幣《あをにきて》を垂れ掛けて」といろいろと飾られた賢木《さかき》からです。

「八尺鏡《やたかがみ》」は、天孫降臨の際に天照大御神《あまてらすおほみかみ》が「これの鏡は、専ら我が御魂として、我が前を拝くが如く拝き奉れ」と言ったように、天照大御神《あまてらすおほみかみ》自身、つまり、イエスを象徴しています。

ならば、「賢木」は鏡（＝イエス）が掛けられている（＝架けられている）ので「十字架」。上の枝の「八尺《やさか》の勾璁《まがたま》の五百箇《いほつ》の御統《みすまる》の玉」は、イエスの頭にかぶされた「茨《いばら》の冠」。下の枝の「白和幣《しらにきて》と青和幣《あをにきて》」は、イエスの死亡を確認するために兵士が槍で腹を突き刺した

賢　木

時に出てきた「血と水」です。

また、八尺鏡《やたかがみ》は「鍛人天津麻羅《かぬちあまつまら》を探して、伊斯許理度売命《いしこりどめのみこと》に命じて鏡を作らせ」とあります。

鍛人天津麻羅《かぬちあまつまら》の「マラ」は「男根」を指すので男性。伊斯許理度売命《いしこりどめのみこと》は「売《め》」という女性を表す接尾語があるので女性。つまり、この二人は八尺鏡《やたかがみ》（＝イエス）を作った男女であり、イエスの父母のヨセフとマリアを象徴しています。また、鏡作りに関与したのは二人ですが、作ったのはあくまで伊斯許理度売命《いしこりどめのみこと》です。つまり、マリアの処女懐胎も暗示しているわけです。

そして、「五百箇《いほつ》の御統《みすまる》の玉」（＝イバラの冠）を作った玉祖命《たまのやのみこと》は、イエスが「イバラの冠」を冠せられる直接の原因を作ったユダ。

この「天《あめ》の岩屋戸《いはやと》」の「祭」を準備した思金《おもひかねの》神は、「主の道をまっすぐにせよ」と預言され、イエスの通る道を整えるために先に遣わされた洗礼者ヨハネ。

天宇受売命《あめのうずめのみこと》は、岩屋戸《いはやと》に隠れてしまった天照大御神《あまてらすおほみかみ》を誘い、出てきた時に最初に会話をしていますので、イエスの復活を最初に目撃して会話をしたマグダラのマリア。

天照大御神《あまてらすおほみかみ》の手をひっぱって外へと出し、そして、岩屋戸《いはやと》に注連縄《しめなわ》を張って戻れなくした天手力男神《あめのたぢからをの》と布刀玉命《ふとだまのみこと》は、マグダラのマリアがイエスの墓を訪れた際に最初に見た二人の御使い。

天兒屋命《あめのこやねのみこと》はイエスの墓を確認しに来たペテロ。また、このペテロは、イエスに「鶏が鳴くまでに、あなたは三度わたしを知らないと言います」（ヨハネの福音書一三：三八）と予言され、実際に、イエスが拘引された後にイエスの弟子であることを否定し、三度目に否定した際に鶏が鳴いたとされるペテロです。そのことの象徴として「常世《とこよ》の長鳴鳥《ながなきどり》」も登場しています。

さらに、「天《あめ》の岩屋戸《いはやと》」はイエスが葬られた墓です。当時のイスラエルでは、洞窟等の洞穴に火葬などをせずにそのまま埋葬して、入り口は大きな石で塞いでいたようです。そして、天照大御神《あまてらすおほみかみ》が隠れたことにより「常夜」が訪れていますが、これは、イエスが十字架に架けられた時に起った日食を表しています。

まさに、「天《あめ》の岩屋戸《いはやと》」の内容は、「イエスの磔刑《たっけい》と復活」以外の何者でもありません。

以上の象徴をまとめると次の表のとおりです。

人物等	象徴するもの	備考
天の岩屋戸	イエスが埋葬された墓	
常夜	イエスが十字架に架けられた時に起った日食	

常世の長鳴鳥	ペテロが三回イエスを知らないと言った後に鳴いた鶏	
八尺鏡	イエス・キリスト	十字架に架けられたイエス・キリスト
五百箇の御統の玉	イバラの冠	
白和幣と青和幣	イエスのわき腹を刺した際に流れ出た血と水	
賢木（榊）	十字架	
天照大御神	イエス・キリスト	
思金神	洗礼者ヨハネ	
鍛人天津麻羅	イエスの父ヨセフ	
伊斯許理度売命	イエスの母マリア	
玉祖命	裏切り者ユダ	
天兒屋命	ペテロ	
布刀玉命	イエス復活の際、墓にいた二人の御使い	
天手力男神		
天宇受売命	マグダラのマリア	

（注）「天《あめ》の岩屋戸《いはやと》」が「イエスの磔刑《たっけい》と復活」を象徴していることは、『失われたイエス・キリスト「天照大神」の謎』（飛鳥昭雄・三神たける著　学習研究社）にて、すでに指摘されています。

さらに、古事記では、「天照大御神《あまてらすおほみかみ》が岩屋戸《いはやと》に隠れた」ということで、「天照大御神《あまてらすおほみかみ》の正体を隠した」ということも暗示しています。

ちなみに、いったん、隠れた天照大御神《あまてらすおほみかみ》は再度、姿を現しますがこれは偽物です。その証拠に、今まで単独で行動していた天照大御神《あまてらすおほみかみ》が、これより後は次のように高御産巣《たかみむす》日《ひ》神とペアで登場するようになります。

「ここに高御産巣日《たかみむすひ》神、天照大御神《あまてらすおほみかみ》の命《みこと》もちて」（葦原中国《あしはらのなかつくに》の平定　天菩比《あめのほひ》神）

「ここをもちて高御産巣日《たかみむすひ》神、天照大御神《あまてらすおほみかみ》、また諸《もろもろ》の神等《かみたち》に問ひたまひしく」、「故ここに高御産巣日《たかみむすひ》神、天照大御神《あまてらすおほみかみ》、また諸《もろもろ》の神等《かみたち》に問ひたまひしく」、「天《あめ》の安《やす》の河《かは》の河原に坐《ま》す天照大御神《あまてらすおほみかみ》、高木《たかぎの》神（※高御産巣日《たかみむすひ》神）の御所《みもと》に逮《いた》りき」（葦原中国《あしはらのなかつくに》の平定　天《あめの》若日子《わかひこ》）※他にも同様の箇所多数これは、次の図のような入れ替わりが生じ、巫女である偽・天照大御神《あまてらすおほみかみ》は単独では行動できず、真・天照大御神《あまてらすおほみかみ》である高御産巣日神《たかみむすひのかみ》のお告げを聞いてからでないと、何も行動できないからです。

天の岩屋戸（前）
天照大御神…単独で行動
高御産巣日神

↓

天の岩屋戸（後）
天照大御神を信仰する巫女 （神懸かりして、天照大御神の言葉を伝える）
天照大御神

つまり、「天《あめ》の岩屋戸《いはやと》」の祭は、イエスの死と復活を再現することにより、天照大御神《あまてらすおほみかみ》の神霊を天宇受売命《あめのうずめのみこと》の役割を演じる巫女がその身に降ろす儀式なのです。おそらく、この祭が最初に行われたのは、後に説明する一人目の天照大御神《あまてらすおほみかみ》の巫女が死亡して、前方後円墳に葬られた際です。前方後円墳では円の部分に死体を埋葬し、その際、方（四角）の部分で何らかの儀式が執り行われたと言われています。巫女に懸《か》かっていた天照大御《あまてらすおほみ》神《かみ》の神霊を次代の巫女に引き継ぐ儀式こそが、この「天《あめ》の岩屋戸《いはやと》」なのです。

なお、日本書紀では、天照大御神《あまてらすおほみかみ》が誕生した時点で「大日孁貴《おほひるめのむち》」と表現され、最初から「日の巫女」として扱われています。「孁」は巫女の意で、「大日孁貴《おほひるめのむち》」は「大いなる日の巫女」となるからです（※「貴《むち》」は尊称）。

これは、外国向けの歴史書である日本書紀では、最初から正体を隠した後の偽物を天《あま》照大御神《てらすおほみかみ》として扱っているからです。須佐之男命《すさのをのみこと》が横暴を働いて忌服屋《いみはたや》に天斑駒《あめのふちこま》を投げ入れた際、驚いて梭《ひ》で身を傷つけたのは、古事記では服織女《はたおりめ》と記述し、日本書紀では天《あま》照大御神《てらすおほみかみ》と記述していますが、これは別に矛盾した記述ではないのです。どちらも、日の神に仕える巫女を示しているからです。

さらに、日本書紀では「姉《なねのみこと》」と記述する等、天照大御神《あまてらすおほみかみ》が女神であることを明示していますが、古事記では男神であるとも女神であるとも記述していません。これも、日本書紀の方の天照大御神《あまてらすおほみかみ》が本物ではなく巫女の方だからです。

「天《あめ》の安《やす》の河《かは》の誓約《うけひ》」～「天《あめ》の岩屋戸《いはやと》」……旧約から新約聖書までの出来事の概略

「天《あめ》の岩屋戸《いはやと》」が「イエスの磔刑《たっけい》と復活」を象徴していることが分かると、それ以前の物語が暗示しているものも分かってきます。

「天《あめ》の安《やす》の河《かは》の誓約《うけひ》」から「天《あめ》の岩屋戸《いはやと》」までで描かれた物語は、「イエスがこの世に遣わされるまでの経緯とその後の話」の概略になっているのです。

「天《あめ》の安《やす》の河《かは》の誓約《うけひ》」では、須佐之男命《すさのをのみこと》が高天《たかま》の原にやってきた際に、この国を奪うためにやってきたのだろうと天照大御神《あまてらすおほみかみ》に疑われます。そこで、須佐之男命《すさのをのみこと》は、身の潔白を証明するため天照大御神《あまてらすおほみかみ》と誓約《うけひ》をして勝利します。

ここでは、「天照大御神《あまてらすおほみかみ》↓ヤハウェ」、「須佐之男命《すさのをのみこと》↓イスラエルの民」を象徴していて、「誓約《うけひ》」は「ヤハウェとイスラエルの民の契約」を象徴しています。

イスラエル人の先祖であるヤコブは、ある男と一晩中、取っ組み合いをして勝利します。実はこの男は神で、神に勝利したヤコブは以後、「イスラエル（※神は闘うという意味）」と名乗るよう告げられます。「天《あめ》の安《やす》の河《かは》の誓約《うけひ》」での須佐之男命《すさのをのみこと》の天照大御神《あまてらすおほみかみ》に対する勝利はそれを象徴しているのです。

以降の須佐之男命《すさのをのみこと》とイスラエルの民の話との対比をまとめると次のとおりです。

○イスラエルの民……神に勝利し、神との契約を勝ち取ったイスラエルの民は、しだいに、偶像を作ったり、他の神を信仰したりと、神との契約に反した行為を行うようになる。

○須佐之男命《すさのをのみこと》……天照大御神《あまてらすおほみかみ》に勝利した須佐之男命《すさのをのみこと》は、田の畦《あぜ》を壊したり、溝を埋めたり、大嘗殿に糞を撒き散らしたり等と暴虐な振る舞いを行うようになる。

○イスラエルの民……神は一人子であるイエス・キリストを遣わすが、イスラエルの民は十字架に架けて殺してしまう。

○須佐之男命《すさのをのみこと》……須佐之男命《すさのをのみこと》の傍若無人な振る舞いのために、天照大御神《あまてらすおほみかみ》は天《あめ》の岩屋《いはや》戸《と》に隠れる（＝死ぬ）。

○イスラエルの民……ローマに滅ぼされて、以降、国を持たない流浪の民となる。

○須佐之男命《すさのをのみこと》……多くの贖罪《しょくざい》の品物を背負わされ、高天《たかま》の原を追放される。

以上、「天《あめ》の安《やす》の河《かは》の誓約《うけひ》」から「天《あめ》の岩屋戸《いはやと》」までは新約聖書ベースで描かれていて、イエスがこの世に使わされた経緯、そして、イエスが十字架に架けられて死亡した後の復活と、その後のユダヤの民の姿とが描かれているのです。

なお、天照大御神《あまてらすおほみかみ》が祀《まつ》られている神社と言えば三重県伊勢市の伊勢神宮です。伊勢神宮は天照大御神《あまてらすおほみかみ》を祀《まつ》る内宮《ないくう》と豊受大御神《とようけのおほみかみ》を祀《まつ》る外宮《げくう》に分かれています。そして、内宮《ないくう》は五十鈴《いすず》川流域にあり、中世は五十鈴宮《いすずの》と呼ばれていました。漢字だとピンとこないでしょうから、カタカナにしてみます。

「イスズ」

イエス・キリストの「イエス」に近い音です。現在の日本では「イエス」と表記するのが一般的ですが、古典ギリシャ語では「イエースース」、ラテン語では「イエースス」です。もしかすると、「五十鈴《いすず》」は「イエス」の当て字で、「五十鈴宮《いすずの》」は「イエスの宮」という意味なのかもしれません。

四．古事記に隠された日本創成期の物語

前項までで、古事記に隠された旧約聖書、新約聖書の内容は終わりです。「一．古事記に隠されたものとそれを読み解くための鍵」で述べたとおり、古事記の神話時代の物語から旧約・新約聖書の物語を差し引いた残りが日本の創成期の物語となりますので、ここでようやく日本の創成期の物語を明らかにするための準備が整ったわけです。

なお、旧約聖書の場合と同じく、表の物語の中や生まれた神々の名前の中に、物語が隠されていますので順に説明していきます。

神々の生成……日本人の先祖が辿ってきた経路

「大八島国《おほやしまぐに》の生成」で日本の島々を生んだ伊邪那岐神《いざなきの》と伊邪那美神《いざなみの》は、次に多くの自然神を生みます。

《神々の生成　（一部・現代語訳）》

二神は国を生み終えて、さらに神を生み出した。そして生んだ神の名は大事忍男神《おほことおしをの》、次に石土毘古神《いはつちびこの》を生み、次に石巣比売神《いはすひめの》を生み、次に大戸日別神《おほとひわけの》を生み、次に天之吹男神《あめのふきをの》

を生み、次に大屋毘古《おほやびこの》神を生み、次に風木津別之忍男《かざもつわけのおしをの》神を生み、次に海の神の、名は大綿《おほわた》津見《つみの》神を生み、次に水戸《みなとの》神の名は速秋津日子《はやあきづひこの》神を生み、次に妹《いも》（※妻）の速秋津比売《はやあきづひめの》神を生んだ。

大事忍男《おほことおしをの》神より速秋津比売《はやあきづひめの》神まで併せて十神。

ここで生まれた神の数は次のとおり「十」です。「五」の倍数ですので、ここでは神々の名で「ある一つの対象が表現」されています。

①大事忍男《おほことおしをの》神、②石土毘古《いはつちびこの》神、③石巣比売《いはすひめの》神、④大戸日別《おほとひわけの》神、⑤天之吹男《あめのふきをの》神、⑥大屋毘《おほやび》古《この》神、⑦風木津別之忍男《かざもつわけのおしをの》神、⑧大綿津見《おほわたつみの》神、⑨速秋津日子《はやあきづひこの》神、⑩速秋津比売《はやあきづひめの》神

順に神々の名を解釈していきます。

①大事忍男《おほことおしをの》神……「オホコト」は「大事なこと」で、これから記載されることの重要性の宣言。「忍男《おしを》」は称え名です。

②石土毘古《いはつちびこの》神……「イハツチ」はそのまま「岩石や土」。

③石巣《いはす》比売《ひめの》神……「イハス」の「ス」は「砂」のことで「岩石や砂」。
④大戸日別《おほとひわけの》神・⑤天之吹男《あめのふきをの》神・⑥大屋毘古《おほやびこの》神……④の「戸」、⑥の「屋」、そして、⑤の「アメノフキ」は「屋根を葺く」の意で「屋根」。④〜⑥で「家」を表現しています。
⑦風木津別之忍男《かざもつわけのおしをの》神……見たままで、風と木と津（※港・船着場）です。
⑧大綿津見《おほわたつみの》神……「ワタツミ」は「海」のことです。

②〜⑧で、ある土地の風景が表現されているようです。その、ある土地とは、もちろんイスラエルの地でしょう。
イスラエルの気候は乾期と雨期に別れ、四月から十一月までの八カ月間が乾期。十二月から三月が雨期で、その終わりに短い春があります。内陸部、特に南部は乾燥性気候で、西は地中海に接し、内陸部には死海があります。

私たちがよく目にするイスラエルの歴史的な場所の風景も「岩、土、砂」という言葉がピッタリで岩山や砂漠が多く、木々はまばらで、あまり植物が生い茂ったイメージはありません。

⑨速秋津日子《はやあきづひこの》神・⑩速秋津比売《はやあきづひめの》神……「ミナト」の神であると記述され、そして、以降、

この夫婦神が子を生み、その子の名で航海のイメージが表現されます。
この夫婦神がイスラエルの十部族を率いて港から船で東へと向かったリーダーだったからでしょう。「速《はや》」は美称で、「秋」は刈り入れ、実りの季節であることから、「実りの多き人」という意味でしょう。
まず、イスラエルの地を示して、次に、その地から日本へと向かう様子が描かれるわけです。

《神々の生成（続き・現代語訳）》
この速秋津日子《はやあきづひこの》神、速秋津比売《はやあきづひめの》神の二神が河と海を分担して生んだ神の名は、沫那芸《あわなぎの》神と次に沫那美《あわなみの》神、次に頬那芸《つらなぎの》神と頬那美《つらなみの》神、次に天之水分《あめのみくまりの》神と国之水分《くにのみくまりの》神、次に天之久比奢母智《あめのくひざもちの》神と国之久比奢母智《くにのくひざもちの》神である。
沫那芸《あわなぎの》神から国之久比奢母智《くにのくひざもちの》神まで合わせて八神。

ここで生まれた神の数は「八」ですので、「日本創成期の物語関連」です。
①沫那芸《あわなぎの》神、②沫那美《あわなみの》神、③頬那芸《つらなぎの》神、④頬那美《つらなみの》神、⑤天之水分《あめのみくまりの》神、⑥国之水分《くにのみくまりの》神、⑦

天之久比奢母智神《あめのくひざもちのかみ》、⑧国之久比奢母智神《くにのくひざもちのかみ》

神々の名の解釈です。

①沫那芸神《あわなぎのかみ》・②沫那美神《あわなみのかみ》・③頬那芸神《つらなぎのかみ》・④頬那美神《つらなみのかみ》……同じような名前が続きますが、「アワ」は「泡《あわ》」で、「ツラ」は「海面《うみづら》」。また、「ナギ」は「凪《なぎ》」、「ナミ」は「波」で、海が泡《あわ》立ったり、凪《な》いだり、波立ったりしている様子。この四神で、海を航海している様を表現しています。

⑤天之水分神《あめのみくまりのかみ》・⑥国之水分神《くにのみくまりのかみ》……「ミマクリ」は「山から流れる水が分かれる所。水の分岐点」で、海から川に入って上流へとさかのぼっている様子を表しています。

⑦天之久比奢母智神《あめのくひざもちのかみ》・⑧国之久比奢母智神《くにのくひざもちのかみ》……「クヒザ」は「杭刺《くい》す」で、杭《くい》を地に打ち付けて、それに船をつなげて停泊している様子です。なお、「モチ」は尊称です。

川をさかのぼってどこかに停泊したようです。　次に生まれた神々の名で、船でどこに到着したかが分かります。

《神々の生成（続き・現代語訳）》

次に風の神の、名は志那都比古《しなつひこの》神を生み、次に木の神の、名は久久能智《くくのちの》神を生み、次に山の神の、名は大山津見《おほやまつみの》神を生み、次に野の神の、名は鹿屋野比売《かやのひめの》神を生んだ。この神のまたの名を野椎《のづちの》神という。

志那都比古《しなつひこの》神から野椎《のづちの》神まで合わせて四神。

ここで生まれた神の数は「四」で「八」の約数ですので、「日本創成期の物語関連」です。

①志那都比古《しなつひこの》神、②久久能智《くくのちの》神、③大山津見《おほやまつみの》神、④鹿屋野比売《かやのひめの》神（野椎《のづちの》神）

神々の名の解釈です。

①志那都比古《しなつひこの》神……「志那《しな》」＝「中国」で、速秋津日子《はやあきつひこの》神と速秋津比売《はやあきつひめの》神に率いられてきたイスラエルの部族が、海を渡り、川をさかのぼって辿《たど》り着いた地、それが「中国」です。中国は古くから、始皇帝で有名な「秦《しん》」の国名で呼ばれており、英語の「ＣＨＩＮＡ」も「志那《しな》」も「秦《しん》」が語源です。

②久久能智神《くくのちの》……「クク」は「キキ（木木）」の古形です。
③大山津見神《おほやまつみの》……そのままで「山」。
④鹿屋野比売神《かやのひめの》（野椎神《のづちの》）……「鹿屋《かや》」は朝鮮半島南部の「伽耶《かや》」のことです。また、「のづち」は「野土」。つまり、中国から伽耶《かや》へと辿り着き、落ち着いたところが平野部（＝野土）だったということです。

まとめると、中国で下船した一行が、今度は、木々の多い山野を通って、朝鮮半島の伽耶《かや》へと辿り着き、その平野部に落ち着いたことを表現しています。
なお、この伽耶《かや》で、速秋津日子神《はやあきづひこの》と速秋津比売神《はやあきづひめの》による引率は終わりになり、リーダーは③大山津見神《おほやまつみの》と④鹿屋野比売神《かやのひめの》に代わります。理由は、ここからこの二神が子を生んでいるからです。

《神々の生成（続き・現代語訳）》
この大山津見神《おほやまつみの》と野椎神《のづちの》の二神が山と野を分担して生んだ神の名は、天之狭土神《あめのさづちの》と国之狭土神《くにのさづちの》、次に天之狭霧神《あめのさぎりの》と次に国之狭霧神《くにのさぎりの》、次に天之闇戸神《あめのくらどの》と国之闇戸神《くにのくらどの》、次に大戸或子神《おほとまとひこの》と大戸或女神《おほとまとひめの》である。

天之狭土神《あめのさづちの》から大戸或女神《おほとまとひめの》まで合わせて八神である。

ここで生まれた神の数は「八」ですので、「日本創成期の物語関連」です。

①天之狭土神《あめのさづちの》、②国之狭土神《くにのさづちの》、③天之狭霧神《あめのさぎりの》、④国之狭霧神《くにのさぎりの》、⑤天之闇戸神《あめのくらどの》、⑥国之闇戸神《くにのくらどの》、⑦大戸或子神《おほとまとひこの》、⑧大戸或女神《おほとまとひめの》

神々の名をまとめて解釈します。

①、②で「狭土《さづち》」と「狭い地」を表し、③、④で「霧」。そして、⑤、⑥で「くらど」と「暗い所」を表し、⑦、⑧で「惑《まどい》」。

これらの神々の名は、伽耶《かや》での生活の様子を表しています。狭い地に住み着き、霧が出るようで、あまり日も当たらず、良い気候とはとても言えない地のようです。そして、「惑い」。この地での生活はあまり楽なものではなく、苦労している様がありありと表現されています。

《神々の生成（続き・現代語訳）》

次に生んだ神の名は鳥之石楠船《とりのいはくすぶねの》神で、またの名は天鳥船《あめのとりふね》という。次に大宜都比売《おほげつひめの》神を生んだ。次に火之夜芸速男《ひのやぎはやをの》神を生んだ。またの名は火之炫毘古《ひのかがびこの》神といい、またの名は火之《ひの》迦具土《かぐつちの》神という。この子を生んだために伊邪那美《いざなみの》神は、陰部を焼かれて病に臥《ふ》された。この時の嘔吐から成った神の名は金山毘古《かなやまびこの》神と金山毘売《かなやまひめの》神である。次に糞から成った名は波邇夜須毘古《はにやすびこの》神と波邇夜須毘売《はにやすびめの》神である。次に尿から成った神の名は弥都波能売《みつはのめの》神と和久産巣日《わくむすひの》神である。この和久産巣日《わくむすひの》神の子は豊宇気毘売《とようけびめの》神という。そして伊邪那美《いざなみの》神は、火の神を生んだのが原因で、ついにお亡くなりになった。
天鳥船《あめのどりふね》から豊宇気毘売《とようけびめの》神まで合わせて八神である。

ここで、例のごとく、生まれた神の数を数えてみます。

①鳥之石楠船《とりのいはくすぶねの》神（天鳥船《あめのとりふね》）、②大宜都比売《おほげつひめの》神、③火之夜芸速男《ひのやぎはやをの》神（火之炫毘古《ひのかがびこの》神、火之《ひの》迦具土《かぐつちの》神）、④金山毘古《かなやまびこの》神、⑤金山毘売《かなやまひめの》神、⑥波邇夜須毘古《はにやすびこの》神、⑦波邇夜須毘売《はにやすびめの》神、⑧弥《み》都波能売《つはのめの》神、⑨和久産巣日《わくむすひの》神、⑩豊宇気毘売《とようけびめの》神

不思議なことに、全部で十神なのに、古事記は「八神」と記述しています。単純なミス

なのでしょうか？

いいえ、これだけ緻密に計算され、かつ、高度な技術でもって記述されている古事記に、そんなつまらないミスがあるわけがありません。全部で「八神」が正しいのです。この十柱の神のなかに、明示されてはいませんが、実は同一の神がいるということです。

まず、同一の属性の神を探してみます。

②大宜都比売神《おほげつひめのかみ》と⑩豊宇気毘売神《とようけびめのかみ》です。双方とも食物を司る女神です。②大宜都比売神《おほげつひめのかみ》の「ゲ」は「食《け》」で、穀物等の食物を表していますし、⑩豊宇気毘売神《とようけびめのかみ》の「ウケ」も食物を表します。

さらに、⑨和久産巣日神《わくむすひのかみ》とその子の⑩豊宇気毘売神《とようけびめのかみ》も同一人物です。これは古事記の以降の物語を読み解いていかなければ分かりませんので、次節以降で折にふれて説明していきます。

大宜都比売神《おほげつひめのかみ》＝和久産巣日神《わくむすひのかみ》＝豊宇気毘売神《とようけびめのかみ》

なお、豊宇気毘売神《とようけびめのかみ》は、豊受《とようけ》大神として、神社の総本山ともいえる伊勢神宮の外宮《げくう》に祀《まつ》られる神でもあります。古事記の表面上の物語だけを読んだだけでは、この神は二カ所に名前が出てくるだけで、まったく活躍しておらずその重要性は分かりません。しかし、隠された物語を読み解いていくと、わざわざ伊勢神宮に祀《まつ》られている理由がはっきりと分かってきます。

少し話がそれましたが、ここで生まれた神の数は「八」ですので、「日本創成期の物語関連」です。では、神々の名の解釈です。

①鳥之《とりの》石楠船《いはくすぶねの》神（天鳥船《あめのとりふね》）……「石楠船《いはくすぶねの》」とは岩のような硬い楠《くすのき》で出来た船。これは、朝鮮半島の伽耶《かや》から船で日本に渡ったことを表しています。

②大宜都比売《おほげつひめの》神……先に述べたとおり、穀物等の食べ物を表現しており、農耕技術の象徴です。

③火之夜芸速男《ひのやぎはやをの》神（火之炫毘古《ひのかがびこの》神・火之迦具土《ひのかぐつちの》神）……それぞれ、「物を焼く火力」、「輝く火花」、「物の焼けるにおい」を表しており、鍛冶技術の象徴です。

④金山毘古《かなやまびこの》神・⑤金山毘売《かなやまひめの》神……鉱山を神格化したものです。

⑥波邇夜須毘古《はにやすびこの》神・⑦波邇夜須毘売《はにやすびめの》神……「ハニ」は土器の材料となる粘土のことで、「ヤス」は「ネヤス」で粘土をこねること。土器を作る技術の象徴です。

⑧弥都波能売《みつはのめの》神……「ミツ」は「水」を指し、灌漑用の水の神です。

⑨和久産巣日神《わくむすひの》……「ワク」は「若い」で、「産巣日《むすひ》」は、古事記の最初に出てきた高御《たかみ》産巣日神《むすひの》や神産巣日神《かみむすひの》と同じで、ご先祖様を指しています。つまり、アブラハム等ほど遠くないご先祖様が和久産巣日神《わくむすひの》ということになります。なお、先に少し種明かしをしておくと、朝鮮半島から日本へと渡り、日本の国の基礎を作ったのはこの神です。だからこそ、和久産巣日神《わくむすひの》にイサクやヤコブと同じく「産巣日《むすひ》」の語を当てているのです

⑩豊宇気毘売神《とようけびめの》……先に述べたとおり、食物を表しており、これも農耕技術の象徴です。

まとめると、農耕、鍛冶、鉱山、土器、灌漑といった技術を携えてイスラエルの民が朝鮮半島の伽耶《かや》から日本へと船で渡ったことを表しています。ただし、これらの神々は、速《はや》秋津日子神《あきづひこの》・速秋津比売神《はやあきづひめの》や大山津見神《おほやまつみの》・鹿屋野比売神《かやのひめの》の時と違い、和久産巣日神《わくむすひの》が生んだことにはなっていません。和久産巣日神《わくむすひの》が生んだことになっているのは、豊宇気毘売神《とようけびめの》のみです。このことは、伽耶《かや》から日本へと移動する際、特定のリーダーがいなかったこと、そして、一度にではなく順次移動してきたことを表しているのではないかと思います。

また、豊宇気毘売神《とようけびめの》のみが和久産巣日神《わくむすひの》の子になっているのは、和久産巣日神《わくむすひの》が日本へと渡る際に農耕関連の技術を携えてきたことを表しているのだと思われます。

なお、和久産巣日神《わくむすひの》が日本に初めて農耕技術を伝えたわけではありません。このこと

は、この神より先に、同じく農耕技術を表す大宜都比売神《おほげつひめの》が生まれたことになっていることから分かります。和久産巣日神《わくむすひの》が伝えたのはあくまで、既存の農耕技術に対して、さらに生産性を向上させるような技術であったのでしょう。

イスラエルから日本までのリーダーをまとめると次のとおりです。

リーダー	移動経路
速秋津日子神・速秋津比売神	イスラエル→中国→伽耶
大山津見神・鹿屋野比売神	移動なし（伽耶でのリーダー）
和久産巣日神（＝大宜都比売神＝豊宇気毘売神）	伽耶→日本（※移動時のリーダーではないが、日本の国を作った重要人物）

火神被殺……日本開拓の様子

共に国生みを行っていた妻の伊邪那美神《いざなみの》を失ってしまった伊邪那岐神《いざなきの》は、嘆き悲しみながら埋葬し、その後、妻の死の原因となった火之迦具土神《ひのかぐつちの》の首を斬り落とします。

《火神被殺（一部・現代語訳）》

そこで伊邪那岐命《いざなきのみこと》は腰に佩《は》いておられた十拳剣《とつかのつるぎ》を抜いて、その子迦具土神《かぐつちの》の首を斬られた。するとその剣先についた血が、神聖な岩の群れに飛び散って成り出でた神の名は石拆神《いはさくの》と根拆神《ねさくの》、次に石筒之男神《いはつつのをの》である。三神。次に、御剣の根元についた血も神聖な岩の群れに飛び散って成り出でた神の名は、甕速日神《みかはやひの》、次に樋速日神《ひはやひの》、次に建御雷之男神《たけみかづちのをの》で、この神のまたの名は建布都神《たけふつの》といい、豊布都神《とよふつの》ともいう。三神。次に御剣の柄《つか》に溜《た》まった血が、指の間から漏れ流れて成り出でた神の名は闇淤加美神《くらおかみの》と闇御津羽神《くらみつはの》である。

以上の石拆神《いはさくの》から闇御津羽神《くらみつはの》までの合わせて八神は、御剣によって成り出でた神である。

ここで生まれた神も八神です。

①石拆神《いはさくの》、②根拆神《ねさくの》、③石筒之男神《いはつつのをの》、④甕速日神《みかはやひの》、⑤樋速日神《ひはやひの》、⑥建御雷之男神《たけみかづちのをの》（建布都神《たけふつの》、豊布都神《とよふつの》）、⑦闇淤加美神《くらおかみの》、⑧闇御津羽神《くらみつはの》

神々の名の解釈です。

①石拆神《いはさくの》・②根拆神《ねさくの》……「イワサク」、「ネサク」は、岩や木の根を取り除いて土地を開拓している様子です。

③石筒之男神《いはつつのをの》……「筒《つつ》」は「中が空洞のもの」であり、岩の筒で当初は洞窟を住居としていたことを表現しているのでしょう。

④甕速日神《みかはやひの》・⑤樋速日神《ひはやひの》……「甕《みか》」は「カメ」、「桶《ひ》」は「オケ」で生活用品を表しています。

⑥建御雷之男神《たけみかづちのをの》（建布都神《たけふつの》・豊布都神《とよふつの》）……勇猛果敢な雷《いかづち》の神で、「フツ」は「剣でフツと斬る音」で武力の象徴。

⑦闇淤加美神《くらおかみの》・⑧闇御津羽神《くらみつはの》……「クラ」は「幽谷《ゆうこく》」。「オカミ」、「ミツハ」は共に水の神で、⑥〜⑧で、おそらく、水場を巡っての争いを指しているものと思われます。

つまり、ここでは、日本に渡ってきたイスラエルの部族が、土地を開拓して定住していき、その過程で水場を巡っての争いが生じた様が記されています。

《火神被殺（続き・現代語訳）》

また殺された迦具土神《かぐつちのかみ》の頭から成り出でた神の名は正鹿山津見神《まさかやまつみのかみ》で、次に胸から成り出でた神の名は淤縢山津見神《おどやまつみのかみ》、次に腹から成り出でた神の名は奥山津見神《おくやまつみのかみ》、次に陰部から成り出でた神の名は闇山津見神《くらやまつみのかみ》である。次に左の手から成り出でた神の名は志芸山津見神《しぎやまつみのかみ》、次に右の手から成り出でた神の名は羽山津見神《はやまつみのかみ》、次に左の足から成り出でた神の名は原山津見神《はらやまつみのかみ》、次に右の足から成り出でた神の名は戸山津見神《とやまつみのかみ》である。

正鹿山津見神《まさかやまつみのかみ》から戸山津見神《とやまつみのかみ》まで合わせて八神。

そして、伊邪那岐命《いざなきのみこと》がお斬りになった太刀《たち》の名は天之尾羽張《あめのをはばり》といい、またの名は伊都之尾羽張《いつのをはばり》という。

ここでも生まれた神は全部で八神です。

①正鹿山津見《まさかやまつみの》神、②淤縢山津見《おどやまつみの》神、③奥山津見《おくやまつみの》神、④闇山津見《くらやまつみの》神、⑤志芸山津見《しぎやまつみの》神、⑥羽《は》山津見《やまつみの》神、⑦原山津見《はらやまつみの》神、⑧戸山津見《とやまつみの》神

八神すべてが山津見《やまつみの》神で山の神です。これは八つの山を拠点として、八部族が部族毎に住んだことを示しているのでしょう。旧約聖書でも、ヨシュアに率いられてカナンの地を制圧したイスラエル人は、十二の部族毎に領土を割り当てて住んだことが記述されています。なお、古事記では「山」を部族や部族の長の象徴として使用しているようです。

また、先に種明かしをしてしまえば、この八神が、須佐之男命《すさのをのみこと》が退治したという八俣《やまたの》大蛇《おろち》の正体です。この八神の後に刀の名として「天之尾羽張《あめのをはばり》（伊都之尾羽張《いつのをはばり》）」が出てきますが、「アメノ」と「イツ（勢いの盛んなさま）」は美称の接頭語。そして、「尾羽張《をはばり》」で「尾張（＝愛知）」を暗示しています。

「尾張」で、神道関連で有名なものといえば熱田神宮。その熱田神宮のご神体は、八俣《やまたの》大蛇《おろち》の身体から出てきたと言われる草薙剣《くさなぎのつるぎ》です。古事記は謎のベールで真実を覆い隠しながら、一方では、こうやってそのベールを取り除くヒントも記述しているのです。

なお、私は、日本に来たのはイスラエルの十部族中、八部族であったと考えています。だからこそ、十二部族全部がそろっていた旧約聖書の話を示す時には「十二」を使用し、

日本創成期の話は「八」を使用しているのでしょう。

また、詳細は次節で記述しますが、伊邪那岐神《いざなきの》が黄泉《よみ》の国から逃げ帰る際に、身につけている物を二つ投げ捨てます。このことはイスラエルの十部族が日本へ移動する際に、二部族が別れたことを象徴しているのだと思われます。

黄泉《よみ》の国……イスラエルを出発するまでの物語

《黄泉《よみ》の国 (概略)》

妻を亡くして嘆き悲しむ伊邪那岐神《いざなきの》は、妻に会おうと黄泉《よみ》の国（死者の国）へと下っていきます。しかし、再会を果たした伊邪那美神《いざなみの》の姿は、ウジがたかり八つの雷神《いかづちかみ》が身に宿るという散々たるものでした。

変わり果てた妻の姿を見て怖くなった伊邪那岐神《いざなきの》は逃げ出してしまい、それを見て怒った伊邪那美神《いざなみの》は追っ手をやり、そして、最後には自らが追いかけてきます。そこで、伊邪那岐神《いざなきの》は黄泉比良坂《よもつひらさか》を千引《ちびき》の石《いは》で塞《ふさ》ぎ、現世と黄泉《よみ》の国の道を閉ざします。

ここでは、「イスラエルを出発するまでの物語、および、イスラエルを離れた理由」が隠されています。

「天《あめ》の岩屋戸《いはやと》」で天照大御神《あまてらすおほみかみ》が岩屋戸《いはやと》に隠れて入り口を岩で塞いだことでもって、天照大御神《あまてらすおほみかみ》の正体を隠したことを暗示していたように、古事記は「岩で塞ぐ」という行為で「何かを隠した」ということを暗示する象徴として使用しているようです。

この「黄泉《よみ》の国」でも、黄泉比良坂《よもつひらさか》を千引《ちびき》の石《いは》で塞いで、現世と黄泉の国の往来をできなくしています。つまり、ここでは伊邪那岐神《いざなきの》がやってきた「黄泉《よみ》とはどこなのか」を隠したということを暗示しています。ただ、隠しただけで捨ててしまったわけではないので、こうやってその隠したものを明らかにできるわけです。

また、この「黄泉《よみ》の国」では、伊邪那岐神《いざなきの》はイスラエルの十部族の属する北イスラエル王国、伊邪那美神《いざなみの》は二部族の属する南ユダ王国を象徴しています。

ソロモン王が死亡した後、イスラエル王国はユダ族、ベニヤミン族から成る南ユダ王国と、その他十部族の北イスラエル王国に分裂します。北イスラエル王国は紀元前七二二年頃アッシリアに、南ユダ王国は紀元前五八二年にバビロニアに滅ぼされ、強制的に他の地へと移住させられます。

南ユダ王国の人々はバビロニアがアケメネス朝ペルシャに滅ぼされた後、許されてイスラエルの地に戻ってきますが、北イスラエル王国の人々は戻って来ず、以降、「失われた十部族」と言われて世界史の謎の一つとなります。一方、戻ってきたユダ族、ベニヤミン族の二部族も紀元一三五年にローマに敗れて、以降、一八〇〇年以上もの間、離散の民となって各地で迫害と差別の生活を送ることになります。

伊邪那岐神《いざなきの》と伊邪那美神《いざなみの》は、最初、二人揃って国生みを行っていましたが、伊邪那美神《いざなみの》は火の神を生んだ際に女性器を焼かれ死んでしまいます。

これは、南ユダ王国が戦いに敗れて滅び、以降、国作りができなくなったことを象徴しています。火は戦争を暗示し、女性器を焼かれたことは国作りができなくなったことを暗示しているのです。

また、北イスラエル王国の十部族はイスラエルの地に帰って来なかったことになっていますが、古事記の記載を見る限り、いったん、戻って来ていたようです。しかし、そこで見たものは「ウジがたかり八つの雷神《いかづちかみ》が身に宿る」という状況だったのです。

この表現は、ユダ族、ベニヤミン族の二部族が、ヤハウェの教えを守らずに生活していたことを表しています。雷神《いかづちかみ》は異教神の象徴です。絶対神ヤハウェは、偶像崇拝やヤハウェ以外の神を信仰することを許しませんでした。しかし、二部族がバールやアスタロテなどの異教の偶像を崇拝している様を見て、再び共に国作りをすることを諦め、新天地を求めて旅立つことになったのです。

そして、二部族が残ったイスラエルではその後、イエス・キリストが生まれて布教を行うことになりますが、それが、前項で説明した天照大御神《あまてらすおほみかみ》と須佐之男命《すさのをのみこと》の物語につながっていくわけです。

なお、伊邪那岐神《いざなきのかみ》は、黄泉《よみ》の国から逃げ出す際、追っ手から逃れるために身に付けたものを二つ投げ捨てています。黒御鬘《くろみかづら》と湯津津間櫛《ゆつつまぐし》です。これはおそらく、日本に辿《たど》り着くまでに、十部族のうちの二部族が途中で分かれたことを暗示しているのだと思われます。

五穀の起原《きげん》……須佐之男命《すさのをのみこと》が殺したのは誰か

天《あめ》の岩屋戸《いはやと》で天照大御神《あまてらすおほみかみ》が復活した後、高天《たかま》の原を追放された須佐之男命《すさのをのみこと》は、大気都《おほげつ》比売神《ひめの》に食べ物を求めます。

《五穀の起原《きげん》（現代語訳）》

また須佐之男命《すさのをのみこと》は、食物を大気都比売神《おほげつひめの》に求めた。そこで大気都比売神《おほげつひめの》は、鼻や口、

尻から品々のうまい食べ物を取り出して、さまざまに調理して差し上げた。速須佐之男命《はやすさのをのみこと》はその行動を立ちうかがって、食物を穢《けが》して差し出すのだと思って、ただちにその大気都比売神《おほげつひめのかみ》を殺してしまった。そして殺された神の身体から生まれ出た物は、頭に蚕が生まれ、二つの目に稲の種が生まれ、二つの耳に粟が生まれ、鼻に小豆が生まれ、陰部に麦が生まれ、尻に大豆が生まれた。そこで神産巣日の御祖命《かみむすひのみおやのみこと》がこれらを取らせて五穀の種となさった。

罰せられて高天の原《たかまのはら》を追放された須佐之男命《すさのをのみこと》は、唐突に大気都比売神《おほげつひめのかみ》に食べ物を求めて殺してしまいます。大気都比売神《おほげつひめのかみ》は「神々の生成」で伊邪那岐神《いざなきのかみ》と伊邪那美神《いざなみのかみ》が生んだ神です。

一見、何の脈絡もなく挿入された物語に見えますが、そうではありません。これより少し前に、須佐之男命《すさのをのみこと》の悪行がきっかけで、天照大御神《あまてらすおほみかみ》に仕える天の服織女《あめのはたおりめ》が梭で女陰《ひ》を突いて死んでいます。この「五穀の起原《きげん》」では、その服織女《はたおりめ》が実は大気都比売神《おほげつひめのかみ》であるということを示すために、この物語をこの場所に挿入したのだと思われます。

さらに、前述したように、「大気都比売神《おほげつひめのかみ》＝和久産巣日神《わくむすひのかみ》＝豊宇気毘売神《とようけびめのかみ》」です。

ここまでで分かっていることをいったんまとめておくと、以下のとおりです。

①須佐之男命《すさのをのみこと》が大気都比売神《おほげつひめの》（＝和久産巣日神《わくむすひの》＝豊宇気毘売神《とようけびめの》＝天の服織女《あめはたおりめ》）を殺した
②大気都比売神《おほげつひめの》は農耕技術を携えて伽耶《かや》から日本に渡ってきた
③大気都比売神《おほげつひめの》は天照大御神《あまてらすおほみかみ》に使える巫女である
④大気都比売神《おほげつひめの》は須佐之男命《すさのをのみこと》に食べ物を提供していた

もうすでにお気づきの方も多いと思いますが、大気都比売神《おほげつひめの》（＝和久産巣日神《わくむすひの》＝豊宇気《とようけ》毘売神《びめの》＝天の服織女《あめはたおりめ》）が、前章で正体を明らかにするのを後回しにした「天照大御神《あまてらすおほみかみ》として祀られている三人の女性」のうちの一人です。

なお、ここではまだ、なぜ、「大気都比売神《おほげつひめの》＝和久産巣日神《わくむすひの》＝豊宇気毘売神《とようけびめの》＝天の服織《あめはたおり》女《め》」であるのか、納得がいかない方も多いでしょう。

しかし、その疑問は、古事記の各所に散りばめられている物語をつなぎ合わせて解釈していくことにより、徐々に解消していくことでしょう。

須佐之男命《すさのをのみこと》の大蛇《をろち》退治……八部族の長のだまし討ち

高天《たかま》の原を追放された須佐之男命《すさのをのみこと》は、出雲《いづも》国の肥河《ひのかは》の川上の鳥髪《とりかみ》という地に降り立ちます。

《須佐之男命《すさのをのみこと》の大蛇《をろち》退治（概略）》

そこで乙女を間に置いて泣いている老夫婦に出会い、理由を聞くと「私の娘はもともと八人いましたが、あの高志《こし》（※北陸の越）の八俣大蛇《やまたのをろち》が毎年来ては喰ってしまうのです。今がその来る時なので泣いているのです」と答えます。また、大蛇《をろち》の形はというと「その目は赤かがち（※ホオズキ）のようで、身一つに八つの頭、八つの尾があります。また、その身には苔や檜《ひのき》、杉が生え、その長さは八つの谷、八つの峰にわたっていて、その腹を見れば、ことごとく常に血がにじんでいます」と言います。

老夫婦は大山津見神《おほやまつみの》の子で、足名椎《あしなづち》、手名椎《てなづち》と言い、娘は櫛名田比売《くしなだひめ》という名でした。須佐之男命《すさのをのみこと》は、自分が天照大御神《あまてらすおほみかみ》の同母弟《いろせ》であることを告げ、その娘を嫁にもらうことを条件に、八俣大蛇《やまたのをろち》の退治を引き受けます。

そして、老夫婦に酒船を用意させ、やってきた八俣大蛇《やまたのをろち》が酒を飲んで酔って寝ている

隙に十拳剣《とつかのつるぎ》で斬り殺します。また、その際、八俣大蛇《やまたのをろち》の中から草薙《くさなぎ》の太刀が出てきたので、須佐之男命《すさのをのみこと》は天照大御神《あまてらすおほみかみ》に献上します。

先に述べたように、八俣大蛇《やまたのをろち》の正体は、日本各地に住んでいたイスラエルの八部族の長《おさ》たちです。

この八部族の長《おさ》たちは、伊邪那美神《いざなみの》が死ぬ原因となった火の神を伊邪那岐神《いざなきの》が殺した際に誕生したことになっています。その火の神を殺した際に使った剣が天之尾羽張《あめのをはばり》で、名の中に「尾張」を含めて熱田神宮の草薙《くさなぎ》の剣を暗示していました。

おそらく、この「須佐之男命《すさのをのみこと》の大蛇《をろち》退治」の物語は年に一度、出雲に集まって部族長会議を開く時を狙って、だまし討ちをした際の話ではないかと思います。

そして、須佐之男命《すさのをのみこと》の八部族制圧の様子が、須佐之男命《すさのをのみこと》の子とされる神々の名の中に隠されていて、より具体的に記述されています。

須佐之男命《すさのをのみこと》の神裔《しんえい》……八部族の制圧

八俣大蛇《やまたのをろち》を退治した須佐之男命《すさのをのみこと》は、出雲の須賀に宮を作ります。

《須佐之男命《すさのをのみこと》の神裔《しんえい》（現代語訳）》

そこで須佐之男命《すさのをのみこと》は、妻の櫛名田比売《くしなだひめ》と寝所で交わって生んだ神の名は八島士奴美神《やしまじぬみの》という。また大山津見神《おほやまつみの》の娘の、神大市比売《かむおほいちひめ》という名の神を娶《めと》って生んだ子は大年神《おほとし》、次に宇迦之御魂神《うかのみたまの》である。二柱。兄の八島士奴美神《やしまじぬみの》が、大山津見神《おほやまつみの》の娘の、木花知流比売《このはなのちるひめ》という名の神を娶《めと》って生んだ子は布波能母遅久奴須奴神《ふはのもぢくぬすぬの》である。この神が淤迦美神《おかみの》の娘の、日河比売《ひかはひめ》という名の神を娶《めと》って生んだ子は深淵之水夜礼花神《ふかぶちのみづやれはなの》である。この神が天之《あめの》都度閇知泥神《つどへちねの》を娶《めと》って生んだ子は淤美豆奴神《おみづぬの》である。

この神が布怒豆怒神《ふのづのの》の娘の、布帝耳神《ふてみみの》という名の神を娶《めと》って生んだ子は天之冬衣神《あめのふゆぎぬの》である。この神が刺国大神《さしくにおほの》の娘の刺国若比売《さしくにわかひめ》という名の神を娶《めと》って生んだ子は大国主神《おほくにぬしの》である。この神のまたの名は大穴牟遅神《おほなむぢの》といい、またの名は葦原色許男神《あしはらしこをの》といい、またの名は八千矛神《やちほこの》といい、またの名は宇都志国玉神《うつしくにだまの》といい、合わせて五つの名がある。

ここで生まれた神の数は「八」ですので、「日本創成期の物語関連」です。

①八島士奴美《やしまじぬみの》神、②大年《おほとし》神、③宇迦之御魂《うかのみたまの》神、④布波能母遅久奴須奴《ふはのもぢくぬすぬの》神、⑤深淵之水夜《ふかぶちのみづや》礼花《れはなの》神、⑥淤美豆奴《おみづぬの》神、⑦天之冬衣《あめのふゆぎぬの》神、⑧大国主《おほくにぬしの》神（大穴牟遅《おほなむぢの》神、葦原色許男《あしはらしこをの》神、八千矛《やちほこの》神、宇都志国玉《うつしくにだまの》神）

なお、この「須佐之男命《すさのをのみこと》の神裔《しんえい》」では、恒例の「右の件《くだり》の○○神以下《よりしも》、△△神以前《よりさき》のn（※数字）神は……」等という記載はありませんが、「大国主《おほくにぬしの》神の神裔《しんえい》」の方でまとめて「以上の八島士奴美《やしまじぬみの》神より遠津山岬足《とほつやまさきたらしの》神までを十七世《とをまりななよ》の神と称す」と記載されています。では、神々の名の解釈です。

①八島士奴美《やしまじぬみの》神……「八島《やしま》」は「大八島国《おほやしまのくに》（日本列島）」のことで、「ジヌ」は「治《し》らす主《ぬし》」。

つまり、日本でそれぞれの土地を治めていた八部族の長《おさ》たちのこと。

②大年《おほとし》神……「年《とし》」は「一年間の穀物の収穫」の意で、特に稲を表します。

③宇迦之御魂《うかのみたまの》神……「ウカ」は「食物」のこと。

④布波能母遅久奴須奴《ふはのもぢくぬすぬの》神……「布波《ふは》」は「布都《ふつの》神」（「火神被殺」で生まれた神）が剣でフツとものを斬る音を表していたように、こちらもフハと剣で横なぎにする音の神格化で、武力を象徴していると思われます。「もぢく」は「持ち来」で「持ってくる」ということ。

「ヌ」は「主《ぬし》」で、「須奴《すぬ》」は「須賀の主（須佐之男《すさのを》）」のことです。

直訳すると、「須賀の主の元に、武力によって（無理やりに）持ってくるようになった主」です。持ってくるようになった主が誰かというと、①で示されていた八部族の長《おさ》たち。そして、何をかというと、②、③で示された穀物を中心とした食物です。

また、布波能母遅久奴須奴《ふはのもぢくぬすぬの》神の母は木花知流比売《このはなのちるひめ》であり、木で大八島国《おほやしまのくに》、花で日の巫女（大気都比売《おほげつひめの》神（豊宇気毘売《とようけひめの》神））を暗示し、大八島国《おほやしまのくに》という木に咲いた花である日の巫女が散って（死んで）しまったことをきっかけに、「持ってくる」ことになったことを示しています。

①〜④をまとめると須佐之男命《すさのをのみこと》の暴挙により日の巫女が死亡し、その後、大八島国《おほやしまのくに》の長たちが武力により制圧されて、稲をはじめとする収穫物を須佐之男命《すさのをのみこと》に献上するために持ってくるようになったということを表しています。

⑤深淵之水夜礼花《ふかぶちのみづやれはなの》神……この神は見たままです。④布波能母遅久奴須奴《ふはのもぢくぬすぬの》神の母親の木花《このはなの》知流比売《ちるひめ》の名と併せて、「花が散って川に浮かび、それが流れて深い淵にたまった様子」を表し、その花に「水やれ」と告げています。花は先ほども記述したように、日の巫女

のことです。

⑥淤美豆奴神《おみづぬの》……「淤美豆《おみづ》」は「大水《おおみず》」、「奴《ぬ》」は「主《ぬし》」で、「大水の主」です。この神の母親の天之都度閇知泥神《あめのつどへちねの》の名で「つどへ（集へ）」と、花の散ってしまった木に水をやるために、大水の主の元へ集えと呼びかけています。大水の主は具体的には、水をやる中心人物、つまり、反須佐之男《すさのを》連合のリーダーでしょう。なお、「天之《あめの》」と「知泥《ちね》」は尊称です。

⑦天之冬衣神《あめのふゆぎぬの》……「フユキヌ」は「冬木《ふゆき》の主《ぬし》」です。また、この神の母親は布怒豆怒神《ふのづのの》の女《むすめ》、布帝耳神《ふてみみの》です。これらの神も解釈すると、「布怒豆怒神《ふのづのの》」の「布《ふ》」は「布都《ふっ》」や「布波《ふは》」と同様に武力の象徴、「づの」は「角《つの》」で「草木の芽」のこと。直訳すると「武力の芽」です。また、「布帝耳神《ふてみみの》」の「フテ」も「フツ」の転化で武力を表し、「ミミ」は尊称です。

つまり、「布怒豆怒神《ふのづのの》」で武力反抗の芽を表し、その芽が「布帝耳神《ふてみみの》」＝「武力」で抑えられてしまったことを表しています。「の」に「怒」の字を当てていることも印象的です。そして、八部族は「天之冬衣神《あめのふゆぎぬの》」＝「冬木の主」、つまり、冬木の状態（花も葉も落ちた状態）になってしまうのです。

⑤〜⑦をまとめると、権力を須佐之男命《すさのをのみこと》に握られてしまったので、その対抗勢力は、花（日の巫女）を中心とした制度を復活させるために力を集めようとします。しかし、結局は武力で制圧され、骨抜き状態になって、ただ、冬が過ぎるのを静かに待つだけの冬木のようになってしまったことを表しています。

⑧大国主神《おほくにぬしのかみ》……「大いなる国主」の意。
大穴牟遅神《おほなむぢのかみ》……「オホ」と「ムヂ」は修辞で「ナ」は穴、つまり、墳墓のことで「大いなる墳墓に葬られた」ということ。

葦原色許男神《あしはらのしこをのかみ》……「シコヲ」は「強い男」で、葦原中国《あしはらのなかつくに》の強い男という意味。

八千矛神《やちほこのかみ》……多くの矛で武力の象徴。

宇都志国玉神《うつしくにだまのかみ》……「ウツシ」は「この世の、もしくは現実の」という意で、「国玉《くにだま》」は「国土の神霊」という意味。


この⑧については「併せて五つの名あり」と記載されて「五」が示されていますので、この五柱の神で「ある一つの対象を表現」しています。そして、その一つの対象とは須佐《すさ》之男命《のをのみこと》です。

⑧の神の名をまとめると、「大いなる国主、大いなる墳墓に葬られた方、葦原中国《あしはらのなかつくに》の強い男、大きな武力を持った方、この世の国土の神霊」ということになります。これらは、大国主神《おほくにぬしの》の別名として記述されていますが、実は、須佐之男命《すさのをのみこと》がどういった人物であるかを表しているのです。なお、前項でも少し触れましたが、須佐之男命《すさのをのみこと》と大国主神《おほくにぬしの》は同一人物です。その点についての説明は後述します。日の巫女の死をきっかけに、八部族を武力で支配下において国王となった人物が須佐之男命《すさのをのみこと》であり、死した後、三輪山（＝大いなる墳墓）に葬られ「国玉《くにだま》」として奉られているのです。

大年神《おほとしの》の神裔《しんえい》……須佐之男命《すさのをのみこと》と天照大御神《あまてらすおほみかみ》の巫女の話

大年神《おほとしの》は須佐之男命《すさのをのみこと》の子どもです。

《大年神《おほとしの》の神裔《しんえい》（一部・現代語訳）》

さて、かの大年神《おほとしの》が神活須毘神《かむいくすびの》の娘の伊怒比売《いのひめ》を娶《めと》って生んだ子は、大国御魂神《おほくにみたまの》、次に韓神《からの》、次に曾富理神《そほりの》、次に白日神《しらひの》、次に聖神《ひじりの》である。五神。また香用比売《かよひめ》を娶《めと》って生んだ子は大香山戸《おほかがやまと》臣《おみの》神、次に御年《みとしの》神である。二柱。また天知迦流美豆比売《あめちかるみづひめ》を娶《めと》って生んだ子は奥津日子《おきつひこの》神、次に奥津比売《おきつひめ》命、またの名は大戸比売《おほべひめの》神である。この神は人々が大事にお祀《まつ》りしている竈《かまの》神である。次に生まれたのは大山咋《おほやまくひの》神で、またの名を山末之大主《やますゑのおほぬしの》神という。この神は近《ちか》つ淡海国《あふみのくに》の日枝《ひえ》の山に鎮座し、また葛野《かづの》の松尾に鎮座して鳴鏑《なりかぶら》を持つ神である。次に生まれたのは庭津日《にはつひの》神、次に阿須波《あすはの》神、次に波比岐《はひきの》神、次に香山戸《かがやまと》臣《おみの》神、次に羽山戸《はやまとの》神、次に庭高津日《にはたかつひの》神、次に大土《おほつちの》神、またの名は土之御祖《つちのみおやの》神である。九《ここの》神《はしら》。

以上にあげた大年《おほとしの》神の子の大国御魂《おほくにみたまの》神から大土《おほつちの》神まで合わせて十《とほまり》六《む》神《はしら》である。

まだ系譜は終わりではありませんが、ここでいったん止めて解釈を行います。ここでは全部で十六の神が生まれており、八の倍数ですので「日本創成期の物語関連」です。ただし、古事記は「十《とほまり》六《む》神《はしら》」と記載していますが、実際に数えてみると「十七」です。どうやら、「神々の生成」の時と同じく同一神が隠れているようですが、神の名の解釈をしながら指摘します。

①大国御魂《おほくにみたまの》神、②韓《からの》神、③曾富理《そほりの》神、④白日《しらひの》神、⑤聖《ひじりの》神、⑥大香山戸《おほかがやまと》臣《おみの》神、⑦御年《みとしの》

神、⑧奥津日子神《おきつひこの》、⑨奥津比売命《おきつひめの》（大戸比売神《おほべひめの》）、⑩大山咋神《おほやまくひの》（山末之大主神《やますゑのおほぬしの》）、⑪庭津日神《にはつひの》、⑫阿須波神《あすはの》、⑬波比岐神《はひきの》、⑭香山戸臣神《かがやまとおみの》、⑮羽山戸神《はやまとの》、⑯庭高津日神《にはたかつひの》、⑰大土神《おほつちの》（土之御祖神《つちのみおやの》）

神々の名の解釈です。

①大国御魂神《おほくにみたまの》……見たままで「大いなる国の御魂」です。「大国主神《おほくにぬしの》」とその別名の「宇都志国玉神《うつしくにだまの》」を足して二で割ったような名で、須佐之男命《すさのをのみこと》（＝大国主命《おほくにぬしのみこと》）を示しています。

②韓神《からの》・③曾富理神《そほりの》……「韓《から》」は朝鮮半島のこと。「曾富理《そほり》」は、王都を意味する朝鮮語「ソホル」と共通の語とする説もあり、おそらく、そのとおり、王都を意味するか、もしくは、朝鮮半島の地名でしょう。つまり、須佐之男命《すさのをのみこと》（＝大国主命《おほくにぬしのみこと》）が朝鮮半島の「ソホリ」出身であることを示しています。また、日本書紀の一書では、須佐之男命《すさのをのみこと》が高天《たかま》の原を追放された後、いったん、朝鮮半島の新羅国《しらきの》に天下った後、日本の出雲に来たとの記載があり、さらに、神代紀上の一書には、「素盞嗚尊、其の子五十猛神を帥ゐて、新羅国に降到《あまくだ》りまして、曾尸茂梨《そしもり》の処に居《ま》します」と記述されています。やはり、

須佐之男命《すさのをのみこと》は朝鮮半島出身のようです。

④白日神《しらひの》……「白日《しらひ》」は「照り輝く太陽」のこと。

⑤聖神《ひじりの》……「聖《ひじり》」は、「徳が高い立派な人」のこと。

⑥大香山戸臣神《おほかがやまとおみの》……「カガ」は「輝くこと」で、「ヤマト」はおそらく人名でしょう。「臣《おみ》」は「臣下」で、つまり、「大いなる輝けるヤマトが臣下となって仕えた」ということ。誰に仕えていたかというと、①の須佐之男命《すさのをのみこと》。また、④と⑤は「大いなる輝けるヤマト」への賛美の言葉です。

⑦御年神《みとしの》……「年《とし》」は、穀物、特に米のこと。

⑧奥津日子神《おきつひこの》・⑨奥津比売命《おきつひめの》（大戸比売神《おほべひめの》）……「戸《へ》」は竈《かまど》のこと。似た名前の男女ですが、この二人は大香山戸臣神《おほかがやまとおみの》の両親です。ここの「大年神《おほとしの》の神裔《しんえい》」で生まれた神々の名に隠された物語と同じ内容のものが、古事記の表の物語でも記載されています。応神《おうじん》天皇の条の天之日矛《あめのひぼこ》の話です（※詳細は後述）。そこから考えると「オキ」は「翁《おきな》」の「オキ」でしょう。

⑩大山咋神《おほやまくひの》（山末之大主神《やますゑのおほぬしの》）……「山」は部族の長《おさ》の象徴で、ここでは須佐之男命《すさのをのみこと》のこと。また、「咋《くひ》」は「食《く》ひ」。なお、須佐之男命《すさのをのみこと》が食べたものは、⑦の穀物を⑧の竈《かまど》で料理したものです。

④〜⑩をまとめると、照り輝く太陽の如くで、徳が高い立派な「大いなる輝けるヤマト」が須佐之男命《すさのをのみこと》に仕えていて、米等の穀物を供出し、奥津日子神《おきつひこのかみ》と奥津比売命《おきつひめのみこと》が竈《かまど》で料理して須佐之男命《すさのをのみこと》が食していたということ。

つまり、もともと、「大いなる輝けるヤマト」は朝鮮半島にいて、そこで須佐之男命《すさのをのみこと》と従属関係にあって食物を献上していたということです。「五穀の起原《きげん》」で須佐之男命《すさのをのみこと》に食べ物を供した大気都比売神《おほげつひめのかみ》と姿が重なっています。

⑪庭津日神《にはつひのかみ》……「庭《には》」は「祭祀を行う場」で、直訳すれば「祭祀を行う場の日（光）」。日は「大いなる輝けるヤマト」のことでしょう。

⑫阿須波神《あすはのかみ》……「アス」は「浅す」で「水がかれること」、「ハ」は「羽」。羽はここでは、霊力の象徴として使われています。

⑬波比岐神《はひきのかみ》……「ハ」は⑫と同じく「羽」で、「ヒキ」は「引き」で、霊力が引いて無くなっていったこと。

⑪〜⑬で、「大いなる輝けるヤマト」が須佐之男命《すさのをのみこと》の元で祭祀を執り行っていたが、次

第に霊力が枯れてなくなっていったことを表しています。

⑭香山戸《かがやまと》臣神《おみの》……⑥大香山戸《おほかがやまと》臣神《おみの》の「大」がないだけです。霊力が枯れてしまったため、「大」をはずしているのでしょう。この二神が同一神です。

⑮羽山戸神《はやまとの》……「羽《は》」はそのままで「羽」、「山戸《やまと》」は「大和《やまと》」で、大和《やまと》の地へと羽を使って飛んでいったこと。同じ「ハ」でも、⑫、⑬と当て字を変えているのは、意味が異なるからでしょう。

⑯庭高津日神《にはたかつひの》……⑪庭津日神《にはつひの》と比べ「高」の字が加えられたことにより、祭祀を行う霊力を取り戻したことを示しています。

⑰大土神《おほつちの》（土之御祖神《つちのみおやの》）……「土《つち》」は「土地」のことで、朝鮮半島から渡来した大和《やまと》の地の御祖《みおや》、つまり、祖先となったこと。

⑭から⑰で、霊力を失った「大いなる輝けるヤマト」が大和《やまと》へと渡来し、祭祀を行う霊力を取り戻して、大和《やまと》の地の御祖《みおや》、つまり祖先となったことを表しています。こちらでは、同じように先祖を表す言葉を名に持っている和久産巣日神《わくむすひの》とイメージが重なっています。

以上、ここで隠されていた物語は、須佐之男命《すさのをのみこと》と表向きの天照大御神《あまてらすおほみかみ》たる日の巫女の話です。
また、この話では「羽」がよく出てきました。私が表向きの天照大御神《あまてらすおほみかみ》の名の一つであるとしている豊宇気毘売神《とようけびめの》は、昔話で有名な「天の羽衣」の話の天女でもあり、やはり「羽」が絡んできます。「天の羽衣」の話は各地に伝わっており、さまざまなパターンがあるのですが、丹後国風土記に記載されている物語のあらすじは以下のとおりです。

《丹後国風土記（概略）》

比治《ひじ》の真名井《まない》で沐浴していた八人の天女の一人が、木の枝に掛けていた天の羽衣を老翁《おきな》に奪われ、天に帰れなくなってしまいます。この天女は仕方なく老翁《おきな》夫婦の娘となり、万病に効く酒を醸造して家を豊かにしましたが、ある日、老翁《おきな》は慢心してその天女を家から追い出します。天女は裏切られ嘆きますが、奈具《なぐ》の村に辿《たど》り着いたところで、ようやく心が落ち着き、この地に留まることになります。

この丹後国風土記の天女を日の巫女、老夫婦を須佐之男命《すさのをのみこと》と考えれば、話の骨格が似ていることが分かります。

大年《おほとしの》神の神裔《しんえい》……天照大御神《あまてらすおほみかみ》の巫女の話

大年《おほとしの》神の子孫の続きです。

《大年《おほとしの》神の神裔《しんえい》（続き・現代語訳》

羽山戸《はやまとの》神が大気都比売《おほげつひめ》神を娶《めと》って生んだ子は若山咋《わかやまくひの》神、次に若年《わかとしの》神、次に妹の若沙那《わかさな》売《めの》神、次に弥豆麻岐《みづまきの》神、次に夏高津日《なつたかつひの》神でまたの名は夏之売《なつのめの》神、次に秋毘売《あきびめの》神、次に久久《くく》年《としの》神、次に久久紀若室葛根《くくきわかむろつなね》神である。

上にあげた羽山の子より若室葛根《わかむろつなね》まで合わせて八神である。

ここで生まれた神の数は「八」ですので「日本創成期の物語関連」です。

①若山咋《わかやまくひの》神、②若年《わかとしの》神、③若沙那《わかさな》売《めの》神、④弥豆麻岐《みづまきの》神、⑤夏高津日《なつたかつひの》神（夏之売《なつのめの》神）、⑥秋毘売《あきびめの》神、⑦久久年《くくとしの》神、⑧久久紀若室葛根《くくきわかむろつなね》神

ここで記載されている神々は、羽山戸神《はやまとの》と大気都比売神《おほげつひめの》の子どもたちです。なぜか、須佐之男命《すさのをのみこと》に殺されたはずの大気都比売神《おほげつひめの》が出てきます。実際に生まれた子が記載されていると考えると矛盾しますが、「神々の名で物語を記載している」のですから、あまり婚姻関係やその子どもであることにこだわる必要はありません。

「羽山戸神《はやまとの》」は前節で解釈したとおり、「大和《やまと》の地へと羽を使って飛んでいったこと」です。そして、飛んでいったのが大気都比売神《おほげつひめの》（表向きの天照大御神《あまてらすおほみかみ》たる日の巫女）であると暗示して、この後で生まれる神々の名で、「大和《やまと》に飛来した後の話を隠してありますよ」と示しているだけなのです。

では、神の名の解釈です。

①若山咋神《わかやまくひの》……「山」は、ここでは日本の部族の長《おさ》のこと。「咋《くひ》」は「食ひ」で、「若」が付いているのは、先に出てきた大山咋神《おほやまくひの》と区別するためでしょう。つまり、大気都《おほげつ》比売神《ひめの》が日本にをもたらしたものを部族達が食べるようになったということを示しています。何をもたらしたかは以降の神々の名で示されています。

②若年神《わかとしの》……「年《とし》」は「穀物、特に米のこと」。

③若沙那売神《わかさなめの》……「サ」は稲の意の接頭語、「ナ」は「菜」で、「稲の苗のこと」。

④弥豆麻岐神《みづまきの》……そのままで、「水を撒《ま》く」の意で、灌漑の神とされています。
⑤夏高津日神《なつたかつひの》（夏之売神《なつのめの》）・⑥秋毘売神《あきびめの》…それぞれ、夏と秋。
⑦久久年神《くくとしの》……「クク」は「茎のこと」で、「ククトシ」は「草木の茎がよく伸びること」。
⑧久久紀若室葛根神《くくきわかむろつなねの》……「ククキ」は「茎と木」で「室《むろ》を造る材木のこと」、「葛根《つなね》」は「掘立て柱の下部に横木を結びつける綱のこと」。つまり、「穫り入れ祭りの新嘗屋《にひなへや》」のことを表しています。

まとめると、大気都比売神《おほげつひめの》（表向きの天照大御神《あまてらすおほみかみ》たる日の巫女）が稲作関連の技術を日本に伝えたこと。そして、稲の苗を植え、水をやり、夏、秋と茎がよく成長し、穫り入れた後は、稲を新嘗屋《にひなへや》に奉納して祭りを執り行ったという当時の稲作の様子が表現されています。

おそらく、大気都比売神《おほげつひめの》は稲作を飛躍的に増産させることのできる水田や灌漑等の技術を持っていて、それを日本に伝えたのでしょう。だからこそ、五穀の神として称えられているのです。

孝霊《こうれい》天皇の系譜……天照大御神《あまてらすおほみかみ》の巫女の国引き

ここで少し飛んで第七代天皇の孝霊《こうれい》天皇になります。

《孝霊《こうれい》天皇（現代語訳）》

大倭根子日子賦斗邇命《おほやまとねこひこふとにのみこと》（※孝霊《こうれい》天皇）は黒田《くろだ》の廬戸宮《いほどのみや》においでになって、天下をお治めになった。この天皇が十市縣主《とをちのあがたぬし》の祖先である大目《おほめ》の娘の、細比売命《くはしひめのみこと》という名の方を娶《めと》ってお生みになった御子《みこ》は大倭根子日子国玖琉命《おほやまとねこひこくにくるのみこと》である。一柱。また春日《かすが》の千千速《ちちはや》真若比売《まわかひめ》を娶《めと》ってお生みになった御子《みこ》は千千速比売命《ちちはやひめのみこと》である。一柱。また意富夜麻登玖《おほやまとく》邇阿礼比売命《にあれひめのみこと》を娶《めと》ってお生みになった御子《みこ》は夜麻登登母母曾毘売命《やまととももそびめのみこと》、次に日子刺肩別《ひこさしかたわけの》命《みこと》、次に比古伊佐勢理毘古命《ひこいさせりびこのみこと》、またの名は大吉備津日子命《おほきびつひこのみこと》、次に倭飛羽矢若屋比売《やまととびはやわかやひめ》である。四柱。またその阿礼比売命《あれひめのみこと》の妹の蝿伊呂杼《はへいろど》を娶《めと》ってお生みになった御子《みこ》は日子寤《ひこさめ》間命《まのみこと》、次に若日子建吉備津日子命《わかひこたけきびつひこのみこと》である。二柱。

この天皇《すめらみこと》の御子《みこ》たちは合わせて八柱で、皇子五柱、皇女三柱である。

そして大倭根子日子国玖琉命《おほやまとねこひこくにくるのみこと》は天下をお治めになった。大吉備津日子命《おほきびつひこのみこと》と若建吉備《わかたけきび》

津日子命《つひこのみこと》とは、二柱ともどもに針間《はりま》の氷河《ひかは》の前《さき》に忌瓮《いはひべ》を据えて神を祀《まつ》り、針間《はりま》（※現・兵庫県南部）を起点として吉備国《きびのくに》（※現・岡山県・広島県東部）を説得して平定なさった。そしてこの大吉備津日子命《おほきびつひこのみこと》は吉備《きび》の上《かみ》つ道臣《みちのおみ》の祖先である。次に若建吉備津日子命《わかたけきびつひこのみこと》は吉備《きび》の下《しも》つ道臣《みちのおみ》・笠臣《かさのおみ》の祖先である。次に日子寤間命《ひこさめまのみこと》は針間《はりま》の牛鹿臣《うしかのおみ》の祖先である。次に日子刺肩別命《ひこさしかたわけのみこと》は高志《こし》（※現・北陸道）の利波臣《となみのおみ》、豊国《とよくに》（※現・福岡県東部と大分県）の国前臣《くにさきのおみ》、五百原君《いほはらのきみ》、角鹿《つぬか》（※現・福井県敦賀市）の海直《あまのあたひ》の祖先である。天皇《すめらみこと》の御《み》年《とし》は百六歳。御陵《みはか》は片岡《かたをか》の馬坂《うまさか》の上にある。

ここで生まれた神の数は「八」ですので、「日本創成期の物語関連」です。

①大倭根子日子国玖琉命《おほやまとねこひこくにくるのみこと》、②千千速比売命《ちちはやひめのみこと》、③夜麻登登母母曾毘売命《やまととももそびめのみこと》、④日子刺肩《ひこさしかた》別命《わけのみこと》、⑤比古伊佐勢理毘古命《ひこいさせりびこのみこと》（大吉備津日子命《おほきびつひこのみこと》）、⑥倭飛羽矢若屋比売《やまととびはやわかやひめ》、⑦日子寤間《ひこさめまの》命《みこと》、⑧若日子建吉備津日子命《わかひこたけきびつひこのみこと》

子の名の解釈です。

①大倭根子日子国玖琉命《おほやまとねこひこくにくるのみこと》……「大倭根子日子《おほやまとねこひこ》」は美称。「国玖琉《くにくる》」は日本書紀には「国牽《くにくる》」とあり「国引き」の意です。つまり、ここでは日本という国が作られた時の話を隠していることを示しています。

②千千速比売命《ちちはやひめのみこと》……「チ」は霊力のことで、「千速《ちはや》」は、神にかかる枕詞の「千早振《ちはやぶ》る」の「チハヤ」と同じで「霊力が強いこと」。

③夜麻登登母母曾毘売命《やまとともそびめのみこと》……「ヤマト」は日本のこと。「トトモモ」は「父母」。「ト」が一字足りませんが、「ヤマト」と「トトモモ」で「ト」が重複するため、意図的に欠落させたのだと思われます。「曾《そ》」は曽祖父の「曽」で先祖のこと。つまり、日本の父母たる先祖であることを示しています。

同じく先祖を表している神がいました。和久産巣日《わくむすひ》神です。そう、夜麻登登母母曾毘売命《やまとともそびめのみこと》は、表向きの天照大御神《あまてらすおほみかみ》である和久産巣日《わくむすひ》神（＝大気都比売《おほげつひめ》神＝豊宇気毘売《とようけびめ》神）と同一人物で、ここの物語は「表向きの天照大御神《あまてらすおほみかみ》である日の巫女」が朝鮮半島から日本に渡ってきて稲作技術を伝えたさらに後の話なのです。

④日子刺肩別命《ひこさしかたわけのみこと》……「日子《ひこ》」と「別《わけ》」は尊称。「刺肩《さしかた》」はそのままで「肩に刺した」ということ。何を刺したかというと、それは後から出てくる矢です。

天照大御神《あまてらすおほみかみ》は高天《たかま》の原で須佐之男《すさのを》神と対峙した際、背に千入《ちのり》の靫《ゆぎ》という矢を入れる武具を背負いますが、「刺肩《さしかた》」はそれに矢を入れたということで肩を実際に刺したわけではなく、「刀を腰にさす」といった表現と同じです。

⑤比古伊佐勢理毘古命《ひこいさせりびこのみこと》（大吉備津日子命《おほきびつひこのみこと》）……「イサ」は「勇ましいこと」で、「セリ」は「進む」の意で、「勇ましく進むこと」。そして、進んでいった先が大吉備津日子命《おほきびつひこのみこと》の所です。

⑥倭飛羽矢若屋比売《やまととびはやわかやひめ》……「倭《やまと》」は美称。「飛羽矢若屋《とびはやわかや》」は見たままで羽矢が飛んで建てられて間もない家に刺さったということです。

⑦日子寤間命《ひこさめまのみこと》……「日子《ひこ》」は美称、「寤間《さめま》」は部屋で目ざめたこと。

⑧若日子建吉備津日子命《わかひこたけきびつひこのみこと》……固有名詞で、家に矢が刺されて、部屋で目ざめたのが若日《わかひ》子建吉備津日子命《こたけきびつひこのみこと》ということになります。先ほど出てきた大吉備津日子命《おほきびつひこのみこと》と同一人物であり、名前から吉備《きび》（※岡山）出身であることが分かります。

なお、この人物は古事記の表の物語では「初国《はつくに》知らしし」と称される崇神《すじん》天皇にあたります。

まとめると、「国を作ろうと、強力な霊力を持った日本の始祖たる夜麻登登母母曾毘売《やまととももそびめの》命《みこと》が羽矢を背負い、勇ましく進んで行き、王として選んだ者の家に矢を射た。矢を射られて部屋で王として目覚めたのは若日子建吉備津日子命《わかひこたけきびつひこのみこと》である」ということになります。

旧約聖書での王選びと比べてみると、夜麻登登母母曾毘売命《やまとともももそびめのみこと》は神の言葉を人々に伝える預言者にあたります。旧約聖書では、預言者の「油を注ぐ」という行為でヤハウェに王として認められ王位についたことを象徴しますが、日本では、いわゆる「白羽の矢をたてる」という行為で象徴していたのでしょう。

さらに、この「孝霊天皇《こうれい》」では、生まれた子らが各地の祖先となったことが記されています。ここに出てくる次の地名は、おそらく、ヤマト王権創立時に参加した国であると思われます。

針間《はりま》、吉備《きび》、高志《こし》、豊国《とよくに》、角鹿《つぬか》

孝元《こうげん》天皇の系譜……ヤマト王権最初の王①

続いて、第八代天皇の孝元《こうげん》天皇です。

《孝元《こうげん》天皇（一部・現代語訳）》

大倭根子日子国玖琉命《おほやまとねこひこくにくるのみこと》（※孝元《こうげん》天皇）は軽《かる》の堺原《さかひばらの》宮においでになって天下をお治めになった。この天皇《すめらみこと》が穂積臣等《ほづみのおみら》の祖先である内色許男命《うつしこをのみこと》の妹の内色許売命《うつしこめのみこと》を娶《めと》ってお生みになった御子《みこ》は大毘古命《おほびこのみこと》、次に少名日子建猪心命《すくなひこたけゐごころのみこと》、次に若倭根子日子大毘毘命《わかやまとねこひこおほびびのみこと》である。三柱。また内色許男命《うつしこをのみこと》の娘の伊迦賀色許売命《いかがしこめのみこと》を娶《めと》って生んだ御子《みこ》は比古布都押之信命《ひこふつのおしのまことのみこと》である。また、河内《かふち》の青玉《あをたま》の娘の波邇夜須毘売《はにやすびめ》という名の方を娶《めと》ってお生みになった御子《みこ》は建波邇夜須毘古命《たけはにやすびこのみこと》である。一柱。

この天皇《すめらみこと》の御子《みこ》たちは合わせて五柱である。

そのうち、若倭根子日子大毘毘命《わかやまとねこひこおほびびのみこと》は天下をお治めになった。その兄の大毘古命《おほびこのみこと》の子の建沼河別命《たけぬなかはわけのみこと》は、阿部臣等《あべのおみら》の祖先である。次に比古伊那許士別命《ひこいなこじわけのみこと》、これは膳臣《かしはでのおみ》の祖先である。

ここで生まれた神の数は「五」ですので、ここでは「ある一つの対象を表現」しています。

①大毘古命《おほびこのみこと》、②少名日子建猪心命《すくなひこたけゐごころのみこと》、③若倭根子日子大毘毘命《わかやまとねこひこおほびびのみこと》、④比古布都押之信《ひこふつのおしのまことの》命《みこと》、⑤建波邇夜須毘古命《たけはにやすびこのみこと》

ここで示されている「ある一つの対象」とはヤマト王権最初の王です。前節の孝霊《こうれい》天皇の系譜で夜麻登登母母曾毘売命《やまとともそびめのみこと》が白羽の矢を立てた若日子建吉備津日子命《わかひこたけきびつひこのみこと》のことで、彼がどんな人物かが説明されています。

では、子の名の解釈です。

①大毘古命《おほびこのみこと》……「大《おほ》」は「大いなる」という意味で、「毘古《びこ》」は男子の尊称。
②少名日子建猪心命《すくなひこたけヰごころのみこと》……「少名日子《すくなひこ》」は、大国主《おほくにぬしの》神が国作りをした時のパートナーである少名毘古那《すくなびこなの》神と同一人物であることの暗示です（※詳細は次節にて記載）。また、「建猪心《たけヰごころの》」は「猪のような猛き心を持った」という意味です。
③若倭根子日子大毘毘命《わかやまとねこひこおほびびのみこと》……「毘毘《びび》」は日本書紀には「日日」とあり、名前すべてが尊称ですが、強いて解釈するなら、「若いヤマトのダビデの根、神ヤハウェの子」といった意味です。
④比古布都押之信命《ひこふつのおしのまことのみこと》……「比古《ひこ》」は男子の尊称。「布都《ふつ》」は刀で切る音で武力を象徴しています。「押之信《おしのまことの》」は「まことを押し通した」ということ。

ヤマト王権成立時は、従わない部族も多かったでしょうから、それらを武力で制圧していったということでしょう。

⑤建波邇夜須毘古命《たけはにやすびこのみこと》……「建《たけ》」は尊称。「ハニ」は土器の材料となる粘土のことで、「ヤス」は「ネヤス」で粘土をこねること。おそらく、若日子建吉備津日子命《わかひこたけきびつひこのみこと》は土器を作る一族の一人だったのか、もしくは、土器作成に通じた部族を従えていたのでしょう。

まとめると、「大いなる者、猪のような猛き心を持った、若いヤマトのダビデの根、神ヤハウェの子。武力でまことを押し通した者。土器作成の技術を持った者」ということになります。

開化《かいか》天皇の系譜……ヤマト王権最初の王②

次に第九代天皇の開化《かいか》天皇です。

《開化《かいか》天皇　（一部・現代語訳）》

若倭根子日子大毘毘命《わかやまとねこひこおほびびのみこと》（※開化《かいか》天皇）は春日《かすが》の伊邪《いざ》河《かはの》宮においでになって天下をお治めになった。この天皇《すめらみこと》が旦波《たには》の大縣主《おほあがたぬし》の名は由碁理《ゆごり》の娘の竹野比売《たかのひめ》を娶《めと》ってお生みになった御子《みこ》は比古由牟須美命《ひこゆむすみのみこと》である。一柱。また庶母《ままはは》の伊迦賀色許売命《いかがしこめのみこと》を娶《めと》ってお生みになった御子《みこ》は御真木入日子印恵命《みまきいりひこいにゑのみこと》と御真津比売命《みまつひめのみこと》である。二柱。また、丸邇臣《わにのおみ》の祖先である日子国意祁都命《ひこくにおけつのみこと》の妹の意祁都比売命《おけつひめのみこと》を娶《めと》ってお生みになった御子《みこ》は日子坐王《ひこいますのみこ》である。一柱。また葛城《かつらぎ》の垂見宿禰《たるみのすくね》の娘の鷲比売《わしひめ》を娶《めと》ってお生みになった御子《みこ》は建豊《たけとよ》波《は》豆羅和気《づらわけ》である。一柱。
この天皇《すめらみこと》の御子《みこ》たちは合わせて五柱である。皇子四柱。皇女一柱。

生まれた神の数は「五」ですので、ここでは「ある一つの対象を表現」しています。そして、「ある一つの対象」とは前節と同じく、ヤマト王権最初の王である若日子《わかひこ》建吉備津《たけきびつ》日子命《ひこのみこと》です。

①比古由牟須美命《ひこゆむすみのみこと》、②御真木入日子印恵命《みまきいりひこいにゑのみこと》、③御真津比売命《みまつひめのみこと》、④日子坐王《ひこいますのみこ》、⑤建豊《たけとよ》波《は》豆羅和気《づらわけ》

それでは、名の解釈です。

①比古由牟須美命《ひこゆむすみのみこと》……日本書紀には「彦湯産隅命《ひこゆむすみのみこと》」とあります。「ヒコ」は男子の尊称。「湯」はそのままで、「産隅《むすみ》」は、神産巣日神《かみむすひの》や和久産巣日神《わくむすひの》の「ムスヒ」と同じで「先祖」のこと。直訳すると「湯の先祖」です。

前節でも少し触れましたが、ヤマト王権最初の王は出雲神話では少名毘古那神《すくなひこなの》として登場しています。天照《あまてらす》サイドから見れば、主役はヤマト王権最初の王である若日子建吉《わかひこたけき》備津日子命《びつひこのみこと》で、国作りをしたのもこの人。しかし、須佐之男《すさのを》系の出雲サイドから見れば、国作りの主役は大国主神《おほくにぬしの》（＝須佐之男命《すさのをのみこと》）で、ヤマト王権最初の王は単なる協力者になるわけです。

また、大国主神《おほくにぬしの》と少名毘古那神《すくなひこなの》は協力して国作りを行いますが、この二神を温泉の神とする信仰は各地の伝説に残っています。例えば、伊予国風土記には次のような話が記載されています。

大国主神《おほくにぬしの》と少名毘古那神《すくなひこなの》が出雲の国から伊予の国へと旅していたところ、長旅の疲れからか少名毘古那神《すくなひこなの》が急病に苦しみ出します。大国主神《おほくにぬしの》が少名毘古那神《すくなひこなの》を手のひらに載せ、温泉に浸して温めたところ、たちまち元気を取り戻して、喜んだ少名毘古那神《すくなひこなの》が石の上で踊りだしたという話です。
つまり、この御子《みこ》の名で、「温泉での湯治《とうじ》を始めたご先祖様である」ということを表現しているわけです。

②御真木入日子印恵命《みまきいりひこいにゑのみこと》……日本書紀では「御間城入彦五十瓊殖《みまきいりひこいにゑ》」と記述されています。「御間城入《みまきいり》」は「城の間（中）に入った」ということで、ここでの城とは「ヤマト」、より具体的には「纒向《まきむく》」（※奈良県桜井市）のことを指しています。

三世紀初頭、それまで文化の後進地であったヤマトの纒向《まきむく》に突如、政治と宗教の都市が現れます。纒向《まきむく》には西日本や東海、北陸の各地から続々と土器が集まり、また、そこで完成した前方後円墳はその後、日本全国に広まっていきました。なお、強大な勢力がヤマトを征服したのではなく、各地の首長が寄り集まって、その総意のもとにヤマトが建国されたと言われています。

日本最初の統一王権が誕生したのが、この纒向《まきむく》であり、そして、この纒向《まきむく》の都市を作って入ったのが天照大御神《あまてらすおほみかみ》の巫女から白羽の矢をたてられて王となった若日子建吉備津日子命《わかひこたけきびつひこのみこと》だったわけです。

また、「五十瓊殖《いにゑ》」は、「五十」はたくさん、「瓊《に》」は「玉」のことで、ここでは民のことを象徴していると思われます。たくさんの民が増えたということです。日本に統一王権が誕生することにより、部族間の争いが収まって政治が安定したからでしょう。

③御真津比売命《みまつひめのみこと》……「ミマツ」は「観松《みまつ》」。「観」は「注意して見る、調べて見る」という意味で、「松」は男性的であることから剛健のシンボルとされており、また、葉が尖《とが》っていることから武器を連想させるので、兵士の象徴として使用したのでしょう。

つまり、「兵士を観た（＝兵士になりえるものを判定した）」ということで、ここでは「兵を整えた」ということです。

④日子坐王《ひこいますのみこ》……そのままで、「日の子として君臨」したこと。

⑤建豊波豆羅和気《たけとよはづらわけ》……「建《たけ》」と「豊《とよ》」は美称。「はづら」は「初知《はつし》ら」で、「初めて知らした（※治めた）」ということです。なお、これは、崇神《すじん》天皇の「初国知《はつくにし》らしし」という称号と同じ表現です。

以上、まとめると、「温泉での湯治《とうじ》を始めた者、ヤマトを都に定め兵を整え、日の子として君臨し、初めて国を治めた者」ということになります。

夜麻登登母母曾毘売命《やまととももそびめのみこと》……天照大御神《あまてらすおほみかみ》の巫女

前述したとおり、夜麻登登母母曾毘売命《やまととももそびめのみこと》は、その名前が意味するとおり「日本の父母たる祖先」であり、同じ意味の名を持つ和久産巣日神《わくむすひの》と同一人物。つまり、表向きの天《あま》照大御神《てらすおほみかみ》である三人の女性のうちの一人目となります。

ここでは、さらに詳しく夜麻登登母母曾毘売命《やまととももそびめのみこと》について見ていきます。

まず、ここまでに出てきた一人目の表向きの天照大御神《あまてらすおほみかみ》についていったんまとめておきます。この一人目の女性について古事記は、名前を変えてエピソードを各箇所に散りばめて記載していますので、読み解くことが非常に困難になっています。

名前	古事記の記載箇所	備考
和久産巣日神	神々の生成	・日本人の先祖 ・朝鮮半島から日本へと渡ってきた
豊宇気毘売神	神々の生成	・和久産巣日神の子 ・穀物の神 ・天の羽衣伝説の天女

		・伊勢神宮の外宮に祀られる
多紀理毘売命（奥津島比売命）	天の安の河の誓約	・天照大御神と須佐之男命の誓約の際、最初に生まれた女性 ・宗像大社に祀られる三人の女神のうちの一人
天の服織女	須佐之男命の勝さび	・天照大御神に仕える ・須佐之男命が原因で陰部を梭で突いて死亡
大気都比売神	五穀の起源	・穀物の神 ・須佐之男命に食べ物を献上する ・須佐之男命に殺される
大香山戸臣神	大年神の神裔	・食べ物を献上する ・朝鮮半島から日本に渡って来た

それでは、夜麻登登母母曾毘売命《やまとととももそびめのみこと》です。

夜麻登登母母曾毘売命《やまとととももそびめのみこと》は第七代孝霊《こうれい》天皇の娘で、古事記ではそれ以上のことは分かりません。以下は、日本書紀の第十代崇神《すじん》天皇の条に記載されている内容です。

○国に災いが多く起こった際、大物主《おほものぬしの》神がこの女性に神懸《かみがか》りして託宣を告げており、霊能力を持った巫女。
○「聡明《さと》く叡智《さか》しくして、能《よ》く未然《ゆくさきのこと》を識《し》りたまへり」とあり、優秀な巫女であったことが伺える。
○大物主神《おほものぬしの》の妻となるが、神の正体（小蛇《こをろち》）を見た際、驚いて神に恥をかかせてしまう。そして、驚いたことを悔いて座り込んだ時に箸《はし》で陰部を突いて死んでしまう。
○大市《おほち》（現・奈良県桜井市）の箸《はし》墓に葬られる。

巫女であり、「陰部を細長い物で突いて死亡」と、表にあげた天《あめ》の服織女《はたおりめ》との共通の要素があります。

また、大物主神《おほものぬしの》は三輪山の神ですが、夜麻登登母母曾毘売命《やまとととももそびめのみこと》と夫婦となり、かつ、死亡の原因となっていますので、実は須佐之男命《すさのをのみこと》の別名ということになります（この点については、別途詳述します）。

天照大御神《あまてらすおほみかみ》と須佐之男命《すさのをのみこと》は「天《あめ》の安《やす》の河《かは》の誓約《うけひ》」で子を生んでいますから、夫婦でもあったわけです。

なお、夜麻登登母母曾毘売命《やまとととももそびめのみこと》が葬られたとされる箸《はし》墓は考古学上も非常に重要な遺跡です。箸《はし》墓は奈良県桜井市の纒向《まきむく》遺跡を代表する古墳で、築造は三世紀の中頃から後半と見られています。畿内から吉備（山陽）、筑紫（北九州）などの各地の墓制が採り入れられて定型化が完成した前方後円墳であり、これらの地域勢力が連合し統一的な政治勢力となったことの反映とヤマト政権の新たな埋葬文化の完成を意味するとされています。

なお、前方後円墳の原型は二世紀末の吉備で完成しており、それがヤマトの纒向《まきむく》に影響を与えたのは間違いないでしょう。また、纒向《まきむく》で完成した前方後円墳は次第に日本全国で作られるようになっていきますが、四世紀後葉までは、前方後円墳の分布は主に畿内～瀬戸内海沿岸～北九州に集中しており、そのため、ヤマト王権の支配権もそれらの地域を中心としていたと考えられています。

先に説明したとおり、夜麻登登母母曾毘売命《やまととももそびめのみこと》がヤマトの国家創設の際に白羽の矢を立てたのが若日子建吉備津日子命《わかひこたけきびつひこのみこと》で吉備出身者であり、該当の解釈は考古学的事実とも符合しているといえます。また、私は、ヤマト王権成立時の参加国として針間《はりま》（現・兵庫県南部）、吉備《きび》（現・岡山県・広島県東部）、高志《こし》（現・北陸道）、豊国《とよくに》（現・福岡県東部と大分県）、角鹿《つぬか》（※現・福井県敦賀市）をあげましたが、これは前方後円墳の分布とも一致しています。

さらに、「神々の生成」で夜麻登登母母曾毘売命《やまととももそびめのみこと》と同一人物である和久産巣日《わくむすひの》神が朝鮮半島の伽耶《かや》から渡来してきたと解釈しましたが、伽耶《かや》があった朝鮮半島南部でも前方後円墳が見つかっており、これは私の解釈の裏付けと言えるでしょう。伽耶《かや》もヤマト王権の参加国の一つであったわけです。

ちなみに、箸《はし》墓は卑弥呼の没年（二四八年頃）に近いことから卑弥呼の墓であるという説もある古墳です。

応神《おうじん》天皇の物語に隠された神話時代の物語

ここでは、応神《おうじん》天皇の物語に隠された古事記の神話時代の物語を明らかにしたいと思います。

まずは、双方の物語を比較した次の表をご覧ください。

応神天皇	神話時代
応神天皇が三人の子に以下のとおり分治するよう告げる	《三貴神の分治》 伊邪那岐神が三人の子に以下のとおり分

○宇遅能和紀郎子…天津日継を知らす ○大山守命…山海の政 ○大雀命…食国の政	治するよう告げる。 ○天照大御神…高天の原 ○月読命…夜の食国 ○須佐之男命…海原
天之日矛の物語	須佐之男命の物語
春山の霞壮夫の物語	大国主神の物語

古事記では、応神《おうじん》天皇とは関係のない天之日矛《あめのひぼこ》と春山《はるやま》の霞壮夫《かすみをとこ》の物語を応神《おうじん》天皇の条に挿入しています。

その理由は、神話時代の物語の流れと一致した内容を盛り込むことによって、「天之日《あめのひ》矛《ぼこ》＝須佐之男命《すさのをのみこと》」と「春山《はるやま》の霞壮夫《かすみをとこ》＝大国主命《おほくにぬしのみこと》」を暗示するためです。次節以降で、この両者の一致について説明していきます。

天之日矛《あめのひぼこ》……須佐之男命《すさのをのみこと》

まずは、天之日矛《あめのひぼこ》の物語をご覧ください。

《天之日矛《あめのひぼこ》（一部・現代語訳）》

また昔、新羅《しらぎ》の国主《こにしき》の子で、名は天之日矛《あめのひぼこ》という者がいた。この人がわが国に渡って来た。渡来したわけはこうである。

新羅国《しらぎのくに》に一つの沼があって、名は阿具奴摩《あぐぬま》といった。この沼のほとりに一人の賤《いや》しい女が昼寝をしていた。このとき太陽の輝きが、虹のように女の陰部を射した。また一人の賤《いや》しい男がいて、その有様を不思議に思って、いつもその女の行動をうかがっていた。すると、この女は、その昼寝した時から身篭《みごも》って、赤い玉を生んだ。そこでその様子をうかがっていた賤《いや》しい男は、その玉を所望してもらい受け、いつも包んで腰につけていた。

この男は田を谷間に作っていた。それで、耕作する人夫たちの食料を一頭の牛に背負わせて谷の中に入っていくとき、その国主《こにしき》の子の天之日矛《あめのひぼこ》に出会った。すると天之日矛《あめのひぼこ》がその男に尋ねて言うには、「どうしてお前は食料を牛に背負わせて谷に入るのか。お前はきっとこの牛を殺して食べるつもりだろう」と言って、すぐにその男を捕らえて牢屋に入れようとした。その男が答えて言うには、「私は牛を殺そうとするのではありません。ただ農夫の食料を運ぶだけです」と言った。けれども天之日矛《あめのひぼこ》はやはり赦《ゆる》さなかった。そこで男は、腰の玉を解いて、その国主《こにしき》の子に贈った。

それで天之日矛《あめのひぼこ》はその賤《いや》しい男を赦《ゆる》して、その赤玉を持ってきて、床のそばに置いておくと、玉はやがて美しい嬢子《をとめ》に姿を変えた。それで天之日矛《あめのひぼこ》は嬢子《をとめ》と結婚して正妻とした。そしてその嬢子《をとめ》は、常々いろいろのおいしい料理を用意して、いつもその夫に食べさせた。ところが、その国主《こにしき》の子は思い上がって妻を罵《ののし》るので、その女が言うには「そもそも私は、あなたの妻となるような女ではありません。私の祖先の国に行きます」と言って、ただちに密かに小船に乗って逃げ渡ってきて、難波《なにわ》に留まった。これは難波《なにわ》の比売碁《ひめこ》曾《そ》の社に鎮座している阿加流比売《あかるひめ》という神である。

そこで天之日矛《あめのひぼこ》は、その妻の逃げたことを聞いて、ただちにその後を追って海を渡ってきて、難波《なにわ》に着こうとしたところ、その渡《わたり》の神（※海峡の神）が遮《さえぎ》って入れなかった。それで、また戻って多遅摩国《たぢまの》（※現・兵庫県北部）に停泊した。

以上が天之日矛《あめのひぼこ》の話ですが、内容が「大年《おほとし》の神裔《しんえい》」で記載されている神の名前を解釈した物語とほとんど同じであることが分かります。「大年《おほとし》の神裔《しんえい》」で解釈した物語とは、以下のようなものでした。

韓《から》（朝鮮半島）の曾富理《そほり》にて、大国御魂神《おほくにみたまのかみ》（＝須佐之男命《すさのをのみこと》）に仕え食糧を供出していた大香山戸臣神《おほかがやまとおみのかみ》（大いなる輝けるヤマト）とその両親の奥津日子神《おきつひこのかみ》と奥津比売命《おきつひめのみこと》。大香《おほかが》山戸臣神《やまとおみのかみ》は次第に霊力が枯れて無くなっていったため、日本のヤマトへと渡来し、再び霊力を取り戻して、大和《やまと》の地の御祖《みおや》となった。

この物語を念頭に天之日矛《あめのひぼこ》の話を解釈すると、玉が変化した乙女（阿加流比売《あかるひめ》）は日本に渡来して御祖《みおや》となった大香山戸臣神《おほかがやまとおみのかみ》（天照大御神《あまてらすおほみかみ》の一人目の巫女）で、天之日矛《あめのひぼこ》は須《す》佐之男命《さのをのみこと》。そして、賤《いや》しい男と賤《いや》しい女は大香山戸臣《おほかがやまとおみ》の両親である奥津日子神《おきつひこのかみ》と奥津比《おきつひ》売命《めのみこと》になります。

天之日矛《あめのひぼこ》の話では、単に個人間のやりとりとして語られていますが、おそらくこれは、伽耶《かや》が新羅《しらぎ》から圧力を受けて食物を差し出すと共に、大香山戸臣神《おほかがやまとおみのかみ》を国主の子の須佐之《すさの》男命《をのみこと》の妻として差し出したという国家間のやりとりを表しているのでしょう。

また、乙女を追って日本に渡来してきた天之日矛《あめのひぼこ》が渡の神により遮《さえぎ》られたというところは、高天《たかま》の原に須佐之男命《すさのをのみこと》がやってきた時の「山川悉《ことごと》に動《とよ》み、国土《くにつち》皆震《ゆ》りき」というシーンを彷彿《ほうふつ》させます。

突然、新羅《しらぎ》の国主《こにしき》の子が日本やってきて、「侵略か!?」と日本中が騒然としたのです。そして、瀬戸内海を船で進んできた須佐之男命《すさのをのみこと》に難波の地で武装した天照大御神《あまてらすおほみかみ》（実際は天照大御神《あまてらすおほみかみ》の巫女である大香山戸臣神《おほかがやまとおみのかみ》）が対峙して、侵略の意図がないことを確認。須佐之男命《すさのをのみこと》は高天《たかま》の原（ヤマトの地）に入ることが許されます。

その後、須佐之男命《すさのをのみこと》が原因で大香山戸臣神《おほかがやまとおみのかみ》は死亡。須佐之男命《すさのをのみこと》はヤマトの地を追放されることになります。

なお、天之日矛《あめのひぼこ》の話では難波で門前払いをくらって但馬《たじま》の国（※現・兵庫県北部）に向かったことになっています。おそらくヤマトの地に入ったことまで書くと分かりやす過ぎるため、あえて省略して、真実は神話の中に潜り込ませたのでしょう。そして、この門前払いの後は、出雲での八俣《やまた》の大蛇《をろち》退治の話へとつながっていきます。

春山の霞壮夫《かすみをとこ》……大国主命《おほくにぬしのみこと》

続いて、春山の霞壮夫《かすみをとこ》の話です。

《秋山の下氷壮夫《したびをとこ》と春山の霞壮夫《かすみをとこ》(現代語訳)》

さて、この伊豆志《いづし》の神の娘で、名は伊豆志袁登売《いづしをとめの》神という神がおられた。ところで、八十神《やそがみ》(※多くの神々)がこの伊豆志袁登売《いづしをとめの》神を妻に得たいと望んだが、誰も結婚することができなかった。

ここに二柱の神があって、兄は秋山の下氷壮夫《したびをとこ》といい、弟は春山の霞壮夫《かすみをとこ》といった。そして、その兄が弟に向かって、「私は伊豆志袁登売《いづしをとめの》神を妻に願ったが結婚できなかった。おまえはこの嬢子《をとめ》を妻にできるか」と言った。弟が答えて、「たやすく妻にすることができます」と言った。そこでその兄が言うには、「もしおまえがこの嬢子《をとめ》を娶《めと》ることができるならば、私は上衣と袴を脱ぎ、身の丈を測って、それと同じ高さの甕《かめ》に酒を醸《かも》し、また山や河の産物をことごとく用意して、宇礼豆玖《うれづく》(※賭け)こととしよう」と言った。

そこでその弟は、兄の言ったとおり詳しくその母に伝えると、即座にその母は藤葛《ふじかづら》(※

藤の蔓《つる》）を取ってきて、一夜の間に衣服・袴、および、襪《したぐつ》・沓《くつ》を織り縫い、また弓矢を作って、その上衣や袴などを弟に着せ、その弓矢を持たせて孃子《をとめ》の家に行かせると、その衣服や弓矢はすべて藤の花に変化した。そこでその春山の霞壮夫《かすみをとこ》は、その弓矢を孃子《をとめ》の家の厠《かわや》に掛けておいた。そこで伊豆志袁登売神《いづしをとめのかみ》はその花を見て不思議に思い、それを持って来るとき、春山の霞壮夫《かすみをとこ》はその孃子《をとめ》の後について、孃子《をとめ》の家に入って契りを結んだ。そして、一柱の子を生んだ。そして弟はその兄に、「私は伊豆志袁登売神《いづしをとめのかみ》を自分のものにした」と申した。

そこでその兄は、弟が孃子《をとめ》と結婚してしまったことに腹を立てて、例の宇礼豆玖《うれづく》（※賭け）の品物を渡そうとしなかった。そこで弟が嘆いてその母に訴えたとき、母親が答えていうには、「この現世のことは、よく神の教えを見習うべきです。それなのに兄は、現世の人々のやり方に見習ったのでしょうか、その賭けの物を償おうとしないのは」と言って、その兄である子を恨んで、すぐに伊豆志河《いづしがは》の中洲に生えている一節の竹を取って、編み目の粗い籠《かご》を作り、その川の石を取って塩にまぜ合わせてその竹の葉に包んで、弟に呪詛させて言うには、「この竹の葉が青く茂るように、この竹の葉が萎《しお》れるように、茂ったり萎《しお》れたりせよ。また、この塩が満ちたり干《ひ》たりするように、生命力が満ちたり干《ひ》たりせよ。またこの石が沈むように病に沈み臥《ふ》せ」といった。このように呪詛させて呪いの品を竈《かまど》の上に置いた。このためにその兄は八年もの長い間、体は干からび萎《しお》れて、病み衰えた。それでその兄が嘆き悲しんで、その母親に許しを求めると、その呪いの品を外させた。そしてその兄の体は元通りに安らかに健康になった。これが神宇礼豆玖《かみうれづく》という言葉の起こりである。

一人の美しい女性を八十神《やそがみ》が求めて結局、主人公が得るなど、大国主命《おほくにぬしのみこと》の「稲羽《いなば》の素兎《しろうさぎ》」の物語そのままの内容と言ってよいでしょう。ただし、大国主命《おほくにぬしのみこと》の方には旧約聖書の物語も盛り込まれていますのでその分違っています。

春山の霞壮夫《かすみをとこ》と大国主命《おほくにぬしのみこと》の一致点をまとめると、以下のとおりです。

〈兄弟と一人の女性に求婚する〉

○春山の霞壮夫《かすみをとこ》……八十神《やそがみ》および、兄が一人の女性に求婚するが結局、春山の霞壮夫《かすみをとこ》と結婚する。

○大国主命《おほくにぬしのみこと》……兄である八十神《やそがみ》たちが一人の女性に求婚するが結局、大国主命《おほくにぬしのみこと》と結婚する。

〈母親が手助けをする〉

○春山の霞壮夫《かすみをとこ》……母親が春山の霞壮夫《かすみをとこ》の求婚を助けたり、約束を守らない兄を呪う方法を教えたりする。

○大国主命《おほくにぬしのみこと》……兄たちに殺された大国主命《おほくにぬしのみこと》を母親が生き返らせ、他所へと逃がす。

〈兄が帰順する〉

○春山の霞壮夫《かすみをとこ》……母に習った呪詛《じゅそ》を行い、兄が不幸になって許しを求める。

○大国主命《おほくにぬしのみこと》……須佐之男命《すさのをのみこと》にもらった武具を使って兄たちを平らげる。

さて、この物語には、「厠《かわや》」、「弓矢」、「結婚」というキーワードが出てきました。同じキーワードが出てくる物語が古事記の他の箇所に出てきます。

次にその物語について説明します。

丹塗矢《にぬりや》伝説……須佐之男命《すさのをのみこと》＝大国主命《おほくにぬしのみこと》

以下は神武《じんむ》天皇の条に出てくる、一般に「丹塗矢《にぬりや》伝説」といわれているものです。

《神武《じんむ》天皇　皇后選定　（一部・現代語訳）》

さて、日向《ひむか》におられた時に、阿多《あた》の小椅君《をばしのきみ》の妹《いも》の阿比良比売《あひらひめ》という名の女性を娶《めと》ってお生みになった子に、多芸志美美命《たぎしみみのみこと》と岐須美美命《きすみみのみこと》の二柱がおられた。けれどもさらに皇后とする美人《をとめ》をさがし求められた時、大久米命《おほくめのみこと》が申すには、「この辺りによい媛女《をとめ》がおります。この媛女《をとめ》は神の御子《みこ》と伝えられています。神の御子《みこ》というわけは……三島溝咋《みしまのみぞくひ》の娘に勢夜陀多良比売《せやだたらひめ》という名の容姿が美しい美人《をとめ》がおりました。それで美和《みわ》の大物主《おほものぬしの》神がこの美人《をとめ》を見て気に入って、その美人《をとめ》が大便をする時、丹塗矢《にぬりや》に変身して、その厠《かわや》の溝を流れ下ってその美人《をとめ》の陰部《ほと》を突きました。そこでその美人《をとめ》が驚いて、走り回ってあわてふためきました。そしてその矢を持ってきて床のそばに置きますと、矢はたちまち立派な壮夫《をとこ》に変わって、やがてその美人《をとめ》を娶《めと》って生んだ子の名を富登多多良伊須須岐比売命《ほとたたらいすすきひめのみこと》といい、またの名を比売多多良伊須気余理比売《ひめたたらいすけよりひめ》といいます（これはその陰部《ほと》という言葉を嫌って、後に改めた名である）。こういうわけで神の御子《みこ》と申すのです」と申し上げた。

ここでは、神武《じんむ》天皇の皇后である伊須気余理比売《いすけよりひめ》の生誕譚が語られています。

勢夜陀多良比売《せやだたらひめ》が厠《かわや》で用を足しているところに、大物主神《おほものぬしの》が矢に変身して陰部《ほと》を突き、結婚して生まれたのが伊須気余理比売《いすけよりひめ》であるとされています。

これは、前節で記載した春山の霞壮夫《かすみをとこ》の物語を、神話要素を強くして再構成したものです。それぞれの物語の対応関係を示すと次のとおりになります。

秋山の下氷夫と春山の霞壮夫	丹塗矢伝説
春山の霞壮夫	大物主神
伊豆志袁登売神	勢夜陀多良比売
厠に立てかけた弓矢	厠の溝を流れ下った丹塗矢

つまり、「春山の霞壮夫《かすみをとこ》＝大国主命《おほくにぬしのみこと》」でしたから、「大国主命《おほくにぬしのみこと》＝大物主神《おほものぬしの》」ということになります。

また、古事記の大国主命《おほくにぬしのみこと》の物語の中に次のものがあります。

《少名毘古那神《すくなびこなの》と国作り（一部・現代語訳）》

（共に国作りをしていた少名毘古那神《すくなびこなの》が亡くなり、大国主神《おほくにぬしの》は嘆き悲しみます）

そこで大国主神《おほくにぬしの》は心配して仰せられるには、「私は一人で、どうしてこの国を作り固めることができようか。どの神が私と協力して、この国を共に作るのだろうか」と仰せられた。この時、海上を照らして近寄ってくる神がいた。その神が仰せられるには、「丁重に私の御魂《みたま》を祀《まつ》ったならば、私はあなたに協力して共に国作りを完成させよう。もしそうしなかったら、国作りはできないであろう」と仰せられた。そこで大国主神《おほくにぬしの》が、「それでは御魂《みたま》をお祀《まつ》り申し上げるには、どのように致したらよいでしょうか」と申されると、「私の御魂《みたま》を倭《やまと》の青々ととり囲んでいる山々の、その東の山の上に斎《い》み清めて祀《まつ》りなさい」と答えて仰せられた。これが御諸山《みもろやま》の上に鎮座しておられる神である。

ここでは、不思議な現象が起こっています。光る神がやってきて共に国作りを行うと言っていますが、その神の名も記述されずに、「御諸山《みもろやま》の上に鎮座」とあっていかにも暗示的です。御諸山《みもろやま》とは奈良の三輪山《みわ》のことで、崇神《すじん》天皇の条の「三輪山《みわ》伝説」に記載されているとおり、この神は大物主神《おほものぬしの》のことです。

また、この話と同様の話は日本書紀の一書にもあり、そこでは、「私は汝の幸魂奇魂《さきみたまくしみたま》である」と大国主《おほくにぬしの》神の魂の一部であると告げています。つまり、この「少名毘古那《すくなびこなの》神と国作り」で古事記は、「大国主命《おほくにぬしのみこと》＝大物主《おほものぬしの》神」であることを暗示しているわけです。

一方、私は先に、大物主《おほものぬしの》神は須佐之男命《すさのをのみこと》であるとも記載しました。天照大御神《あまてらすおほみかみ》の巫女である夜麻登登母母曾毘売命《やまとともももそびめのみこと》が日本書紀では大物主《おほものぬしの》神の妻であったと記載されているからです。一見、矛盾しているようですが、そうではありません。実は、「大国主命《おほくにぬしのみこと》＝須佐之男命《すさのをのみこと》」でもあるからです。

つまり、「春山の霞壮夫《かすみをとこ》＝大国主命《おほくにぬしのみこと》＝大物主《おほものぬしの》神＝須佐之男命《すさのをのみこと》」。

さらに、「大国主命《おほくにぬしのみこと》＝須佐之男命《すさのをのみこと》」であることの根拠を記載します。

〈大国主命《おほくにぬしのみこと》の妻に多紀理毘売命《たぎりびめのみこと》がいる〉

多紀理毘売命《たぎりびめのみこと》は天照大御神《あまてらすおほみかみ》と須佐之男命《すさのをのみこと》の誓約《うけひ》の際、最初に生まれた女性で、表向きの天照大御神《あまてらすおほみかみ》である一人目の女性です。

そして、須佐之男命《すさのをのみこと》と同一人物であると指摘した天之日矛《あめのひぼこ》は、この一人目の女性と婚姻関係にありました。

〈須佐之男命《すさのをのみこと》と大国主命《おほくにぬしのみこと》の神裔《しんえい》は、大国主命《おほくにぬしのみこと》のところでまとめて「右の件《くだり》の八島《やしま》

士奴美《じぬみの》神より以下《よりしも》、遠津山岬《とほつやまさき》足《たらしの》神以前《よりさき》を、十七世《とをまりななよ》の神と申す」と記載されている〉

双方の記載箇所が離れているにもかかわらず、わざわざこのような記述の仕方にしたのは、両神が同一神であることを暗示するためだと思われます。

なお、古事記が須佐之男命《すさのをのみこと》を、須佐之男命《すさのをのみこと》と大国主命《おほくにぬしのみこと》に分けた理由はおそらく、須佐之男命《すさのをのみこと》の正体を隠すため、および、二人に分けることにより旧約聖書のヤコブの物語を演じさせるためであると思われます。

また、春山の霞壮夫《かすみをとこ》や大国主命《おほくにぬしのみこと》の求婚話は、物語的には須佐之男命《すさのをのみこと》が高天《たかま》の原に上《のぼ》った（日本に渡来した）後の出来事として記載されていますが、天之日矛《あめのひぼこ》の話も勘案すると実はこちらが先で、天照大御神《あまてらすおほみかみ》の巫女と須佐之男命《すさのをのみこと》が日本に渡来する前の朝鮮半島での出来事でしょう。

天照《あまてらす》サイドの視点からの話が「天之日矛《あめのひぼこ》」の話で、脅されて妻になったという話になっており、また、須佐之男《すさのを》サイドの視点が「秋山の下氷壮夫《したびをとこ》と春山の霞壮夫《かすみをとこ》」や大国主《おほくにぬしの》命《みこと》の「稲羽《いなば》の素兎《しろうさぎ》」の話で、こちらは、兄と違って心やさしい弟が求婚を受けてもらえたという話になっているわけです。

神武《じんむ》天皇＝応神《おうじん》天皇

ここでは、神武《じんむ》天皇と応神《おうじん》天皇が同一人物であることを述べていきたいと思います。仲哀《ちゅうあい》天皇の条に以下の話があります。

《気比《けひ》の大神と酒楽の歌（概略）》

応神《おうじん》天皇が高志《こし》の前《みちのく》の角鹿《つぬが》（※越前（現・福井県東部）の国敦賀）にいた時、伊奢沙和《いざさわ》気《けの》大神が夢に出てきて、「私の名を御子《みこ》の御名と交換してほしい」と言われ承諾をします。そして、「明日、浜に出なさい。名を交換する贈り物をあげよう」と言われ、翌日、浜に出てみるとイルカが打ち上げられていました。それを見た応神《おうじん》天皇は「我《あれ》に御食《みけ》の魚給《なたま》へり」と言います。

この時、応神《おうじん》天皇が言った「我《あれ》に御食《みけ》の魚給《なたま》へり」の「魚《な》」は「名《な》」にかかっており、「御食《みけ》」という名前をもらったことを示しています。しかし、「御食《みけ》」の名は応神《おうじん》天皇には見あたりません。応神《おうじん》天皇の別名は大鞆和気命《おほともわけのみこと》と品陀和気命《ほむだわけのみこと》です。

そして、代わりに「ミケ」の名を冠しているのが神武《じんむ》天皇なのです。神武《じんむ》天皇の別名は「若御毛沼命《わかみけぬのみこと》」と「豊御毛沼命《とよみけぬのみこと》」で、名に「ミケ（御毛）」があります。つまり、この話は「神武《じんむ》天皇＝応神《おうじん》天皇」を暗示するための挿話なのです。

なお、「ミケ（御毛）」の名は、神武《じんむ》天皇の兄の御毛沼命《みけぬのみこと》も持っていますが、これは、旧約聖書の系譜と合わせるために、兄の品夜和気命《ほむやわけのみこと》と応神《おうじん》天皇をそれぞれ二人ずつに増やしたためだと思われます。

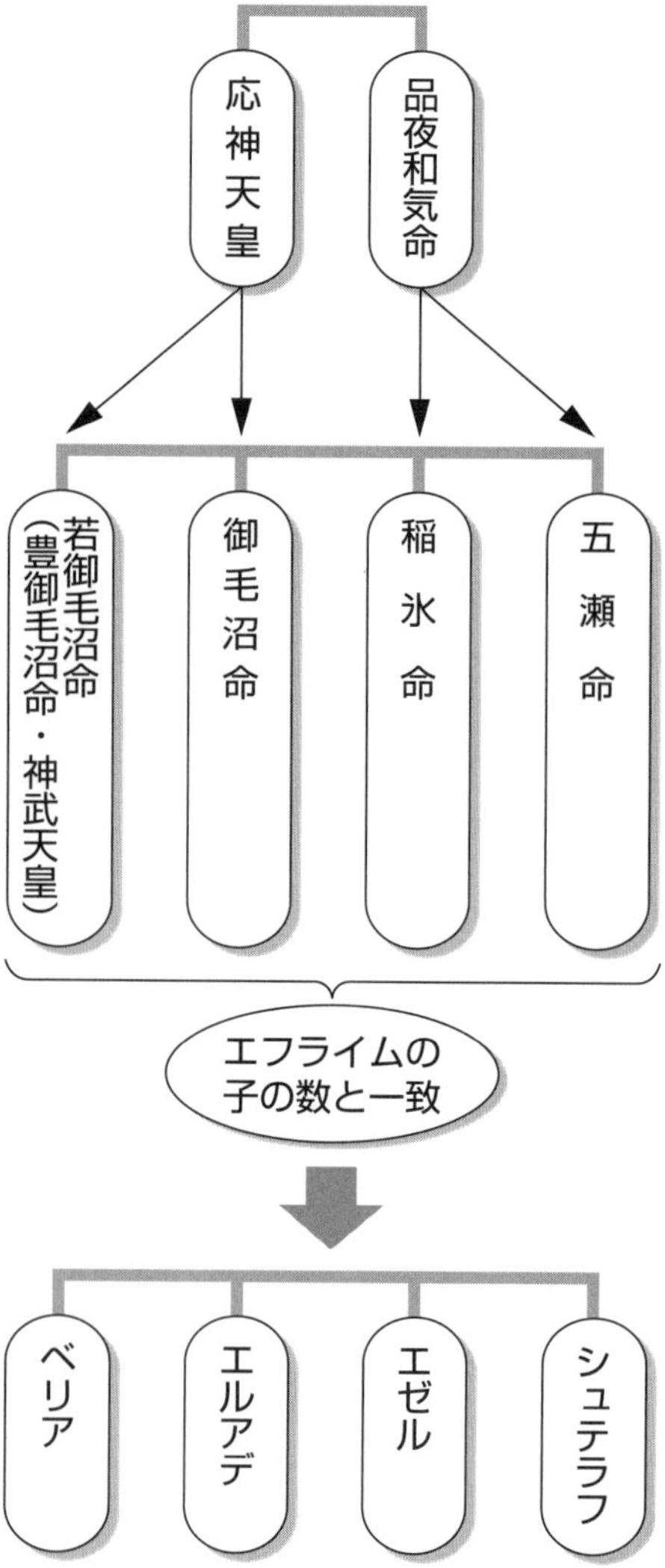

その他、「神武《じんむ》天皇＝応神《おうじん》天皇」であるとする根拠として、以下の一致点があります。

〈東征〉

○神武《じんむ》天皇……九州（日向）よりヤマトへと東征する。

○応神《おうじん》天皇……九州（筑紫）よりヤマトへと東征する（ただし、幼児の時で実際に東征したのは母親の神功《じんぐう》皇后）。

〈東征時、対抗勢力の兄弟と戦う〉

○神武《じんむ》天皇……兄宇迦斯《えうかし》と弟宇迦斯《おとうかし》の兄弟のうち、兄が反抗、弟が恭順。また、兄師木《えしき》と弟師木《おとしき》の兄弟と戦って討ち取る。

○応神《おうじん》天皇……香坂《かごさかの》王、忍熊《おしくまの》王の兄弟が反抗し、兄の香坂《かごさかの》王が交戦前に猪に食い殺され、弟の忍熊《おしくまの》王が交戦。

〈丹塗矢《にぬりや》伝説の挿入〉

○神武《じんむ》天皇……勢夜陀多良比売《せやたたらひめ》が厠《かわや》で用を足しているところに、大物主《おほものぬしの》神が矢に変身して陰部《ほと》を突き、結婚する。

○応神天皇《おうじんてんのう》……春山の霞壮夫《かすみをとこ》が、藤の花が咲いた弓矢を伊豆志袁登売《いづしをとめ》の家の厠《かわや》に立て掛け結婚する。

〈死後、子どもの一人が反逆して王権を手に入れようとするが、二人の兄弟が協力してそれを討つ〉

○神武天皇《じんむてんのう》……当芸志美美命《たぎしみみのみこと》が世継ぎの弟を殺そうと企む。そのことを知った神八井耳命《かむやいみみのみこと》が、当芸志美美命《たぎしみみのみこと》を討とうとするが、手足が震えて殺すことができなかったため、代わって弟の神沼河耳命《かむぬなかはみみのみこと》が殺す。

○応神天皇《おうじんてんのう》……大山守命《おほやまもりのみこと》が世継ぎの宇遅能和紀郎子命《うぢのわきいらつこのみこと》を殺そうと企む。そのことを知った大雀命《おほさざきのみこと》が宇遅能和紀郎子命《うぢのわきいらつこのみこと》に知らせ、宇遅能和紀郎子命《うぢのわきいらつこのみこと》が大山守命《おほやまもりのみこと》を討つ。

神武《じんむ》天皇と応神《おうじん》天皇の系譜を比較すると以下のとおりです。

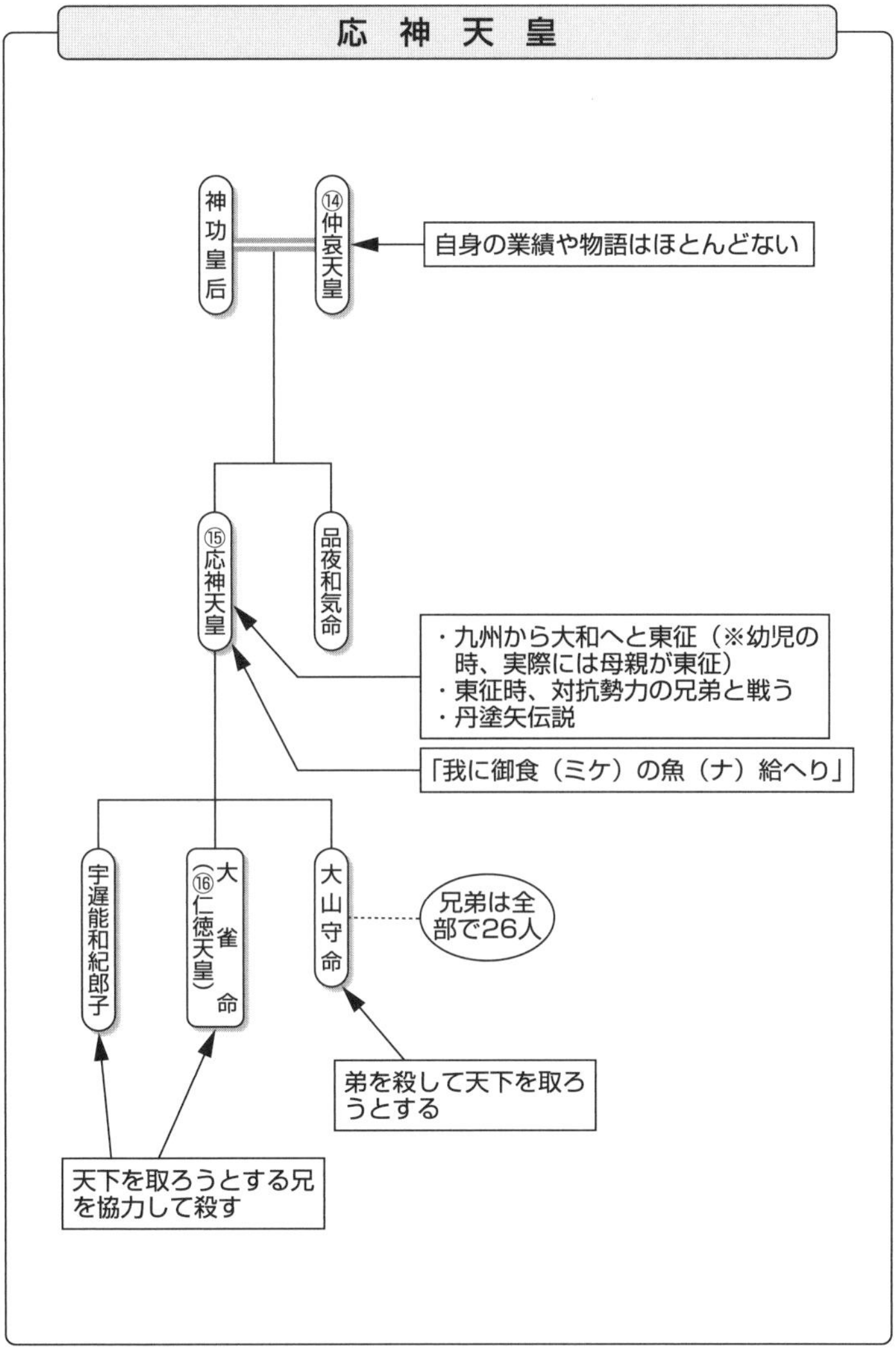
応 神 天 皇
神功皇后
⑭仲哀天皇
自身の業績や物語はほとんどない
⑮応神天皇
品夜和気命
・九州から大和へと東征（※幼児の時、実際には母親が東征）
・東征時、対抗勢力の兄弟と戦う
・丹塗矢伝説
「我に御食（ミケ）の魚（ナ）給へり」
宇遅能和紀郎子
大雀命（⑯仁徳天皇）
大山守命
兄弟は全部で26人
弟を殺して天下を取ろうとする
天下を取ろうとする兄を協力して殺す

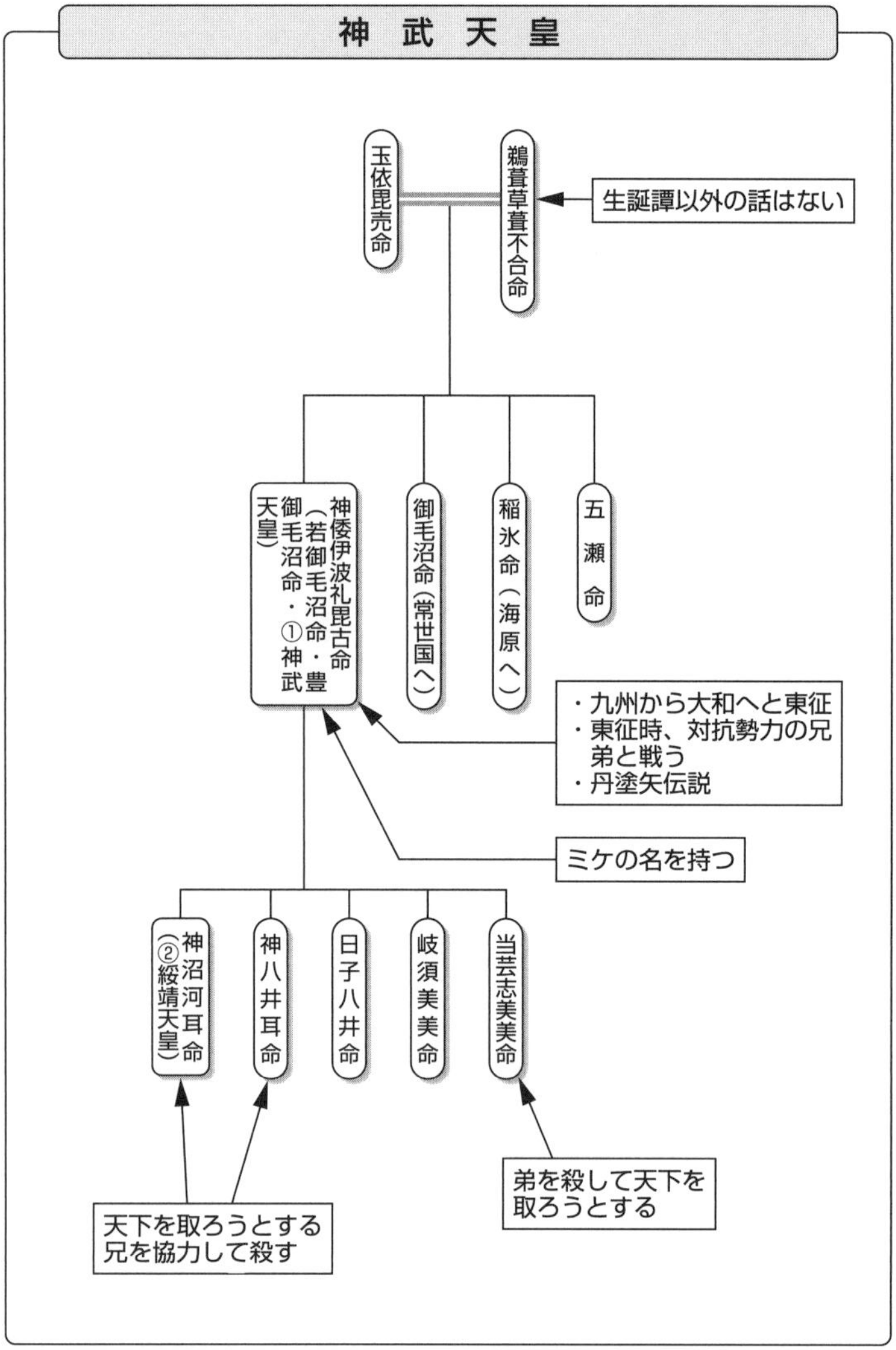
神武天皇
玉依毘売命
鵜葺草葺不合命
生誕譚以外の話はない
神倭伊波礼毘古命（若御毛沼命・豊御毛沼命・①神武天皇）
御毛沼命（常世国へ）
稲氷命（海原へ）
五瀬命
・九州から大和へと東征
・東征時、対抗勢力の兄弟と戦う
・丹塗矢伝説
ミケの名を持つ
神沼河耳命（②綏靖天皇）
神八井耳命
日子八井命
岐須美美命
当芸志美美命
天下を取ろうとする兄を協力して殺す
弟を殺して天下を取ろうとする

天皇の系譜（真実の姿）

今まで解き明かしてきた内容を元に、天皇の系譜の真実の姿を明らかにしたいと思います。

まず、天照《あまてらす》系の系譜です。次頁の**資料3**（真の天皇の系譜（天照《あまてらす》））をご覧ください。十一代垂仁《すいにん》天皇の子の品牟智和気命《ほむちわけのみこと》が本来の太子《ひつぎのみこ》であったはずが、天皇になることはなく、その子の仲哀《ちゅうあい》天皇が十四代目として天皇に返り咲くまでいったん、王統が途切れてしまうわけです。

ただし、実際には品牟智和気命《ほむちわけのみこと》と仲哀《ちゅうあい》天皇は同一人物です。古事記がわざわざ別人として書いた理由は、仲哀《ちゅうあい》天皇が出雲の神の呪いにかかった（実際には出雲系の須佐之男《すさのをの》命《みこと》に服従した。詳細は後述）という話を隠すため、および、二人にして旧約聖書の系譜と一致させるためでしょう。

そして、戦火の中で生まれた品牟智和気命《ほむちわけのみこと》が仲哀《ちゅうあい》天皇の別名だからこそ、仲哀《ちゅうあい》天皇と神功《じんぐう》皇后の二人の子はそれぞれ品夜和気命《ほむやわけのみこと》、品陀和気命《ほむだわけのみこと》（応神《おうじん》天皇）と「ホム」とい

10代崇神～16代仁徳

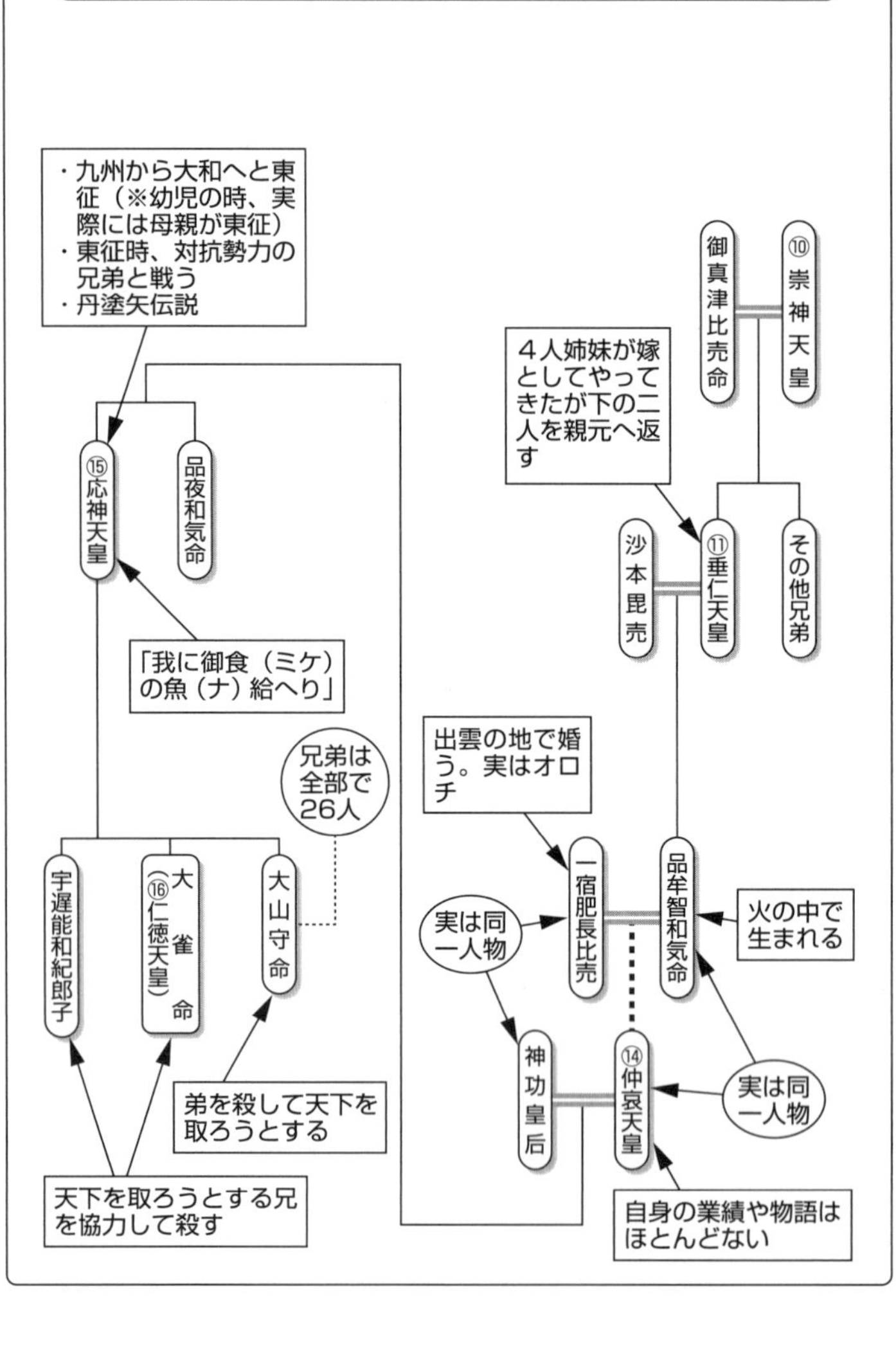

⑩崇神天皇
御真津比売命
４人姉妹が嫁としてやってきたが下の二人を親元へ返す
⑪垂仁天皇
沙本毘売
その他兄弟
・九州から大和へと東征（※幼児の時、実際には母親が東征）
・東征時、対抗勢力の兄弟と戦う
・丹塗矢伝説
⑮応神天皇
品夜和気命
「我に御食（ミケ）の魚（ナ）給へり」
出雲の地で婚う。実はオロチ
一宿肥長比売
品牟智和気命
火の中で生まれる
実は同一人物
神功皇后
⑭仲哀天皇
実は同一人物
自身の業績や物語はほとんどない
兄弟は全部で26人
宇遅能和紀郎子
大雀命（⑯仁徳天皇）
大山守命
弟を殺して天下を取ろうとする
天下を取ろうとする兄を協力して殺す

〔資料3（真の天皇の系譜（天照））〕

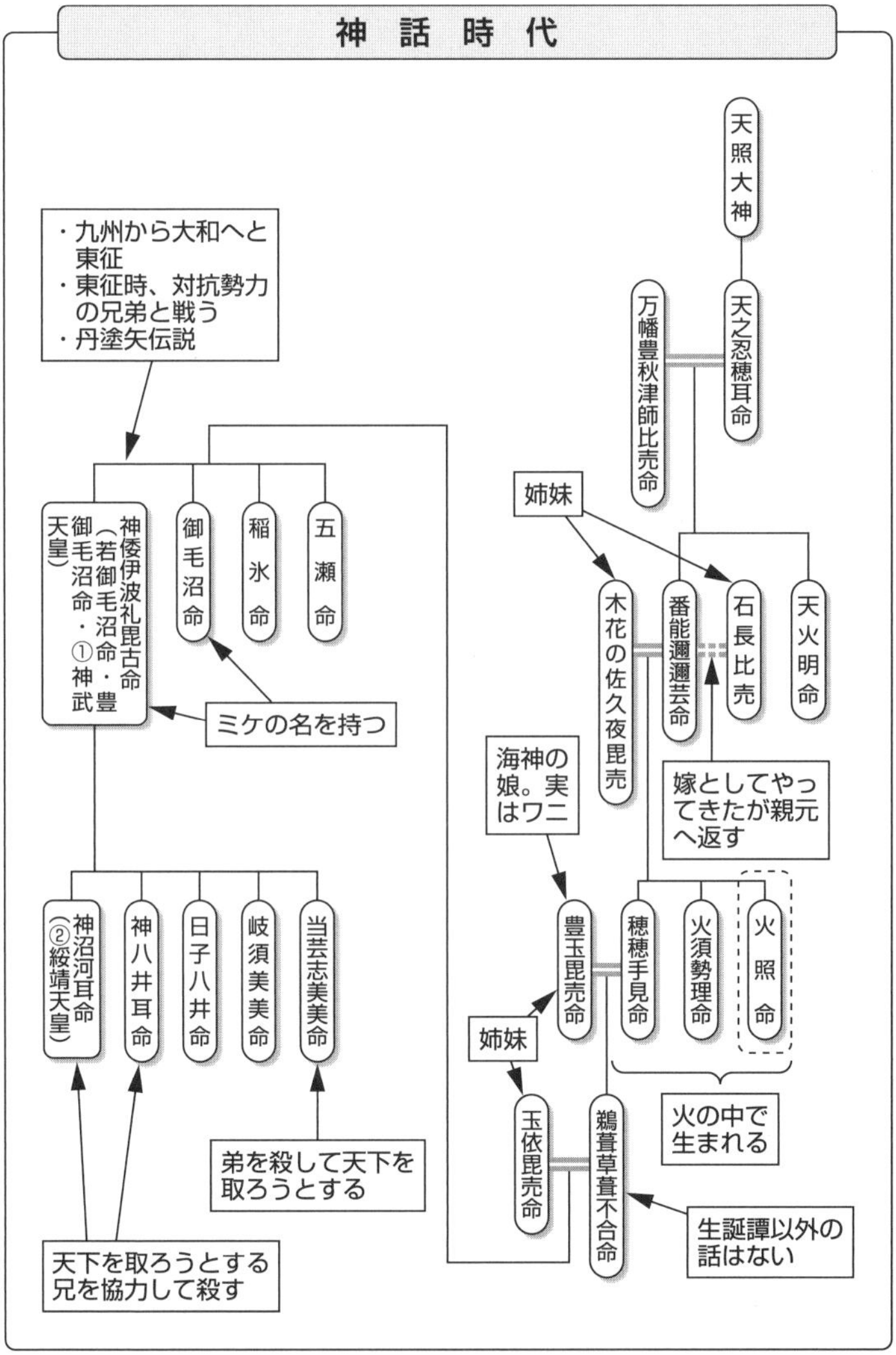

神話時代
天照大神
天之忍穂耳命
万幡豊秋津師比売命
姉妹
天火明命
石長比売
番能邇邇芸命
木花の佐久夜毘売
嫁としてやってきたが親元へ返す
海神の娘。実はワニ
火照命
火須勢理命
穂穂手見命
豊玉毘売命
火の中で生まれる
姉妹
鵜葺草葺不合命
玉依毘売命
生誕譚以外の話はない
五瀬命
稲氷命
御毛沼命
神倭伊波礼毘古命（若御毛沼命・豊御毛沼命・①神武天皇）
・九州から大和へと東征
・東征時、対抗勢力の兄弟と戦う
・丹塗矢伝説
ミケの名を持つ
当芸志美美命
岐須美美命
日子八井命
神八井耳命
神沼河耳命（②綏靖天皇）
弟を殺して天下を取ろうとする
天下を取ろうとする兄を協力して殺す

う炎を表す言葉を受け継いでいるのです。

おそらく、実際には仲哀《ちゅうあい》天皇は天皇になることなく死亡。神功《じんぐう》皇后が王権を奪還してから、天皇の位を与えられたというところでしょう。

なお、「品牟智和気命《ほむちわけのみこと》＝仲哀《ちゅうあい》天皇」なら、品牟智和気命《ほむちわけのみこと》の妻である一夜肥長比売《ひとよひながひめ》は神功《じんぐう》皇后と同一人物ということになります。

次に、須佐之男《すさのを》系の系譜です。天照《あまてらす》系の系譜からは十二代と十三代の天皇が抜けていますが、これらが天照《あまてらす》系から王統を奪った須佐之男《すさのを》系の系譜となります。246―247頁の**資料4**（真の天皇の系譜（須佐之男《すさのを》））をご覧ください。

先述したように「須佐之男命《すさのをのみこと》＝大国主命《おほくにぬしのみこと》」ですので、大国主命《おほくにぬしのみこと》に相当する倭建命《やまとたけるのみこと》は、結果として景行《けいこう》天皇と同一人物であることになります。つまり、資料の系譜はもっと単純化され、大国主命《おほくにぬしのみこと》と倭建命《やまとたけるのみこと》はいなくなり、「須佐之男命《すさのをのみこと》と二人の子」という形に収斂《しゅうれん》されます。

また、垂仁《すいにん》天皇の子である品牟智和気命《ほむちわけのみこと》から皇位を奪ったのは、新羅《しらぎ》からやって来た須佐之男命《すさのをのみこと》（景行《けいこう》天皇）ということになりますが、この政権奪取劇は古事記の品牟智和気命《ほむちわけのみこと》の話の中で象徴的に語られています。品牟智和気命《ほむちわけのみこと》は生まれてからずっと物を言わず、占いでその原因が出雲の大神の祟りであることが分かります。その祟りを鎮めるために品牟智和気命《ほむちわけのみこと》は出雲へと向かい、神の宮を創ります。

この話は、品牟智和気命《ほむちわけのみこと》の出雲、つまり、須佐之男命《すさのをのみこと》（景行天皇《けいこう》）への服従を象徴しているのです。さらに、神話時代で品牟智和気命《ほむちわけのみこと》に対応している穂穂手見命《ほほでみのみこと》の物語にも同様の内容が盛り込まれています。海幸彦《うみさちびこ》と山幸彦《やまさちびこ》の話です。

《海幸彦《うみさちびこ》と山幸彦《やまさちびこ》（概略）》

ある日、山幸彦《やまさちびこ》（穂穂手見命《ほほでみのみこと》）は兄の海幸彦《うみさちびこ》と仕事の道具を交換し海で釣りをしますが、その際、兄から借りた釣り針を失くしてしまいます。兄は激しく怒り、山幸彦《やまさちびこ》は別の釣り針を作って返そうとしましたが、元の釣り針を返せの一点張りで取り合いません。

憂い泣いていた山幸彦《やまさちびこ》は塩椎神《しほつちの》のアドバイスで海中の綿津見神《わたつみの》の宮に向かい、そこで豊玉毘売《とよたまびめ》と結婚して暮らします。

三年後、鯛の喉から例の釣り針が見つかり、山幸彦《やまさちびこ》は地上に戻って、綿津見神《わたつみの》から習った呪術と神具を使って海幸彦《うみさちびこ》を服従させます。

この物語では、「山幸彦《やまさちびこ》（穂穂手見命《ほほでみのみこと》）＝品牟智和気命《ほむちわけのみこと》」、かつ、「海幸彦《うみさちびこ》＝須佐之男命《すさのをのみこと》」を象徴しています。

12代景行～13代成務

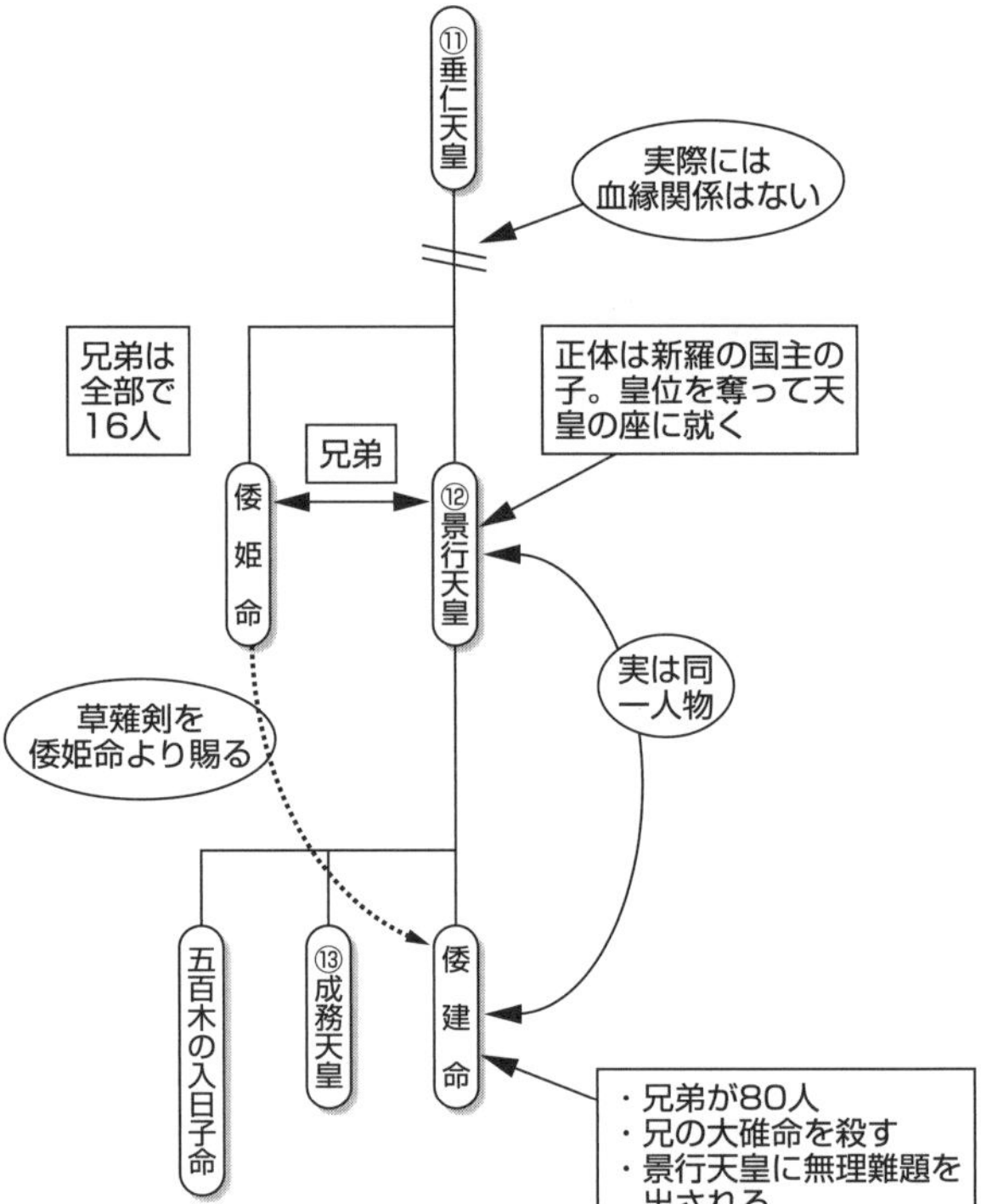
⑪垂仁天皇
実際には血縁関係はない
兄弟は全部で16人
正体は新羅の国主の子。皇位を奪って天皇の座に就く
倭姫命
兄弟
⑫景行天皇
実は同一人物
草薙剣を倭姫命より賜る
五百木の入日子命
⑬成務天皇
倭建命
・兄弟が80人
・兄の大碓命を殺す
・景行天皇に無理難題を出される
・御鋤友耳建日子と東伐

〔資料4（真の天皇の系譜（須佐之男））〕

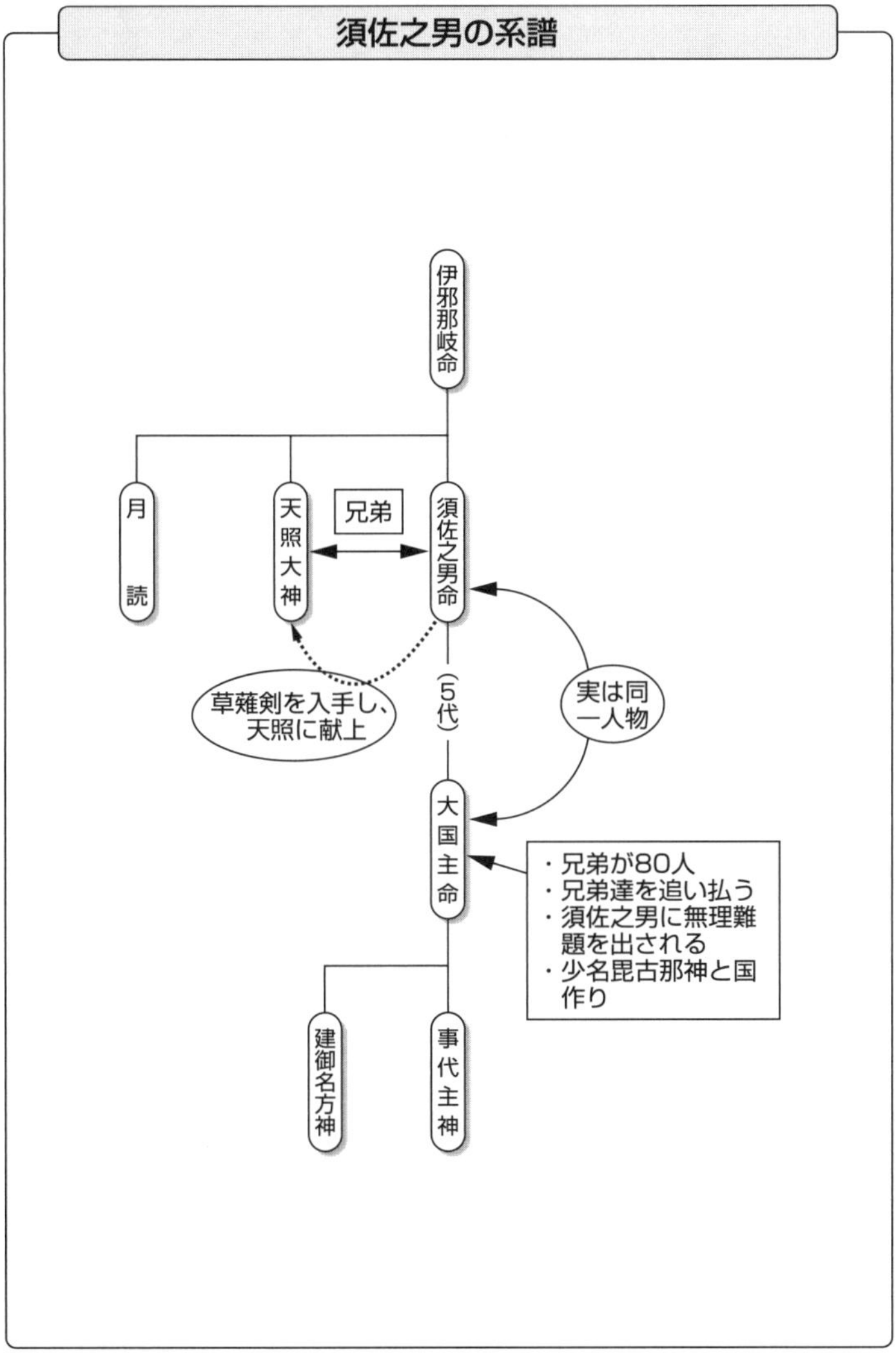

海幸彦《うみさちびこ》の怒りにより山幸彦《やまさちびこ》は綿津見神《わたつみの》の宮に向かうことになりますが、これは、品牟智《ほむち》和気命《わけのみこと》が出雲の神の呪いを解くために出雲に行った話の反映です。出雲が須佐之男命《すさのをのみこと》の本拠地であるように、海中にある綿津見神《わたつみの》の宮は海幸彦《うみさちびこ》のテリトリーです。

そして、物語では直接触れられていませんが、山幸彦《やまさちびこ》が三年間、綿津見神《わたつみの》の宮で暮らしている間、地上にいた海幸彦《うみさちびこ》は山の幸も海の幸も両方、手に入れることになったわけです。これが、須佐之男命《すさのをのみこと》による王権奪取を暗示しています。

なお、「海幸彦《うみさちびこ》と山幸彦《やまさちびこ》」の物語では、最終的に山幸彦《やまさちびこ》が海幸彦《うみさちびこ》を服従させることになっていますが、これは旧約聖書のヨセフの物語が反映されているためです。一方、須佐之男《すさのを》命《みこと》（景行《けいこう》天皇）に皇位を奪われた天照《あまてらす》系は、その息子の事代主命《ことしろぬしのみこと》（＝成務《じょうむ》天皇）の時代に奪還を図ります。

この奪還劇は、古事記では以下の三つの箇所に分かれて記載されています。

○葦原中国《あしはらのなかつくに》の平定（※大国主命《おおくにぬしのみこと》から国譲りを受ける話）
○神武《じんむ》天皇の東征
○神功《じんぐう》皇后の新羅征伐・東征

これら三つの話を足して、旧約聖書の物語を引いたものが、奪還劇の真の姿となるのです。

例えば、神武《じんむ》天皇の東征時に、邇芸速日命《にぎはやひのみこと》が天津瑞《あまつしるし》（※天つ神の御子《みこ》としての徴証）を献上してきます。本来、神武《じんむ》天皇が初代天皇なのですから、他に天皇がいるはずがなく、天津瑞《あまつしるし》を持っている者などいるはずがありません。

しかし、２４２―２４３頁の**資料３**の系譜図で示したように、神武《じんむ》天皇＝応神《おうじん》天皇で、神武《じんむ》天皇の東征の話が実は、皇位を奪われた天照《あまてらす》系の王権奪還の話だと分かるとその謎は簡単に解けます。

邇芸速日命《にぎはやひのみこと》は成務《じょうむ》天皇なのです。応神《おうじん》天皇の東征時、天皇として君臨していたのは須佐之男命《すさのをのみこと》（景行《けいこう》天皇）から皇位を引き継いだ成務《じょうむ》天皇。だからこそ、天津瑞《あまつしるし》（＝皇位）を献上するということができたわけです。

また、「神武《じんむ》天皇の東征」では、邇芸速日命《にぎはやひのみこと》が戦わずして服従し、登美《とみ》の那賀須泥毘古《ながすねびこ》は最後まで抵抗します。同じように、「葦原中国《あしはらのなかつくに》の平定」では、事代主命《ことしろぬしのみこと》が戦わずして服従し、建御名方《たけみなかたの》神は戦って敗れます。

つまり、次の等式が成り立つわけです。

○成務《じょうむ》天皇＝事代主命《ことしろぬしのみこと》＝邇芸速日命《にぎはやひのみこと》
○五百木《いほき》の入日子命《いりひこのみこと》＝建御名方神《たけみなかたの》＝登美《とみ》の那賀須泥毘古《ながすねびこ》

なお、先述したように、神功《じんぐう》皇后が行った新羅《しらぎ》征伐の新羅《しらぎ》とは、朝鮮半島の新羅《しらぎ》ではなく、新羅人《しらぎびと》（＝須佐之男命《すさのをのみこと》）が支配する国（もしくは本拠地とする国）である出雲のことを指しています。ヤマトの地に攻め入るには、先に出雲を帰順させる必要があったのです。そうしないと、ヤマトを攻めている最中に後ろから出雲が攻めてきて、挟み撃ちにされてしまう危険性があります。

そして、神功《じんぐう》皇后は新羅《しらぎ》征伐の後、筑紫からヤマトの地に向かいますが、その際、香《かご》坂王《さかの》、忍熊王《おしくまの》の兄弟が反逆しようとして待ち構えます。

兄の香坂王《かごさかの》は交戦する前に猪に殺され、弟の忍熊王《おしくまの》は神功《じんぐう》皇后の軍と交戦後、死亡します。つまり、先程、記述した等式にさらにこの二人も追加されるわけです。

○成務《じょうむ》天皇＝事代主命《ことしろぬしのみこと》＝邇芸速日命《にぎはやひのみこと》＝香坂王《かごさかの》
○五百木《いほき》の入日子命《いりひこのみこと》＝建御名方神《たけみなかたの》＝登美《とみ》の那賀須泥毘古《ながすねびこ》＝忍熊王《おしくまの》

皇位が一時簒奪《さんだつ》された事実は、古事記の製作者としては極力、隠したいものだったのでしょう。複数の箇所に、人物の名前を変え、物語を変えて挿入し、解き明かすのが非常に困難なように仕組まれています。

天照大御神《あまてらすおほみかみ》の一人目の巫女と須佐之男命《すさのをのみこと》の子ども

天照大御神《あまてらすおほみかみ》の一人目の巫女と須佐之男命《すさのをのみこと》が夫婦であったのは今まで述べてきたとおりです。夫婦ならば子どもがいてもおかしくないはずですが、果たしてどうだったのでしょうか。

須佐之男命《すさのをのみこと》の妻の一人に神大市比売《かむおほいちひめ》という人物がいます。実はこの女性は天照大御神《あまてらすおほみかみ》の一人目の巫女の別名です。名前に「神」がつくほどの重要人物で、かつ、「大市《おほいち》」で夜《や》麻登登母母曾毘売命《まとともももそびめのみこと》が葬られた箸《はし》墓のある「大市《おほち》」を暗示しています。さらに、子どもが大年神《おほとしの》と宇迦之御魂神《うかのみたまの》の二人で穀物関係の名前となっています。

そして、この二人の子どもが、前節で記載した景行《けいこう》天皇（須佐之男命《すさのをのみこと》）の子どもの成《じょう》務《む》天皇と五百木《いほき》の入日子命《いりひこのみこと》にあたります。さらに、須佐之男命《すさのをのみこと》と同一人物の大国主命《おほくにぬしのみこと》の婚姻関係も見てみましょう。

まず、妻の一人である多紀理毘売命《たきりびめの》は前述のとおり天照大御神《あまてらすおほみかみ》の一人目の巫女の別名で、その子は阿遅鉏高日子根神《あぢすきたかひこねの》、妹高比売命《いもたかひめのみこと》（下光比売命《したてるひめのみこと》）の二人です。

次に、大国主命《おほくにぬしのみこと》には神屋楯比売命《かむやたてひめのみこと》という妻がいますが、この女性も天照大御神《あまてらすおほみかみ》の一人目の巫女の別名です。「神」を名前に冠し、「ヤタテ（矢盾）」で須佐之男命《すさのをのみこと》が高天《たかま》の原にやってきた際の天照大御神《あまてらすおほみかみ》の武装した姿を暗示しています。また、その子どもの事代《ことしろ》主命《ぬしのみこと》は前節で指摘したとおり成務《じょうむ》天皇と同一人物です。

続いて、景行《けいこう》天皇の婚姻関係です。子どもの成務《じょうむ》天皇（若帯日子命《わかたらしひこのみこと》）と五百木《いほき》の入《いり》日子命《ひこのみこと》からさかのぼると、八坂《やさか》の入日売命《いりひめのみこと》が天照大御神《あまてらすおほみかみ》の一人目の巫女ということになります。そして、景行《けいこう》天皇と八坂《やさか》の入日売命《いりひめのみこと》の子どもは若帯日子命《わかたらしひこのみこと》と五百木《いほき》の入日《いりひ》子命《このみこと》、そして、押別命《おしわけのみこと》と五百木《いほき》の入日売命《いりひめのみこと》の四人です。

最後に、須佐之男命《すさのをのみこと》と同一人物の大物主神《おほものぬしの》です。神武《じんむ》天皇の条では、大物主神《おほものぬしの》は勢《せ》夜陀多良比売《やだたらひめ》と結婚し伊須気余理比売《いすけよりひめ》を生んでいます。

以上、まとめると次頁の図のとおりです。天照大御神《あまてらすおほみかみ》の一人目の巫女と須佐之男命《すさのをのみこと》の子どもはおそらく男三人、女一人であったと思われます。

三男の押別命《おしわけのみこと》の活躍は、古事記にはまったく記載されていませんが、おそらく早死

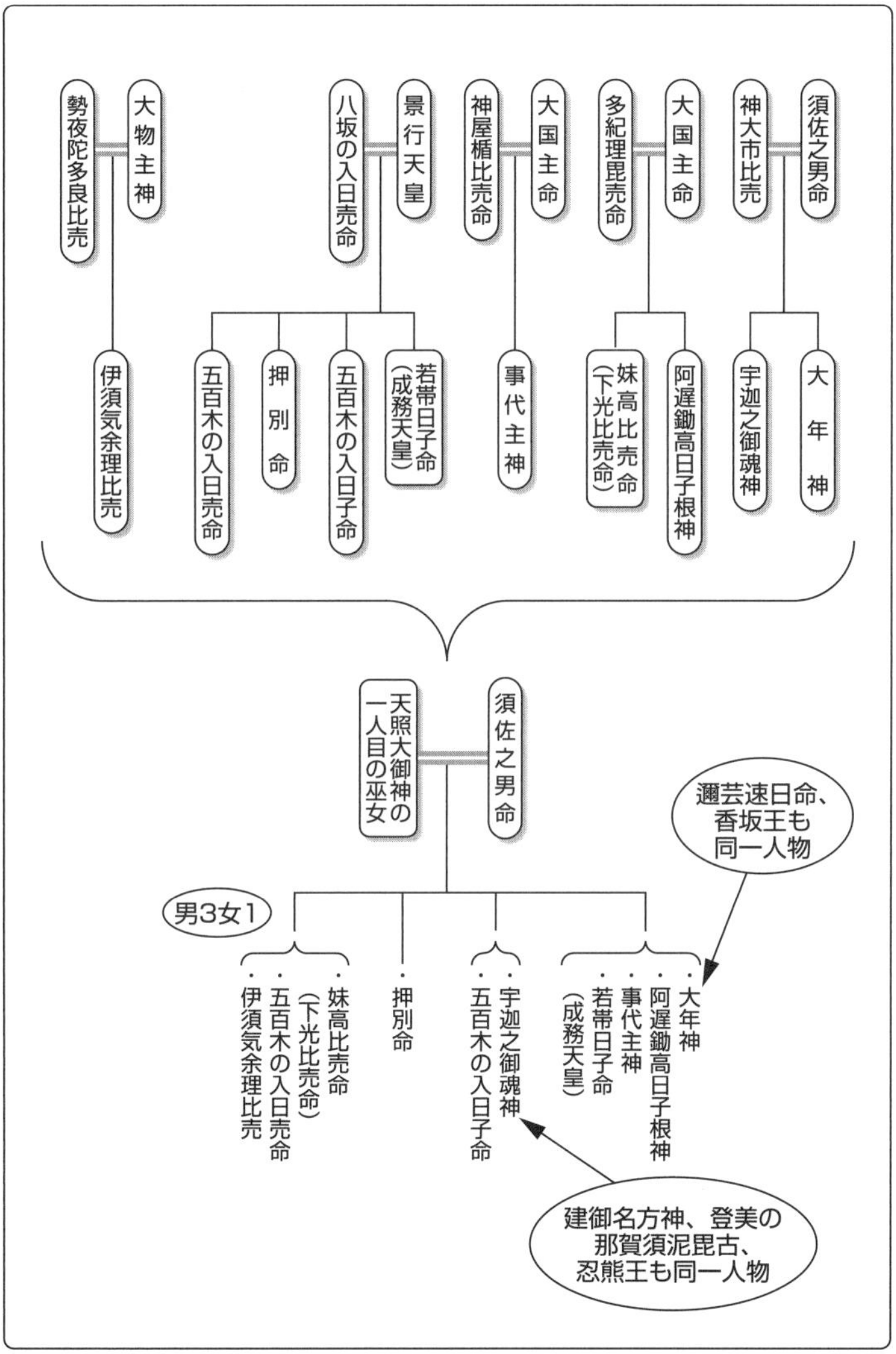

須佐之男命
神大市比売
大年神
宇迦之御魂神
大国主命
多紀理毘売命
阿遅鉏高日子根神
妹高比売命（下光比売命）
大国主命
神屋楯比売命
事代主神
景行天皇
八坂の入日売命
若帯日子命（成務天皇）
五百木の入日子命
押別命
五百木の入日売命
大物主神
勢夜陀多良比売
伊須気余理比売
須佐之男命
天照大御神一人目の巫女
男3女1
・大年神
・阿遅鉏高日子根神
・事代主神
・若帯日子命（成務天皇）
・宇迦之御魂神
・五百木の入日子命
・押別命
・妹高比売命（下光比売命）
・五百木の入日売命
・伊須気余理比売
邇芸速日命、香坂王も同一人物
建御名方神、登美の那賀須泥毘古、忍熊王も同一人物にしたのではないかと思われます。

なお、古事記には邇芸速日命《にぎはやひのみこと》と登美《とみ》の那賀須泥毘古《ながすねびこ》が兄弟であったとの記述はありません。しかし、神武《じんむ》天皇の東征時に、兄宇迦斯《えうかし》と弟宇迦斯《おとうかし》や兄師木《えしき》と弟師木《おとしき》など、敵対勢力の兄弟がやけに出てくるのは、邇芸速日命《にぎはやひのみこと》と登美《とみ》の那賀須泥毘古《ながすねびこ》が実は兄弟であることを暗示するためだと思われます。

成務《じょうむ》天皇の妻

天照大御神《あまてらすおほみかみ》の一人目の巫女と須佐之男命《すさのをのみこと》の子どもが明らかになったついでに、その長男である成務《じょうむ》天皇の妻についても見てみたいと思います。

まず、成務《じょうむ》天皇と同一人物である大年神《おほとしのかみ》を見てみると、神活須毘神《かむいくすびのかみ》の娘の伊怒比売《いのひめ》を妻としています。神活須毘神《かむいくすびのかみ》は名前に「神」を冠し、ご先祖様を表す「ムスビ」の「スビ」が使われています。どうやら、この神は天照大御神《あまてらすおほみかみ》の一人目の巫女のようですが、そうなると成務《じょうむ》天皇は同母妹を娶《めと》ったことになります。

次に、成務《じょうむ》天皇と同一人物の邇芸速日命《にぎはやひのみこと》です。邇芸速日命《にぎはやひのみこと》は登美《とみ》の那賀須泥毘古《ながすねびこ》の妹の登美夜毘売《とみやびめ》を娶《めと》っています。先に解釈したように、登美《とみ》の那賀須泥毘古《ながすねびこ》は成務《じょうむ》天皇の弟ですので、その妹となるとやはり同母妹です。また、邇芸速日命《にぎはやひのみこと》の子が宇摩志麻遅《うましまぢの》命《みこと》で物部連《もののべのむらじ》、穂積臣《ほづみのおみ》、婇臣《うねめのおみ》の祖先になったと記載されています。

最後に成務《じょうむ》天皇本人です。成務《じょうむ》天皇は穂積臣《ほづみのおみ》等の先祖の建忍山垂根《たけおしやまたりね》の娘、弟財郎《おとたからのいら》女《つめ》を娶《めと》って和訶奴気王《わかぬけの》を生んでいます。婚姻関係はこれだけで、子どもが一人であるところは邇芸速日命《にぎはやひのみこと》と一致します。また、妻の父である建忍山垂根《たけおしやまたりね》は須佐之男命《すさのをのみこと》に当たるはずですが、名前からは須佐之男命《すさのをのみこと》に結びつけるのは難しいようです。ただ、「穂積臣《ほづみのおみ》等の先祖」という点で、やはり邇芸速日命《にぎはやひのみこと》との関連がにおわされています。

以上、まとめると、成務《じょうむ》天皇は同母妹を娶《めと》って息子が一人いたようです。

なお、天照大御神《あまてらすおほみかみ》の一人目の巫女と須佐之男命《すさのをのみこと》の一人娘である伊須気余理比売《いすけよりひめ》は、神《じん》武《む》天皇の妻でもあります。神武《じんむ》天皇＝応神《おうじん》天皇ですので、おそらく、神功《じんぐう》皇后の東征時に成務《じょうむ》天皇が死亡して寡婦《やもめ》となった彼女を応神《おうじん》天皇が妻にしたのでしょう。

そして、応神《おうじん》天皇の妻に該当の女性がいないかと探してみると、すぐに見つかります。矢河枝比売《やかはえひめ》です。名前の矢と河は、伊須気余理比売《いすけよりひめ》の父である大物主神《おほものぬしの》が丹塗矢《にぬりや》となって溝を流れた逸話によるものでしょう。また、伊須気余理比売《いすけよりひめ》は神武《じんむ》天皇の皇后であり、応神《おうじん》天皇については皇后が誰かは明記されていませんが、矢河枝比売《やかはえひめ》との間に生まれた子が世継ぎに指定されています。

応神天皇《おうじん》は須佐之男命《すさのをのみこと》の娘で成務天皇《じょうむ》の妻であった女性を妻とし、その息子を世継ぎとすることで、須佐之男《すさのを》派の懐柔を図ったのかもしれません。

「葦原中国《あしはらのなかつくに》の平定」の解き明かし

神功《じんぐう》皇后の皇位奪還劇と、天照大御神《あまてらすおほみかみ》の一人目の巫女と須佐之男命《すさのをのみこと》の子どもが明らかになったので、ここでは神話時代の「葦原中国《あしはらのなかつくに》の平定」の物語の解き明かしをしたいと思います。

「葦原中国《あしはらのなかつくに》の平定」の話の流れは以下のとおりです。


一．天照大御神《あまてらすおほみかみ》が、葦原中国《あしはらのなかつくに》は自分の御子《みこ》の天忍穂耳命《あめのおしほみみのみこと》の治める国だと詔《みことのり》を下す。

二．御子《みこ》を天降りさせるには、葦原中国《あしはらのなかつくに》は非常に騒がしいので、八百万《やほよろず》の神々が相談して先に天菩比神《あめのほひの》を遣わすことに決める。

三．天菩比神《あめのほひの》は大国主神《おほくにぬしの》に媚びて三年間、復命しない。

四．次に天若日子《あめのわかひこ》に迦古弓《かこゆみ》と天之波波矢《あめのははや》を持たせて遣わすが、大国主神《おほくにぬしの》の娘の下照比売《したてるひめ》と結婚し、八年間、復命しない。

五．復命しない天若日子《あめのわかひこ》の様子を問うために鳴女《なきめ》を遣わすが、天若日子《あめのわかひこ》は弓矢で射殺《いころ》してしまう。

六．鳴女《なきめ》を射殺《いころ》した矢が高御産巣日神《たかみむすひの》の元に飛んできたので、「もし、天若日子《あめのわかひこ》が邪心を持っていたならこの矢による災難が降りかかれ」と言って、その矢を投げ返すと、天《あめの》若日子《わかひこ》の胸に当たって天若日子《あめのわかひこ》は死んでしまう。

七．天若日子《あめのわかひこ》の葬式に阿遅志貴高日子根神《あぢしきたかひこねの》が訪れた際、姿形がそっくりであったため、天若日子《あめのわかひこ》と間違われる。

八．最後に建御雷之男神《たけみかづちのをの》と天鳥船神《あめのとりふねの》を遣わし、事代主神《ことしろぬしの》は戦わずして服従し、建御名《たけみな》方神《かたの》は力比べをして敗北。二人の息子が服従したため、大国主神《おほくにぬしの》は葦原中国《あしはらのなかつくに》を天の御子《みこ》に譲ることを承諾する。

まず、最初に葦原中国《あしはらのなかつくに》に遣わされた天菩比神《あめのほひの》は須佐之男命《すさのをのみこと》（景行《けいこう》天皇）です。天菩比神《あめのほひの》は本来の目的を無視して復命しません。これは、須佐之男命《すさのをのみこと》が天皇になるべき正統の世継ぎを無視して、葦原中国《あしはらのなかつくに》を支配したことを表しています。

そして、復命しなかった三年は、前述した「海幸彦《うみさちひこ》と山幸彦《やまさちひこ》」の物語で、山幸彦《やまさちひこ》が海神の宮に行っていた期間の三年と一致します。山幸彦《やまさちひこ》がいない間、海幸彦《うみさちひこ》（須佐之男命《すさのをのみこと》）が山の幸も海の幸も独り占めにできたのです。

おそらく、須佐之男命《すさのをのみこと》が天皇として君臨できたのは三年という短い期間であったのでしょう。

次に葦原中国《あしはらのなかつくに》に遣わされた天若日子《あめのわかひこ》は、成務《じょうむ》天皇になります。成務《じょうむ》天皇は須佐之《すさの》男命《をのみこと》と天照大御神《あまてらすおほみかみ》の一人目の巫女の長男です。

天若日子《あめのわかひこ》は遣わされる際、天之波波矢《あめのははや》を渡されていますが、これが、神武《じんむ》天皇の東征の際に邇芸速日命《にぎはやひのみこと》（＝成務《じょうむ》天皇）が献上した天津瑞《あまつしるし》につながってきます。

古事記には「天津瑞《あまつしるし》」とだけ記載されていて実際にどんなものであったかは不明ですが、日本書紀の方には「天之波波矢《あめのははや》一隼及《ひとは》び歩靫《かちゆき》」であったと記載されています。この天《あま》津瑞《つしるし》こそが、まさに邇芸速日命《にぎはやひのみこと》が天若日子《あめのわかひこ》と同一人物であることのしるしといってよいでしょう。

また、天若日子《あめのわかひこ》は下照比売《したてるひめ》と結婚していますが、先に説明したように下照比売《したてるひめ》は須佐之男命《すさのをのみこと》と天照大御神《あまてらすおほみかみ》の一人目の巫女の一番下の娘であり、長男が同母妹を娶《めと》ったとする解釈とも一致しています。

そして、天若日子《あめのわかひこ》が復命しなかった期間は八年なので、成務《じょうむ》天皇の実際の在位は八年。また、天若日子《あめのわかひこ》が高御産巣日神《たかみむすひの》の矢に当たって死んだように、おそらく成務《じょうむ》天皇は天罰だと思える死に方をしたものと思われます。

これは、神功皇后《じんぐう》の東征時に、香坂王《かごさかの》（※私が成務《じょうむ》天皇と同一人物であるとしている人物）が神功皇后《じんぐう》の軍勢の様子を見ようとして木に登り、猪に食い殺されたという死に方と符合しており、香坂王《かごさかの》のこの死に方が、最も史実を反映しているのではないかと思います。

成務《じょうむ》天皇は戦わずして服従したというより、戦う前に死んでしまって戦えなかった。そして、邇芸速日命《にぎはやひのみこと》が天津瑞《あまつしるし》を献上した話は、「天若日子《あめのわかひこ》＝邇芸速日命《にぎはやひのみこと》」を暗示するための創作でしょう。

なお、天若日子《あめのわかひこ》と姿形がそっくりであった阿遅志貴高日子根神《あぢしきたかひこね》は、前述したとおり成務《じょうむ》天皇の別名の一つ。このエピソードは「天若日子《あめのわかひこ》＝阿遅志貴高日子根神《あぢしきたかひこね》」を暗示するための挿入です。

猿田毘古神《さるたひこの》と天宇受売命《あめのうづめのみこと》……天照大御神《あまてらすおほみかみ》と三人の天照大御神《あまてらすおほみかみ》の巫女

ここでは、葦原中国《あしはらのなかつくに》の平定後、天孫降臨の際に登場する猿田毘古神《さるたひこの》の正体について明らかにしておこうと思います。

大国主命《おほくにぬしのみこと》の国譲りが完了し、いざ、天忍穂耳命《あめのおしほみみのみこと》を天降《あまくだ》りさせようとすると、天忍穂耳命《あめのおしほみみのみこと》は子が生まれたので、その子を天降《あまくだ》りさせるべきだと言って辞退し、結局、邇邇芸能命《ににぎのみこと》が天降《あまくだ》りすることになります。

《猿田毘古神《さるたひこの》（現代語訳）》

さて、日子番能邇邇芸能命《ひこほのににぎのみこと》が天降《あまくだ》りなさろうとする時に、天《あめ》の八衢《やちまた》（※天上から降りる道の、いく筋にも分かれる辻）にいて上は高天《たかま》の原を照らし、下は葦原中国《あしはらのなかつくに》を照らす神がいた。そこで、天照大御神《あまてらすおほみかみ》と高木神《たかぎの》の仰せによって天宇受売神《あめのうづめの》に命じて、「あなたはか弱い女であるが、向き合った神に面勝《おもか》つ（※面と向かって気後れしない）神である。だから、あなた一人でその神に向かって、『天《あま》つ神の御子《みこ》の天降《あまくだ》りする道に、そのようにいるのは誰か』と尋ねなさい」と仰せになって命じた。それで、天宇受売神《あめのうづめの》が問いただすと、その神が答えて申すに、「私は国つ神《くに》で、名は猿田毘古神《さるたひこの》と申します。私がここに出ているわけは、天つ神の御子《あまみこ》が天降《あまくだ》っておいでになる、と聞きましたので、ご先導の役にお仕えいたそうと思って、お迎えに参ったのです」と申し上げた。

突然、謎だらけの神が登場します。猿田毘古神《さるたひこの》です。「上は高天《たかま》の原を照らし、下は葦《あし》原 中国《はらのなかつくに》を照らす神」と表現され霊格がかなり高そうですし、「高天《たかま》の原」を「天」とととらえ、「葦原 中国《あしはらのなかつくに》」を「国」ととらえて漢字に直せば、「天照国照神」になって、天照《あまてらす》大御神《おほみかみ》に近い名になります。

結論を言えば、「猿田毘古神《さるたひこの》=天照大御神《あまてらすおほみかみ》」です。その根拠は以下のとおりです。

①「天を照らし、国を照らす」と天照大御神《あまてらすおほみかみ》と同等の賛辞で表現されている。

②猿田毘古神《さるたひこの》は天孫降臨後、漁をしている際に、貝に手を噛まれて溺死します。古事記ではその時の様子を、「その底に沈み居《ゐ》たまひし時の名を、底どく御魂《みたま》と謂《い》ひ、その海水《うしほ》のつぶたつ時の名をつぶたつ御魂《みたま》と謂《い》ひ、そのあわさく時の名を、あわさく御魂《みたま》と謂《い》ふ」と表現しています。

体が底に沈んだ様が「底どく御魂《みたま》」、そこから泡がぶつぶつとあがる様が「つぶたつ御魂《みたま》」、そして、水面で泡が割れる様が「あわさく御魂《みたま》」です。

なぜ、わざわざこのような表現をし、三つの魂として記載したのでしょうか。もちろん理由があります。この表現では、海中の上中下と三つの魂があります。しかも、上と中は水泡で空洞。似た神が以前出てきました。そう、伊邪那岐《いざなきの》神が禊祓《みそぎはらひ》をした際に生まれた底筒之男命《そこつつのをのみこと》、中筒之男命《なかつつのをのみこと》、上筒之男命《うはつつのをのみこと》です。これらは「筒」で空洞を表し、上中下の三つの神。そして、それぞれ、綿津見《わたつみの》神（海の神）とペアで生まれていました。

つまり、古事記が猿田毘古《さるたひこの》神の死亡時にこのような表現をとった理由は、「猿田毘古《さるたひこの》神＝底筒之男命《そこつつのをのみこと》・中筒之男命《なかつつのをのみこと》・上筒之男命《うはつつのをのみこと》」を暗示するためです。これだけではまだ天《あま》照《てらす》大御神《おほみかみ》に結びつきませんが、仲哀《ちゅうあい》天皇の条で神功《じんぐう》皇后に懸《か》かった神が次のように述べています。

「こは天照大神《あまてらすおほかみ》の御心ぞ。また底筒男《そこつつのを》、中筒男《なかつつのを》、上筒男《うはつつのを》の三柱の大神ぞ」

つまり、「天照大神《あまてらすおほかみ》の御心＝底筒男《そこつつのを》・中筒男《なかつつのを》・上筒男《うはつつのを》」。よって、「天照大神《あまてらすおほかみ》の御心＝猿田毘古《さるたひこの》神」になるわけです。

また、猿田毘古神《さるたひこのかみ》が天照大神《あまてらすおおほかみ》であるなら、真の正体はイエス・キリストになるわけですが、なぜ、「上中下の三つの魂」という形で表現されているのでしょうか。

キリスト教関連で「３」という数字で思い起こされるのは、三位一体です。これは、「父なる神と子なるイエス・キリストおよび、聖霊の三つは、神の三つの位相であり、実体は同一である」という考え方です。

そして、この三つの位相を「天なる父、地上の子、その二つの存在を結ぶ聖霊」と考えれば、上中下と三つの魂が存在することになります。「底筒男《そこつつのを》・中筒男《なかつつのを》・上筒男《うはつつのを》」、およびー「底どく御魂《みたま》・つぶたつ御魂《みたま》・あわさく御魂《みたま》」は、おそらく三位一体を表現したものでしょう。


さらに、猿田毘古神《さるたひこのかみ》がイエス・キリストであることのその他の暗示も記載しておきたいと思います（※猿田毘古神《さるたひこのかみ》が天照大御神《あまてらすおほみかみ》、かつ、イエス・キリストであることは、すでに『失われたイエス・キリスト「天照大神」の謎』〈飛鳥昭雄・三神たける著　学習研究社〉にて指摘されています）。

①猿田毘古神《さるたひこのかみ》は先導の神であり、イエス・キリストも人々を導く神である。

②猿田毘古神《さるたひこの》の名前を解釈すると、「サ」は神の稲の意で「ル」は助詞の「ノ」にあたり、田はそのまま「田」。つまり、「サルタ」は「神の稲の田」になります。このままではイエスにはつながりませんが、稲は人々の象徴であり、意訳すれば、「人々を育て、実をならせる田んぼ」になり、イエス・キリストのことを表しています。

なお、天宇受売神《あめのうづめ》は天孫降臨後、猿田毘古神《さるたひこの》と夫婦になって「猿女君《さるめのきみ》」と呼ばれるようになります。「サルタメ」ではなく「サルメ」なのがミソで、「タ」がないので、単に「神の稲である女」ということになります。

さらに、天宇受売神《あめのうづめ》が「猿女君《さるめのきみ》」と名乗ることになった猿田毘古神《さるたひこの》の言葉には重要な暗示が含まれています。

「この御前《みさき》に立ちて仕へ奉りし猿田毘古大神《さるたひこの》は、専ら顕《あら》はし申せし汝《いまし》送り奉れ。またその神の御名は、汝負ひて仕へ奉れ」

天宇受売神《あめのうづめ》に対して、猿田毘古神《さるたひこの》を顕現させたお前が、神が静まるべき地へと送り、そして、神の名前を負って仕えろと言っています。先に述べたとおり、「猿田毘古神《さるたひこの》＝天《あま》照大御神《てらすおほみかみ》」。よって、その名前を負うとは、天照大御神《あまてらすおほみかみ》を名乗ることを意味しているのです。

天照大御神《あまてらすおほみかみ》として祀《まつ》られているのは、本物の天照大御神《あまてらすおほみかみ》とその天照大御神《あまてらすおほみかみ》に仕える巫女だと説明しましたが、この猿田毘古神《さるたひこの》の言葉はそのことを暗示しているわけです。

そして、天宇受売神《あめのうずめの》の正体は、天照大御神《あまてらすおほみかみ》を名乗っている三人の巫女になります。つまり、今まで説明してきた次の三人です。

①朝鮮半島の伽耶《かや》から日本に渡来してきた夜麻登登母母曾毘売命《やまとともももそびめのみこと》
②天照大御神《あまてらすおほみかみ》の霊を伴って旅し、伊勢の地に鎮めて伊勢神宮を創建、また、志摩の国を御贄《みにえ》を奉る所と定めた倭姫命《やまとひめのみこと》
③九州からヤマトの地へと御子《みこ》（応神天皇《おうじん》）を連れて攻め入った神功皇后《じんぐう》

また、天宇受売神《あめのうずめの》の正体がこの三人の巫女だと分かると、「天孫降臨」の話とそれに続く「猿女《さるめ》の君」の話が何を素材にして作り上げた話であるかが分かります。

天孫を連れて葦原中国《あしはらのなかつくに》に天降《あまくだ》った話は、夜麻登登母母曾毘売命《やまとともももそびめのみこと》が技術集団を伴って日本へ渡来した話と、神功皇后《じんぐう》が応神天皇《おうじん》を連れてヤマトの地へと攻め入った話を足して

二で割ったもの。

そして、天宇受売神《あめのうずめ》が猿田毘古神《さるたひこの》と共に阿邪訶《あざか》（伊勢国壱志郡）に向かい、猿田毘古神《さるたひこの》が死亡した後、魚達に「汝《な》は天《あま》つ神の御子《みこ》に仕え奉らむや」と迫った話は、倭姫命《やまとひめのみこと》が天照大御神《あまてらすおほみかみ》の御魂と共に旅して最終的に伊勢の地に鎮まって伊勢神宮を創建し、志摩の国を天照大御神《あまてらすおほみかみ》に御贄《みにえ》を奉る国と定めた話を元に作ったものです。

伊勢神宮の内宮《ないくう》に祀《まつ》られる二柱の神とは

猿田毘古神《さるたひこの》と天宇受売神《あめのうずめの》の正体が分かると、「天孫降臨」の話の中で文章の前後関係が不明瞭で学説が分かれる箇所の謎も解けます。

以下は、猿田毘古神《さるたひこの》が登場して、天宇受売神《あめのうずめ》がその正体を確認した話の続きです。

《天孫降臨（一部・現代語訳）》
こうして天児屋命《あめのこやねのみこと》、布刀玉命《ふとだまのみこと》、天宇受売命《あめのうずめのみこと》、伊斯許理度売命《いしこりどめのみこと》、玉祖命《たまのやのみこと》の合わせて五伴緒《いつとものを》（※同一職業に従う集団である部民を統率管理する族長）を分け従えて天降《あまくだ》

りしたもうた。そのとき、あの天照大御神《あまてらすおほみかみ》を石屋戸《いはやと》からお招きした八尺《やさか》の勾璁《まがたま》と鏡、および草薙剣《くさなぎのつるぎ》、それに常世思金神《とこよのおもひかねの》、手力男神《たぢからをの》、天石門別神《あめのいはとわけの》をもお加えになって、天照大御神《あまてらすおほみかみ》は、「この鏡は、ひたすらに私の御魂《みたま》として、私を拝《おが》むのと同じように敬ってお祀《まつ》りしなさい。そして思金神《おもひかねの》は私の祭祀に関することを取り扱って、政事を行いなさい」と仰せになった。

この二柱《ふたはしら》の神はさくしろ、五十鈴《いすず》の宮に鄭重《ていちょう》に祀《まつ》ってある。

学説の分かれるところは、線を引いた箇所です。五十鈴《いすず》の宮は伊勢神宮の内宮《ないくう》のこと。「この二柱《ふたはしら》の神」とありますが、「この」がどの神を指しているのかよく分かりません。ある説では、「天照大御神《あまてらすおほみかみ》の魂代である鏡と思金神《おもひかねの》」とし、また別の説では「天児屋命《あめのこやねのみこと》と天石門別神《あめのいはとわけの》」としており、その他、諸説紛々として帰するところがありません。それもこれも、「この二柱《ふたはしら》の神」の「この」がそれ以前に記載されている神の中にあると考え、その中から二柱《ふたはしら》の神を選ぼうとしているからです。

同じ「天孫降臨」のすぐ後の箇所を見てみましょう。

「次に登由宇気神《とゆうけの》、これは度相《わたらひ》（※伊勢国の度会郡《わたらひ》）の外宮《とつみや》（※伊勢神宮の外宮《げくう》）に鎮座されている神である」

「次に天石門別神《あめのいはとわけのかみ》は、またの名を櫛石窓神《くしいはまどのかみ》といい、今一つのまたの名を豊石窓神《とよいはまどのかみ》という。この神は御門《みかど》（※宮門を守護する）の神である」

指示語の前にきちんとそれが示す神が記載されていて、指示語がどの神を指しているのか迷うことなどありません。つまり、先ほどの「この二柱《ふたはしら》の神」の前にも本来は二柱《ふたはしら》の神の名が記載されていたのです。

しかし、「伊勢神宮の内宮《ないくう》に二柱《ふたはしら》の神が祀《まつ》られている」と書くだけでも重大なヒントになるのに、その二柱《ふたはしら》が誰なのかを書いてしまえば、わざわざ秘密にしたものをばらしているのも同じことになってしまいます。おそらく、あえて「この二柱《ふたはしら》の神」の前に記載されていた神の名を削除したのでしょう。

さて、「この二柱《ふたはしら》の神」がどの神を指すかですが、先に行った謎解きで、もはや明白でしょう。それは、猿田毘古神《さるたひこのかみ》（天照大御神《あまてらすおほみかみ》）と天宇受売神《あめのうづめのかみ》（天照大御神《あまてらすおほみかみ》の三人の巫女）です。

そもそも伊勢神宮の内宮《ないくう》に祀《まつ》られている神と言えば、天照大御神《あまてらすおほみかみ》しかありえません。この「天孫降臨」では、「その天照大御神《あまてらすおほみかみ》が実は二柱《ふたはしら》ですよ」と暗示を与えてくれているのです。

なお、伊勢神宮の外宮《げくう》に祀《まつ》られている登由宇気神《とゆうけの》（豊宇気毘売神《とようけびめの》）は、先述したとおり天照大御神《あまてらすおほみかみ》の一人目の巫女の別名です。登由宇気神《とゆうけの》を外宮《げくう》、天照大御神《あまてらすおほみかみ》を内宮《ないくう》に祀《まつ》り、登由宇気神《とゆうけの》を天照大御神《あまてらすおほみかみ》に食事を給仕する神とすることによって、「天照大御神《あまてらすおほみかみ》とそれに使える巫女」という型を示しているのでしょう。

天照大御神《あまてらすおほみかみ》の一人目の巫女と須佐之男命《すさのをのみこと》の物語（まとめ）

ここでは、ヤマト王権創立時に大きく関わった天照大御神《あまてらすおほみかみ》の一人目の巫女と須佐之男《すさのを》命《みこと》についてまとめておきたいと思います。

この二人は名を変え物語を変え、さまざまな形で古事記に登場しますので、全体像をつかむのは非常に困難です。きっと、ここまで読み進めてくださった皆さんも頭の中が少なからず混乱してしまっているに違いありません。

まずは、天照大御神《あまてらすおほみかみ》の一人目の巫女の別名を表にまとめた、270—271頁の**資料5**（天照大御神の一人目の巫女）をご覧ください。八上比売《やがみひめ》と活玉依毘売《いくたまよりびめ》については今ま

神名	古事記の記載箇所	備考
和久産巣日神	伊邪那岐命と伊邪那美命（神々の生成）	・日本人の先祖 ・朝鮮半島から日本に渡来
豊宇気毘売神	伊邪那岐命と伊邪那美命（神々の生成）	・和久産巣日神 ・穀物の神 ・天の羽衣伝説の天女 ・伊勢神宮の外宮に祀られる
多紀理毘売命（奥津島比売命）	天照大神と須佐之男命（天の安の河の誓約）、大国主神（大国主の神裔）	・天照大御神と須佐之男命の誓約の際、最初に生まれた女神 ・大国主命の妻
天の服織女	天照大神と須佐之男命（須佐之男命の勝さび）	・天照大御神に仕える ・須佐之男が原因で陰部を梭で突いて死亡
天宇受売神	天照大神と須佐之男命（天の石屋戸）、邇邇芸命	・天照大御神を再び世に出した巫女 ・猿田毘古神の導きにより天降る ・一人目の巫女だけでなく、他の二人の巫女も表す
大気津比売神	天照大神と須佐之男命（五穀の起原）、大国主神（大年の神裔）、他	・穀物の神 ・須佐之男命に食べ物を与える ・須佐之男命に殺される
神大市比売	天照大神と須佐之男命（須佐之男命の大蛇退治）	・名前に「神」がつくほどの重要人物 ・「大市」で箸墓のある大市を暗示 ・子供が穀物関連の名前
八上比売	大国主神（稲羽の素兎）	・兄たちも妻に欲したが結局、大国主命の妻となった

〔資料５（天照大御神の一人目の巫女）〕

神屋楯比売	大国主神（大国主の神裔）	・名前に「神」がつくほどの重要人物 ・「ヤタテ（矢楯）」で、須佐之男命に対峙した時の天照大御神の姿を表す ・大国主命の妻で、事代主神の母
神活須毘神	大国主神（大年神の神裔）	・名前に「神」がつくほどの重要人物 ・「イクスビ」と先祖を表す「ムスビ」に関連した名を持つ
大香山戸臣神	大国主神（大年神の神裔）	・朝鮮半島から日本に渡来 ・食べ物を献上する
勢夜陀多良比売	神武天皇（皇后選定）	・大物主神の妻
夜麻登登母母曾毘売命	孝霊天皇 崇神紀（※日本書紀）	・第七代孝霊天皇の娘 ・大物主神の妻で箸で陰部を突いて死亡 ・大市の箸墓に葬られる ・日本の父母たる先祖 ・日本の最初の王を任命する
活玉依毘売	崇神天皇（三輪山伝説）	・大物主神の妻
八坂の入日売命	景行天皇（后妃皇子女）	・景行天皇の妻 ・成務天皇（若帯日子命）と五百木の入日子命の母
阿加流比売神	応神天皇（天之日矛）	・天之日矛の妻 ・天之日矛に食べ物を献上する ・朝鮮半島から日本に渡来
伊豆志袁登売神	応神天皇（天之日矛）	・兄も妻に欲したが結局、春山の霞壮夫の妻となった

で触れませんでした。それぞれ大国主命《おほくにぬしのみこと》と大物主神《おほものぬしの》の妻として物語が挿入されていることを考えると、同一人物ということになります。

次に須佐之男命《すさのをのみこと》をまとめたものは、次頁の**資料6**（須佐之男命）になります。

この二つの表を元に古事記の各所に散りばめられたピースを組み合わせ、天照大御神《あまてらすおほみかみ》の一人目の巫女と須佐之男命《すさのをのみこと》の物語をまとめておきます。なお、天照大御神《あまてらすおほみかみ》の一人目の巫女については、古事記に最初に登場した名前である和久産巣日神《わくむすひ》を使用します。

○和久産巣日神《わくむすひ》は天照大御神《あまてらすおほみかみ》の巫女で朝鮮半島の伽耶《かや》にいた。
○須佐之男命《すさのをのみこと》は新羅の国主《こにしき》の子。
○須佐之男命《すさのをのみこと》は伽耶《かや》に圧力を掛け、食物を提供させると共に和久産巣日神《わくむすひ》を妻として差し出させた。
○和久産巣日神《わくむすひ》は天照大御神《あまてらすおほみかみ》の神示を受け、技術集団（特に農耕技術）と共に日本に渡来。
○和久産巣日神《わくむすひ》が吉備《きび》出身の崇神《すじん》天皇を王に定め、ヤマトの国を作る。その時、参加した国は針間《はりま》、吉備《きび》、高志《こし》、豊国《とよくに》、角鹿《つぬか》。
○須佐之男命《すさのをのみこと》が和久産巣日神《わくむすひ》を追って渡来。ヤマトの国は「侵略か!?」と騒然となる。

〔資料6（須佐之男命）〕

神名	古事記の記載箇所	備考
須佐之男命	伊邪那岐命と伊邪那美命（禊祓と神々の化生）他	・天照大御神と誓約をして子を生む ・天の服織女を殺す ・大気都比売神を殺す
大国主命	大国主神	・多紀理毘売命の夫 ・八上比売の夫 ・国作りを行う
景行天皇	景行天皇 景行紀（※日本書紀）	・倭姫命の兄弟 ・九州に討伐に行く（※古事記にはその旨の記載はないが、日本書紀に記載あり）
倭建命	景行天皇	・日本各地に討伐に行く
大物主神	神武天皇（皇后選定） 崇神紀（※日本書紀） 崇神天皇（三輪山伝説）	・丹塗矢に化けて、厠で勢夜陀多良比売と交わる ・夜麻登登母母曾毘売命の夫 ・活玉依毘売の夫
天之日矛	応神天皇（天之日矛）	・阿加流比売の夫 ・朝鮮半島から日本に渡来
春山の霞壮夫	応神天皇（秋山の下氷壮夫と春山の霞壮夫）	・厠に矢を立てかけて伊豆志袁登売神と結婚

○須佐之男命《すさのをのみこと》と和久産巣日神《わくむすひの》が対峙し、須佐之男命《すさのをのみこと》は侵略の意図がないことを示す。
○ヤマト入りを許された須佐之男命《すさのをのみこと》が崇神《すじん》天皇に協力して、反抗する民や部族を平定。
○須佐之男命《すさのをのみこと》が原因となり和久産巣日神《わくむすひ》が死亡し（原因が直接的なものか間接的なものかは不明）、箸《はし》墓に葬られる。須佐之男命《すさのをのみこと》はヤマトの地を追放され出雲に身を寄せる。
○垂仁《すいにん》天皇の死亡後、須佐之男命《すさのをのみこと》が皇位を奪って景行《けいこう》天皇となり（在位は三年）、本来の皇位継承者であった仲哀《ちゅうあい》天皇を出雲に軟禁する。
○景行《けいこう》天皇（須佐之男命《すさのをのみこと》）の死亡後、その子の事代主命《ことしろぬしのみこと》（邇芸速日命《にぎはやひのみこと》）が皇位を継ぎ成務《じょうむ》天皇となる（在位は八年）。
○成務《じょうむ》天皇の時代、仲哀《ちゅうあい》天皇は妻の神功《じんぐう》皇后から皇位を奪還するよう告げられるが取り合わず、その後死亡。
○神功《じんぐう》皇后が出雲を帰服させヤマトの地へと東征し、皇位を奪還する。

誰が古事記を作ったのか

恐るべき知力で、そして、巧妙かつ高度な技術でもって編纂《へんさん》されている古事記。そもそも、国そのものからその出自と正体を隠すという大掛かりで壮大なトリックを仕掛けた人物は一体誰なのでしょうか。

古事記には、天武《てんむ》天皇が稗田阿礼《ひえだのあれ》に帝紀《ていき》、旧辞《きゅうじ》を読み習わせ覚えた内容を太安万侶《おほのやすまろ》が筆録し、七一二年に完成して天皇に奉ったものであると記載されています。そして、古事記編纂《へんさん》の目的は、長い年月の間に修正が加えられて本来の歴史が失われかけていたため、内容を調べ直し正しい歴史を後世に伝えるためとなっています。

しかし、その文言をそのまま信じるわけにはいかないでしょう。古事記が単に、既存の書物をまとめただけのものでないことは明らかであり、この古事記作成の経緯も真の目的を隠すための偽りであると思われます。ならば、古事記を作成したのは誰なのでしょうか。

私には、このような芸当が可能な歴史上の人物は一人しか思いつきません。

聖徳太子です。

日本書紀には、聖徳太子が蘇我馬子と共に天皇記《すめらみことのふみ》、国記《くにつふみ》、公民《おほみたからども》等の本記《もとつふみ》を作成したことが記載されています。これが実は古事記のことを指しているのではないでしょうか。

また、古事記が聖徳太子が摂政をしていた推古天皇で終了しているのも、その根拠の一つです。本来、歴史書を作成するならば、作成開始前後の時代まで記すのが通常でしょう。現に日本書紀は六八一年に着手され、七二〇年に完成していますが、持統《じとう》天皇（在位六九〇年～六九七年）までの内容が記載されています。

一方、聖徳太子は実在しないという説もありますが、私もそうであると考えています。しかし、まったくのゼロから作り出した人物ではないでしょう。こちらも確証を得るまでは至っていませんが、聖徳太子を作り出すもとになった人物、それは蘇我馬子ではないかと考えています。

現時点での根拠を示すと、以下のとおりです。

①聖徳太子の本名は厩戸皇子《うまやとのみこ》であり、母親が厩《うまや》の戸に当たった時に生まれたから「厩《うまや》戸《と》」という名前をつけられたとされています。そして、厩《うまや》の戸に当たって生まれたから「馬子」ではないでしょうか。

②聖徳太子の妻は刀自古郎女《とじこのいらつめ》で、蘇我馬子の妻は鎌姫大刀自連公《かまひめのおほとじのむらじのきみ》。共に「刀自《とじ》」の文字を持っており、実は同一人物の別名ではないでしょうか（ただし、日本書紀では刀自《とじ》古郎女《このいらつめ》は馬子の娘ということになっています）。

③「蘇我」という名はいかにも暗示的な名前です。
「蘇る我」と読めば、十字架にかけられて殺され、三日後に復活したイエス・キリストを連想させますし、「蘇る我ら」と読めば、旧約聖書や新約聖書で終末の日に復活すると預言されている人々を連想させます。

〈ご参考〉
そのとき、かの書物（※命の書のこと）に記されているあなたの民は皆助かる。大地の塵に埋もれて眠る者の中の多くの者が目覚める。ある者は永遠の生命に、ある者はいまわしい永遠の咎《とが》めに。見識ある者たちは蒼穹《そうきゅう》の輝きのように輝き、多くの者を義に導いた者たちは星のように永久に輝く（ダニエル書一二：一‐三）。

また私は、多くの座を見た。彼らはその上にすわった。そしてさばきを行う権威が彼らに与えられた。また私は、イエスのあかしと神のことばとのゆえに首をはねられた人たちのたましいと、獣やその像を拝まず、その額や手に獣の刻印を押されなかった人たちを見た。彼らは生き返って、キリストとともに千年の間、王となった（ヨハネの黙示録二〇：

四)。

④天皇記《すめらみことのふみ》や国記《くにつふみ》等を作ったのは、聖徳太子と蘇我馬子。やはり、蘇我馬子が関わっています。その他、物部氏と神仏争いをして戦い、四天王に勝利を祈願した有名なエピソードにも聖徳太子と蘇我馬子の両方が関わっていますし、共に行動していることが多いのです。

⑤二人は共に仏教を取り入れるのに尽力していますが、日本人が崇め奉る神の正体を隠すには絶好の隠れ蓑だったのではないかと思います。なぜなら、次のように、多くの仏はキリスト教的に解釈することが可能だからです。

○大日如来……光明が遍《あまね》く照らすところから大日という名がつけられた仏で、これは、「私は世の光です」と語ったキリストそのものです。

○薬師如来……瑠璃光《るりこう》を以て衆生《しゅじょう》の病苦を救うとされている仏ですが、数々の病人を治したキリストの姿であり、また、薬師如来に付き従う十二神将はキリストの十二使徒です。

○阿弥陀如来……「阿弥陀」はサンスクリット語の「アミターユス(=無限の寿命を持つ

者)」、「アミターバ(＝無限の光を持つ者)」を音写したもので、十字架に架けられた後、復活を果たして永遠の命を得、また、光の神であるキリストです。

○弥勒《みろく》菩薩……釈迦が入滅した五十六億七千万年後の未来に姿を現し、人々を救う未来仏ですが、これは、終末の日に復活し人々を導くキリストです。

○地蔵菩薩……大地がすべての命を育む力を蔵するように、苦悩の人々をその無限の大慈悲の心で包みこみ救う所から名付けられたとされる菩薩ですが、苦しみ悩む人々に愛の手を差し伸べるキリストです。

○閻魔《えんま》大王……地獄で人々の罪を裁く仏ですが、これは、終末の日に人々を裁く、いわゆる最後の審判でのキリストの姿です。

また、お寺に参ると、よく仏像が三体一セットで祀《まつ》られています。これは、父と子と精霊の三位一体と解釈することができます。

⑥聖徳太子の子の山背大兄王《やましろのおおえのおう》は蘇我入鹿《いるか》の軍勢に襲撃された際、自ら館に火を放って自害。一方、蘇我馬子の子の蝦夷《えみし》も、中大兄皇子《なかのおおえのおうじ》に息子の入鹿《いるか》が殺された後、自ら邸宅に火を放って自害しています。子の死に方がまったく同じです。

しかも、蝦夷《えみし》は自害する前に天皇記《すめらみことのふみ》、国記《くにつふみ》、珍宝《たからもの》を焼いています。これは、蝦夷《えみし》が父の古事記編纂《へんさん》の目的を受け継ぎ、それまでに収集した日本の過去を示す書物や旧約聖書関連の物証となるものを焼いたのではないでしょうか。

以上、私は古事記を編纂した真の作者は蘇我馬子（＝聖徳太子）であると考えています。

おわりに

以上で私の古事記の謎解きは終了です。

ここまで読み進めていただいた皆さんのうちの少なくない方が、「日本という国をイスラエルの失われた十部族が創った」というトンデモ話を、真実とまではいかないまでも、「もしかすると、そうだったのかもしれない」ぐらいには考えていただけているのではないでしょうか。

もし、単なるこじつけや偶然なら「生まれた神々の数が十二なら旧約聖書関連」等というルールで読み解いていくことなど不可能ですし、しかも、旧約聖書の記載順に古事記に物語が隠されていることを示すことも不可能でしょう。

さらに、私は隠されている旧約聖書、新約聖書の内容を明らかにするだけでなく、同様のルールを適用することで、今まで謎とされてきた日本創成期の物語も解き明かしました。これは、古事記という書物に対する私のアプローチ方法が、正しいものであったことの証しといえるのではないでしょうか。

いかんせん素人であるため、字義等に対してありえない解釈をしている箇所や、事実誤認等がある可能性があることは認めます。しかし、それは主張全体を否定するには足りないものであると思われます。

また、一つ勘違いしないでいただきたいのですが、日本は単一民族の国家ではありません。アイヌ民族もいますし、過去、数々の難民や移民を受け入れてきました。町を歩いて人々の顔を見ているだけで、さまざまな系統の人たちが交じり合って日本という国を作り上げてきたことがよく分かります。

ただ、日本という国を作るにあたって中心的な役割を担ったのが、イスラエル系の人たちだったということなのです。

なお、本書では古事記の謎解きに徹し、日本とユダヤとの風俗等の一致については触れませんでした。日本という国をイスラエルの失われた十部族が作ったのですから、当然、似た風俗は残っています。この点については、ユダヤ人の方を含め多くの方が指摘されておりますので、興味を持たれた方は、後にあげている参考文献等をお読みすることをお勧めいたします。

ちなみに、現在は平成。「平」は「一八十」と分解でき、「平成」は「一八十《いはと》成る」と読むことができます。平成の御世に本書を刊行し、天の岩戸の奥に隠された天照大御神《あまてらすおほみかみ》の正体を明らかにできたことは、ただの偶然ではないのかもしれません。

最後ではありますが、本文中の古事記の現代語訳については、『古事記（上・中）全訳注』（次田真幸・講談社学術文庫）を、また、神々の名前の字義の解釈については、『古事記注釈　第一～八巻』（西郷信綱・ちくま学芸文庫）を大いに参考にさせていただきました。両著者の方々には、この場にて感謝の意を表したいと思います。

《参考文献》

『古事記』　倉野憲司校注　岩波文庫
『古事記注釈　第一〜八巻』　西郷信綱著　ちくま学芸文庫
『古事記（上・中）全訳注』　次田真幸著　講談社学術文庫
『日本書紀（一〜四）』　坂本太郎、家永三郎、井上光貞、大野晋校注　岩波文庫
『地図とあらすじで読む古事記と日本書紀』　坂本勝監修　青春出版社
『日本語源大辞典』　前田富祺監修　小学館
『日本の歴史０２　王権誕生』　寺沢薫著　講談社
『おとぎ話に隠された日本のはじまり』　関裕二著　ＰＨＰ
『旧約聖書Ｉ〜Ⅲ』　旧約聖書翻訳委員会訳　岩波書店
『ユダヤ教の本』　学習研究社
『失われたイエス・キリスト「天照大神」の謎』　飛鳥昭雄、三神たける著　学習研究社
『失われたカッバーラ「陰陽道」の謎』　飛鳥昭雄、三神たける著　学習研究社
『失われた契約の聖櫃「アーク」の謎』　飛鳥昭雄、三神たける著　学習研究社
『失われたムー大陸の謎とノアの箱舟』　飛鳥昭雄、三神たける著　学習研究社
『仏教の中のユダヤ文化』　久保有政著　学習研究社
『諏訪神社　謎の古代史』　清川理一郎著　彩流社
『聖書に隠された日本・ユダヤ封印の古代史』　ラビ・マーヴィン・トケイヤー著　　久保有政訳　徳間書店
『聖書に隠された日本・ユダヤ封印の古代史２【仏教・景教篇】』　久保有政、ケン・ジョセフ著　徳間書店
『【隠された】十字架の国・日本』　ケン・ジョセフ（シニア＆ジュニア）著　徳間書店
『失われたイスラエル１０支族』　ラビ・エイヤフ・アビハイル著　久保有政訳　学習研究社
『日本固有文明の謎はユダヤで解ける』　ノーマン・マクレオド、久保有政著　徳間書店
『日本人のルーツはユダヤ人だ』　小谷部全一郎著　たま出版

〔付録（生まれた神・天皇等の数とそれが示す内容一覧）〕

〈上つ巻〉

古事記	生まれた子の数	記　述	示す内容		備　考
別天つ神五柱	5	「この三柱の神は」 「この二柱の神もまた」 **「上の件の五柱の神は、別天つ神」**		神ヤハウェ。イスラエルの民であることの宣言	
神世七代	2-2-2-2-2-2 （計 12）	「この二柱の神もまた」 「二柱」 **「上の件の○○より以下、○○より以前を、あわせて神世七代という」**	旧約聖書（創世記）	天地創造の七日間	
伊邪那岐・伊邪那美二神の結婚	2	記述なし	旧約聖書（創世記）	カインとアベル	○伊邪那岐と伊邪那美＝アダムとイブ
伊邪那岐・伊邪那美大八島国の生成	12（神）、8（島）	**「この八島を先に生めるによりて、大八島国という」**	旧約聖書（創世記）	アダムの系譜	○神の数を数えて解釈したが、島の数が「8」であり、何か意味が隠されている可能性あり。
	6（神）、6（島）	**「○○島より○○島まであわせて六島」**	旧約聖書（創世記）	カインの系譜	
伊邪那岐・伊邪那美神々の生成	10	**「○○神より○○神まであわせて十神」**		イスラエルの地	
	8	**「○○神より○○神まであわせて八神」**	日本創成期	船での海洋の移動	
	4	**「○○神より○○神まであわせて四神」**	日本創成期	中国に到着、さらに朝鮮半島への移動	
	8	**「○○神より○○神まであわせて八神」**	日本創成期	朝鮮半島での様子	
	10	**「○○神より○○神まであわせて八神」**	日本創成期	朝鮮半島→日本への移動	○実数が 10 で記載が「八神」であるが、記載を優先
伊邪那岐・伊邪那美火神被殺	3-3-2 （計 8）	「三神」 **「上の件の○○神以下、○○神以前、あわせて八神は、御刀によりて生まれる神なり」**	日本創成期	日本での様子	
	8	**「○○神より○○神まで、あわせて八神」**	日本創成期	八部族の居住	
伊邪那岐・伊邪那美禊祓と神々の化生	12	**「右の件の○○神以下、○○神以前の十二神は」**	旧約聖書（創世記）	ノアの大洪水	
	14	**「右の件の○○神以下、○○神以前の十四神は」**	旧約聖書（創世記）	ノアの大洪水	
天照大神と須佐之男命天の安の河の誓約	3	「三柱」		表向きの天照大御神たる 3 人の巫女の暗示	
	5	**「あわせて五柱なり」**		天照の正体	

古事記	生まれた子の数	記　述	示す内容		備　考
須佐之男命の大蛇退治	1-2-1-1-1-1-1（計 **8**）	「二柱」 「あわせて五つ名あり」	日本創成期	八部族の制圧の様子、須佐之男命	
大国主神 大国主の神裔	2-1-1-1-1-1-1-1-1-1-1（計 **12**）	**「右の件の○○神以下、○○神以前を、十七世の神と申す」**※須佐之男命の子孫も含めた記述	旧約聖書（創世記）	ヨセフの物語	○大国主神＝ヤコブ ○現状、「17」という数字には意味がないと判断しているが、何かが隠されている可能性あり
大国主神 大年神の神裔	5-2-10（計 17）	「五柱」 「二柱」 「九神」 **「上の件の○○神の子、○○神以下、○○神以前は、あわせて、十六神」**	日本創成期	須佐之男命と一人目の天照大御神の巫女の話	○実数が 17 で記載が「十六神」だが、記載を優先
	8	**「上の件の○○の子以下、○○以前は、あわせて、八神」**	日本創成期	一人目の天照大御神の巫女の話	
邇邇芸命 天孫の誕生	2	「二柱」			○邇邇芸命＝ヤコブ
邇邇芸命 木花の佐久夜毘姫	3	「三柱」			
火遠理命 鵜葺草葺不合命	4	「四柱」			○火遠理命＝ヨセフ

〈中つ巻〉

神武天皇 皇后選定	2-3	「二柱坐しき」 「三柱なり」			○神武＝エフライム兼モーセ
綏靖天皇	1	「一柱」			○綏靖＝ヨシュア
安寧天皇	3-2-2	「あわせて三柱の中に」 「二王坐しき」 「二りの女ありき」			○安寧＝エフド
懿徳天皇	2	「二柱」			○懿徳＝デボラ
孝昭天皇	2	「二柱」			○孝昭＝ギデオン
孝安天皇	2	「二柱」			○孝安＝エフタ
孝霊天皇	1-1-4-2（計 **8**）	「一柱」 「一柱」 「四柱」 「二柱」 **「あわせて八柱なり」** 「男王五」 「女王三」	日本創成期	一人目の天照大御神の巫女の国引き	○孝霊＝サムソン

古事記	生まれた子の数	記　述	示す内容		備　考
孝元天皇	3-1-1 （計 **5**） 2-1-1 9	「三柱」 「一柱」 **「あわせて五柱なり」** 「あわせて九たり」 「男七」 「女二」		ヤマト王権最初の王	○孝元＝サムエル ○現状、「9」という数字には意味がないと判断しているが、何かが隠されている可能性あり
開化天皇	1-2-1-1 （計 **5**） 2 3-4-5-3 （計 15） 2 4 1 1 3 1	「一柱」 「二柱」 「一柱」 「一柱」 **「あわせて五柱なり」** 「男王四」 「女王一」 「二王」 「この二王の女、五柱坐しき」（※名前の記述なし） 「三柱」 「四柱」 「五柱」 「三柱」 **「○○の子、あわせて十一王なり」**（※実数は 15） 「二柱」 「四柱」 「三柱」		ヤマト王権最初の王	○開化＝サウル ○現状、「11」という数字には意味がないと判断しているが、何かが隠されている可能性あり
崇神天皇	2-4-6 （計 **12**）	「二柱」 「四柱」 「六柱」 **「この天皇の御子等、あわせて十二柱なり」** 「男王七、女王六なり」	旧約聖書（サムエル記）	ダビデがエルサレムへ神の箱を運び入れる様子	○崇神＝ダビデ

（現状、子の名前に物語等が隠されているのは崇神天皇（ダビデ）までと考えているが、以下にも何らかの情報が隠されている可能性あり）

垂仁天皇	1-5-2-2-1-3-2 （計 **16**）	「一柱」 「五柱」 「二柱」 「二柱」 「一柱」 「二柱」 **「凡そこの天皇の御子等、十六王なり」** 「男王十三、女王三」			

古事記	生まれた子の数	記　述	示す内容	備　考
景行天皇	5-4-2-6-1-2-1 （計 21）	「五柱」 **「凡そ○○天皇の御子等、録せるは二十一王、入れ記せざるは五十九王、あわせて八十王の中に」**		
景行天皇 倭建命の子孫	1-1-1-1-1-1 （計 6） 1 3 1 1 1 2	「一柱」 「一柱」 「一柱」 「一柱」 「一柱」 **「凡そこの○○命の御子等、あわせて六柱なり」** 「三柱」 「一柱」 「二柱」		
成務天皇	1	「一柱」		
仲哀天皇	2-2	「二柱」 「二柱」		
応神天皇	5-3-4-3-1-1-1-3-5-1 （計 27）	「五柱」 「三柱」 「五柱」（※実施は 4） 「三柱」 「一柱」 「一柱」 「一柱」 「三柱」 「五柱」 「一柱」 **「この天皇の御子等、あわせて二十六柱なり」** （※実数は 27） 「男王十一、女王十五」		
応神天皇 天之日矛	1 1 1 3 2 1	「三柱」		
応神天皇 天皇の御子孫	7 2	「七王」 「二柱」		

〈下つ巻〉

古事記	生まれた子の数	記　述	示す内容		備　考
仁徳天皇	4-2 （計 6）	「四柱」 「二柱」 **「この○○天皇の御子等、あわせて六王なり」** 「男王五柱、女王一柱」			
履中天皇	3	「三柱」			
反正天皇	2-2 （計 4）	「二柱」 **「あわせて四柱なり」**			
允恭天皇	9	「九柱」 **「凡そ天皇の御子等、九柱なり」** 「男王五、女王四」			
雄略天皇	2	「二柱」			
仁賢天皇	6-1 （計 7）	**「この天皇の御子、あわせて七柱なり」**			
継体天皇	2-2-1-1-4-4-3 （計 17）	「二柱」 「二柱」 「一柱」 「一柱」 「四柱」 「四柱」 「三柱」 **「この天皇の御子等、あわせて十九柱なり」**（※実数は十七） 「男七、女十二」			
宣化天皇	3-2 （計 5）	**「この天皇の御子等、あわせて五王なり」** 「男三、女二」			
欽明天皇	3-1-3-13-5 （計 25）	「三柱」 「一柱」 「三柱」 「十三柱」 「五柱」 **「凡そ、この天皇の御子等、あわせて二十五王なり」**			
敏達天皇	8-2-3-4 （計 17） 3-2-2 （計 7）	「八柱」 「二柱」 「三柱」 「四柱」 **「この天皇の御子等、あわせて十七王の中に」** 「三柱」 「二柱」 「二柱」 **「あわせて七王なり」**			
用明天皇	1-4-2 （計 7）	「一柱」 「四柱」			

〈著者プロフィール〉

石川　倉二（いしかわ　くらじ）

1969年、大阪生まれ。2005年より、古事記や旧約聖書、および、新約聖書等の研究を開始。システムエンジニアだった頃の経験を活かして、古事記の全体の構造、および、部分間の関連の解析し、本書にて日本古代史の謎の解明に挑む。

古事記に隠された聖書の暗号

2009年５月12日　初版第１刷発行
2019年３月８日　初版第３刷発行

著　者　石川 倉二
発行者　韮澤 潤一郎
発行所　株式会社 たま出版
〒160-0004 東京都新宿区四谷4－28－20
☎ 03-5369-3051（代表）
FAX 03-5369-3052
http://tamabook.com
振替　00130-5-94804

印刷所　図書印刷株式会社

ISBN978-4-8127-0273-4　C0020